大鱼文化传媒　　大鱼文学

男神的秘密

了了 著

全国百佳图书出版单位

AP·TIME

时代出版

时代出版传媒股份有限公司

安徽人民出版社

图书在版编目（ＣＩＰ）数据

男神的秘密 / 了了著. —合肥 ： 安徽
人民出版社，2014.5

ISBN 978-7-212-08278-9

Ⅰ．①男…　Ⅱ．①了…　Ⅲ．①长篇小说－中国－当代
Ⅳ．①I247.5

中国版本图书馆CIP数据核字(2015)第202881号

男神的秘密

了了 著

出 版 人：胡正义
责任编辑：张　旻　袁小燕　刘砾遥
责任印制：董　亮
装帧设计：刘　艳　曾　珠

出版发行：时代出版传媒股份有限公司 http://www.press-mart.com
　　　　　安徽人民出版社　http://www.ahpeople.com
　　　　　合肥市政务文化新区翡翠路1118号出版传媒广场八楼
　　　　　邮编：230071
　　　　　营销部电话：0551—63533258　　0551—63533292（传真）
印　　制：长沙鸿发印务实业有限公司
　　　　　（如发现印装质量问题，影响阅读，请与印刷厂商联系调换）

开本：710×1000　　1/16　　印张：18　　字数：330千字
版次：2015年10月第1版　　2015年10月第1次印刷

标准书号：ISBN 978-7-212-08278-9　　　　定价：26.00元

男神的秘密

Contents

Contents

01

我们分手吧

童佳佳坐在树人大学文科楼顶楼的小会议室里，双手叠加置于椅子右把手上，气定神闲，四周是高校联盟派出的记者团。作为小有名气的校园网络作家，她今儿个也在受邀采访之列。

采访主题是："地球上真的有外星人吗？"

配合时下最热门的"韩流风"，树人大学高校联盟也不例外地为抓住同学们的眼球赶在这股风潮之下，做了这么一期节目。

受邀的几位作家都很健谈，气氛轻松愉悦。

佳佳今天绑了个高马尾，穿一件黑色斜排铆钉半袖潮服，下身是紧身流线型深蓝色牛仔裤，简单服饰把整个人衬得干净而时尚，青春无敌，意气风发。

主持人是 N 广大播音系的大三学生刘悦，五官端正，声音甜美，每每嘉宾谈话内容跑题，她总能及时拉回来。见着优哉坐在一旁、闷不吭声只是微笑的童佳佳，刘悦话锋一转便指向了她。

"佳佳，你好。"

佳佳微微颔首，正了正坐姿，一本正经道："你好。"

刘悦："刚才采访时，你坐在一旁但笑不语，我倒是很想听听你对这世界上存在都敏俊这样的外星人有什么看法？"

佳佳笑了笑："宇宙这么大，地球这么小，毋庸置疑，外星人是肯定存在的，但至于外星人是长得像都教授还是奥特曼，到底有没有光临我们的星球生活在我们周围，那就仁者见仁智者见智了，呵呵。"

刘悦也跟着笑了起来："或者这么说吧，你觉得爱情片主旋律从绝症、车祸、灵异、穿越到外星人的发展态势看，接下来的流行风向会朝什么样的方向发展呢？"

佳佳抿了抿唇："这不好说，读者的心思你别猜，连外星人都能谈恋爱了，还有什么是不可能的？接下来流行异物种之恋也不一定，呵呵。"

众人笑。

刘悦点了点头，忽地眼睛一亮："异物种？现在大家的爱情观都往猎奇的方向靠拢，从《金刚》到《狼少年》再到《来自星星的你》，这些年也不乏好的题材。佳佳，若是异物种之恋由你来写，你会选择哪一物种作为你作品里的主角呢？"

童佳佳的文风一向猎奇，且从不抛头露面，读者对她好奇极了。这次采访能邀请到她还多亏了树人大学话剧社社长陈小锁的，没想到竟是这样一个美人儿，看来这次的新闻有童佳佳压场，帖子应该能在高校联盟的论坛上好好火一把了，怎么着也能置顶几天吧？

刚才一直抢不到发语权，且之前和小锁说好了，能不说话就不说话，谁不知道她童佳佳每逢开口都语不惊人死不休啊，这会儿被点名就像拉着了炸弹的引线，一发不可收拾。

"啊？我吗？我这人注重灵感，小说都是源自生活高于生活的，猩猩狼人吸血鬼外星人都被写了，不过这些好像都生活在陆地上，太 Out 了。若是硬要我写的话，我可能会写……"

吧啦吧啦，童佳佳欲高谈阔论，椅子却被身后的人轻轻一踢，一阴恻恻的声音从背后传来："说人话。"

陈小锁真是无语问苍天了，好不容易制止住一直蠢蠢欲说的某人，为塑造其淑女形象，打响头炮，采访前他可是苦口婆心地劝啊，结果临了还是被刘悦那厮给绕进去了。童佳佳就是个金玉其外败絮其中的二货，不能开口啊。

佳佳身子一挺："比如两栖动物什么的。"

全场倒地："……"两栖动物？蟾蜍什么的？人类和蟾蜍谈恋爱？这也太重口味了吧？

众人开始无尽联想。

刘悦也有些蒙了，但还是强制自己拉回话题："佳佳笔下的爱情故事都很……匪夷所思，不知道你的爱情观是怎样的？如果是……两栖动物的话，人

类要怎么和他发展感情呢？一见钟情……应该有些困难吧？"

"哎哟，一见钟情都是骗人的，我比较相信日久生情！我觉得两个物种……哦，不对，是两个人相处，时间就是最好的见证，爱情就像酒，放得越久就越香醇。"

刘悦不是省油的灯，这货每每出新书都能跌破大家伙的眼镜，照她的说法，下一部作品很有可能主角就是两栖动物啊！好不容易挖出新闻点，当然得乘胜追击："那两栖动物你会选择什么样的呢？"

佳佳停顿了几秒后，歪头露出个卖萌的笑脸："美人鱼算不算？"才说完，椅子就被身后的人狠狠踹了一脚。

全场："……"

这是什么情况？两栖动物？美人鱼？

"啊哈……"见四周众人一副不忍直视的表情，佳佳尴尬地讪笑一声，"呵呵，开玩笑啦，这世上有都教授那样的外星人也不可能有美人鱼那样的两栖动物啦，外星人肯定存在，美人鱼还没被证实过呢，开玩笑开玩笑……我要写美人鱼，除非我亲眼见过美人鱼的存在，小说都是源自生活的嘛……"

刘悦终于知道为什么陈小锁在采访之前一再提醒她不要让童佳佳靠近话筒了。

恍惚了好几秒，刘悦终于回神，瞟了一眼佳佳身后抚额无语的某男："那佳佳你的爱情观是怎样的？听说你正在热恋期？"

怎么突然问起隐私来了？佳佳愣怔，半晌："我的爱情观就是青梅竹马、两小无猜、日久生情、至死不渝啦，当然，得保证对象是人类，哈哈。小说还是有别于生活的嘛，毕竟像千颂伊那样遇到外星人的概率是六十亿分之一嘛。"

想转移话题，刘悦却穷追不舍："青梅竹马？不会在现场吧？"说完暧昧地望向陈小锁。

佳佳意会，连忙摇头："啊哈？他不在这儿，我们是异地恋。"

全场："……"果然名花已有主啊。

陈小锁再次暴走：这个白痴，几句话连老底都兜了。

刘悦似是恍然大悟："异地恋？感情很深吧？"

一提及林宴，佳佳脸上不由自主露出个淡然的微笑。五年了，感情不要太好太甜蜜哦，当然，除了近一段林宴有些反常外，作为男友，他就是她心中的都敏俊。

就在现场一片其乐融融的氛围下，佳佳口袋里的手机轻微振动了下，她侧身偷偷看了下短信联系人，林宴？这家伙这阵子有些古怪，连着几天晚上睡觉前没陪她聊天就关机了，来道歉的吧？

忍不住打开收件箱，待看清内容后，佳佳却愣在当场。

林宴：佳佳，对不起，我们分手吧！祝你幸福！

"怎么样？有什么爱情秘籍？指点我们一下？"刘悦追问道。

佳佳低头看着兜里的手机屏幕没有反应，直到陈小锁又踢了踢她的椅子，她才恍惚抬头望向前方。周围都是嘈杂的人声，也不知道能听进去几个字，懵懵懂懂地出声："好的。"

心里却道：尼玛！

清秋市的夜色依旧那么迷人，天幕上的繁星与城市的霓虹交相辉映，似是要照亮这座城市的任何一个角落。

童佳佳躲在宿舍阳台的阴暗处，脚边摆着几个零散的空酒瓶。她左手握着手机，右手随意地拎着一瓶酒，嘴角微微朝一边翘起，露出个让人猜不透的笑。

"或许……我说了你别急，或许是得了绝症也不一定呢？"电话那头的女生已经陪她煲了三小时的电话粥了，好话歹话都说尽，这边却只是沉默。

电话那头也不介意她不接话，继续道："你想想，不接你电话不回你短信，QQ、微博、论坛哪儿都找不着，跟人间蒸发似的。还记得半年前你生病那次把他急得什么样吗？头天还叮嘱我给你买药送饭的，结果隔天他愣是千里迢迢地坐了三十几个小时的火车过来，这才半年啊，即使是陈世美他也得有动机有时间叛变啊！更何况是林宴他……"

就在这时，宿舍里的灯"啪"一声亮了，一阵打闹喧哗声传来，舍友们下自习回来了。

童佳佳皱了皱眉，握着酒瓶喝了一口，继续一动不动地坐着。

又絮絮叨叨十来分钟，那厢的女孩终于沉不住气了："我说，你就不能出息点儿吗？要么就认输承认自己被甩了，要么就带上你的船票滚过去看看，他到底是死是活是缺了胳膊还是少了腿！如果你还爱他，他又恰巧还爱你，就继续山盟海誓海枯石烂！如果他已经不爱你了，你就是把心揉碎了，也给我放在胸腔里护好了，别傻不拉几地掏出来让大家再笑话一遍。"

终于，童佳佳叹了口气应道："我知道了，挂了。"

"喂！喂！童佳佳你别挂，我话还没说完呢，喂！喂！记得带上船票啊！"

嘟嘟嘟——陈婷郁闷地望着暗下的手机屏幕一时不知该怎么办。林宴在两年前就计划带佳佳去海上旅行的，但计划赶不上变化，两人的时间总是撞不到一起，为这事林宴还念叨了好几遍，既然林宴来不及带她去，那就让她自己去吧。

手机挂断，佳佳闭眼靠在墙上，紧蹙的眉暴露了她此刻的心情：她不知道，她怎么会知道？五年了，从高二到大三，一直好好的，林宴到底怎么了？

她重新打开收件箱，那里存着林宴最后发来的一条："佳佳，对不起，我们分手吧！祝你幸福！"

对不起？对不起有用吗？幸福？一个人的幸福又算什么？

童佳佳重重叹了口气后俯身抱起一地空酒瓶准备回屋，正要拱开阳台门呢，却被屋子里的对话震得停了下来。

"哎，你们说童佳佳最近怎么回事啊？神神秘秘的，这周我看她基本没上课，还有一个月就期末考了，这可不像她，难道从哪里拿到考试重点了？"于晓边换着睡衣边道。

"你就别瞎操心了，人家要是能拿到重点也是人家的本事。再说，我们上回考试没她的重点不照样过了，好像跟没了她地球就转不动似的，贱人就是矫情！"王璐不屑道。

于晓已经换好了睡衣，拿着换下的衣服凑到正对着镜子卸妆的罗婧身旁："听说你们话剧社都有意见了？逃了两次彩排，她那女主角还保不保得住啊？嘿嘿，你说，要是把她换了，你有希望上不？"

罗婧正在抹卸妆油，抬头瞄了她一眼冷哼："你盼我们宿舍点儿好行不？她要是被换了，我顶上，这离毕业还一年多呢，你让我们屋里成天上演全武行啊？"

"哟，什么时候这么大义凛然了？当初是谁说……咳咳……"于晓煞有介事地捏着喉咙学着罗婧的声音道，"女主角？她？也配？还不是冲着陈小锁的面子。"

"喂喂，我什么时候说是我说的了？那是国贸的穆枝枝说的，你别诬赖我。"见于晓学样的怪相，罗婧忍不住笑了，随手操起一个笔记本就砸了过去。

于晓扭腰躲开，也跟着大笑起来："喊，她说你说还不都表达一个意思，啧，不过我还是觉得哪里不对劲，到底哪里不对劲呢？"

这时宿舍门又开了，简灵那大嗓门人还没现身呢，声音就先到了："什么不对劲啊？于晓，又在嚼谁的舌根啊？吃饱了没事干是不是？唯恐天下不乱啊？"

这时跟在她屁股后进来的任洁雅扶了扶鼻尖上的眼镜也跟着点了点头。

于晓被这一噎，转身望向王璐和罗婧，那两人该干吗还在干吗，没人帮她说话，只好自讨没趣地收了嘴。

于晓有些赌气地坐回自己的床位，心里还是觉得哪里不对劲，到底是什么地方不对劲呢？她环顾了下四周，忽地瞄向了安静地待在一旁的电话机，终于灵光一闪，一拍脑门儿站起来大声道："有啦！我终于知道哪里不对劲了。"

她这一惊一乍的，硬是将一屋子所有的目光都吸引了。

"你们没发现咱们的林排长好久没打电话来了？'一日七电郎'好像半月没来电话了吧？我说我妈最近给我打电话怎么无比畅通呢，原来电话先生被冷落了啊？哈哈哈……"由于手机辐射，大伙儿能用座机打电话便用座机打，而宿舍里就童佳佳是异地恋，所以这部电话她使用得最频繁，为这，林宴每回来清秋市没少请宿舍里的姑娘们吃饭。

于晓似是发现了啥天大的秘密般兴奋不已，才刚安静一会儿就又开始聒噪起来，但显然屋里各位都没有积极配合她，周围的人诡异的淡定。她没发现什么异常，蹦跳着来到罗婧身旁："你说他们俩是不是掰了啊？哦买噶！哦买噶！'显摆王'也有今天？三年了，可算是掰了啊！"

罗婧两眼望着正前方，抹着卸妆油的手僵在脸边，阳台门不知什么时候开了，童佳佳抱着一堆空酒瓶隐在光线背后，看不清表情。

于晓还在喋喋不休，罗婧用手肘拱了拱她，她还不乐意："你别打断我啊，我就说最近她咋老摆一张丧尸脸呢，原来如此，原来如此啊！"

"于晓你给我闭嘴！"简灵忍不住喝道。

于晓不服气，舍长了不起啊？吼她一遍也就算了，这样接二连三地吼她，当她于晓吓大的啊！她刚想转身顶回去，却望见了已经一脚跨进屋的童佳佳。

女孩清秀的脸上一派平静，两颊微微泛着红。她环视了下屋子，最后将目光定在看到她后目瞪口呆的于晓身上，嘴角慢慢弯起，半晌，开口道："于晓，上回考试我让你带回宿舍的考试重点你独吞了吗？"

"……"

宿舍一片哗然。

说完，童佳佳也没理众人的反应，将空瓶子扔进垃圾袋绑好后，再拖起已经准备好的小行李箱准备出门，临出门时她顿了下，转身对着众人道："你们不用猜了，林宴要和我分手，不过，恐怕会叫你们失望，我请了一个星期假去灵岚市，林宴会回心转意的！"

说完便出了门。

回过神来的简灵忙跟了出去："佳佳，你路上小心，有什么事打电话给我。"

"嗯。"童佳佳回首微笑，点了点头。

灵岚市某军区门口，童佳佳一手拖着行李箱，行李箱上还搭着一袋水果，另一手拿着手机，拿手机的手还空出两根指头捏着两张船票。

她神色不安地望着军区大门的方向，只要有路过的"军装"闪过，她都会往前凑近一步踮起脚认真地看，生怕错过那抹熟悉的身影。五月的天又是正午，她在这烈日下已经站了快两个小时了，此刻小脸已被晒得通红，满头满脑都是汗，汗衫紧紧地贴在后背上，连旁边那站得跟电线杆般笔直的警卫员都有些看不下去了。

警卫室里的士兵刚挂上电话，抬头就见那站了许久怎么劝也劝不走的女孩又往大门口近了一步。他叹了口气，走出来，还没走到她跟前呢，那女孩就自觉地后退了一步，讨好道："我退，我退。"

佳佳背手擦了擦脸上的汗，挤出一个笑容道："怎么样？他会出来接我吧？"

年轻的士兵有些尴尬地扶了扶帽檐，用尽量柔和的声音应道："姑娘，你还是回去吧，林排长他不会出来的。"

"怎么可能？你跟他说是我了吗？我叫童佳佳，你告诉林宴我今天不见到他就不走了吗？"

佳佳的心情怎么说呢，很微妙。在来灵岚市之前，她根本不相信林宴会真的和她分手，就像无数次吵架她提出分手一样，只要林宴哄哄她，她就会回头。这次虽然是林宴五年来第一次主动提的分手，但，不也一样？她坐了三十几个小时的火车来见他，还花光了所有积蓄买了加勒比海号的船票，林宴一定会回头的！

可，当她被挡在军区大门外，连林宴的面都没见到时，佳佳内心的不安像雨后的春笋，势不可当地冒了出来，饶是面对感情再淡定的童佳佳，这回也不免乱了分寸。

五年的感情，说分就分！凭什么？他林宴凭什么这么对她？就因为她的任性她的刻薄？这些原来爱的理由，却成了分手的帮凶？

林宴，某名牌大学国防生毕业，两人高中就在一起了，佳佳复读了一年，林宴比她早毕业，毕业后被分配到某省军区，五年都是异地恋。

虽然是异地，但感情一直好好的，直到林宴大学毕业下部队后。原来那个为了生病的她千里迢迢坐一天一夜火车来看她的男孩，原来那个利用所有空余时间兼职赚钱就为带她游山玩水见见世面的男孩，原来那个背着她一口气上五楼的男孩……现在到底怎么了？

"姑娘……"士兵有些为难道，"我都说了，林排长说他不见你，你就是等上一天一夜他也不会出来见你的，你还是回去吧。"

咚——那本被握紧的行李箱突地倒在地上，搭在上头的水果袋也随着掉在了地上，散落一地，都是他爱吃的果子……

她低着头，手忙脚乱地掏出手机第 N 次拨通了林宴的电话，嘴里碎碎念道："不会的不会的，他不会这样对我的，我都来了，林宴，我都来了啊……"

童佳佳所有的防御所有的坚强所有的镇定在听到林宴关机的人工应答后全部土崩瓦解。

原来，爱情真的可以这么伤！

当远处的夕阳最终消失在天边时，童佳佳觉得自己可笑至极，显而易见的结果，自己却非要像个傻子似的去证实。

等了一天，林宴最终还是没有出现。

她拿起手机最后编辑了一条短信：

"明天早上九点，我在码头等你。"

发送完毕，她来到警卫室将手里的船票递给警卫员，可能是被佳佳的执着感动，也可能是晒了一天的女孩着实可怜，年轻的士兵对她很是客气，并保证亲自将船票送达林宴手上。

最后回望一眼绿荫环绕的军区大院后，童佳佳转身离开。

任昉《述异记》载："南海中有鲛人室，水居如鱼，不废机织。其眼能泣则出珠。"

合上手中的书本，童佳佳揉了揉发疼的双眼，朝码头方向望去，熙熙攘攘的人群里没有熟悉的身影，轻叹一声，低头，继续默默翻开书本。

"人鱼，又称海牛、儒艮，1962 年古巴外海捕获一个能讲人语的小孩，皮肤呈鳞状，有鳃，头似人，尾似鱼……1991 年南斯拉夫海岸发现 1.2 万年前美人鱼

化石，同年，美国两名职业捕鲨高手在加勒比海海域捕到一条美人鱼……"

海风习习，早晨的阳光夹杂着淡淡的咸腥味在鼻间游走，童佳佳皱了皱鼻子，但看到这她不免莞尔，透着些许自嘲：世上真的有人鱼？如果林宴今天能出现在她面前的话，她就相信这神奇的物种真的存在。

"传说人鱼是出海人的诅咒。他们上半身美得让人窒息，下半身却是长满鳞片的冰冷鱼尾，再加上魅惑人心的歌声，无数的水手就被这样引向不归路。"

在看到书上那幅贴在床头可以避孕的人鱼插画后，童佳佳果断地合上了书本。梦想和现实总是有差距的，比如这一幅幅考据派拍到的人鱼图像和童话故事里的人鱼就有很大出入。感情也是如此，忠贞不渝的爱情似乎总是发生在别人的故事里，自己的总是那样拿不出手。

她捶了捶肩膀，身子无力地往前靠在栏杆上，望着海面发呆。

林宴今年的假期早在一个月前就定好了，今天是第一天。她盼了无数个日夜见面的日子，绝不会记错。

当轮船汽笛响起之时，林宴都没有出现。佳佳站在船头眺望，码头越来越远，那座城市越来越模糊，记忆中的男孩面孔越来越不清晰……周身的蓝变得无比刺眼，她垂首，望着被前行的船体扬起的浪花，泪水，一滴一滴地落下，忍不住小声哽咽："林宴，回来好不好？我再也不任性不孩子气不无理取闹了好不好……"

林宴失约了。

在二十二岁那年，所有人都不再年少的那年，他们丢失了这辈子最美好的五年时光，再也回不去了，谁都没有了任性和死缠烂打的理由，林宴没有给这段感情留下任何机会，直至最后一刻也没有出现。

碧海蓝天，阳光明媚，游客们三三两两地在甲板上闲聊拍照，广播里放的是《加勒比海盗4》的主题曲，一切都显得惬意而甜美，除了船头那蜷在栏杆下微微颤抖的娇小身影。

已经有人注意到她了，不时有好心的陌生人上前询问，可是皆无功而返。女孩只是蹲在栏杆下埋着头不停地抽泣，肩膀耸动的幅度越来越大，哭声由原来闷闷的哽咽渐渐变成大声哭泣。

陆柠放下画笔，单手托腮望着远处的女孩很是郁闷，唉，可惜了这幅美景，他挑了好久才选定的作画布景就这样被糟蹋了。

当陆柠吃过晚饭到甲板上散步消食时，那女孩终是不见了，望着满天星光灿烂下乌黑一片的海洋背景，陆柠有种想跳海的冲动，又浪费了一天！

陆柠双手撑着栏杆，望着一望无际的湛蓝海面，心事重重。他从小爱画画，可家人反对，非要他学经济，毕业后好继承家业。高考他以几乎同家里决裂的代价报考了美院，现在大学毕业了，家里给他两条路：一考回经济类研究生，边读书边回家帮忙，争取理论与实践相结合，对这只会画画的陆家怪胎，一定的专业知识是十分必要的；二继续搞美术，陆家从此没有陆柠这人！

这回父亲的态度无比坚定，母亲为此卧病一月相要挟，陆柠被逼无奈，恶补知识近半年加上家里也给找了关系，考研结果出来后终于松口气上了这艘船想要透透气。

望着海面发呆的他深深叹了口气，感叹都什么年代还命不由己不免苦笑，正在这时，忽地觉得身旁有些不对劲，扭头看去：我去，这是人是鬼啊？

只见身着一袭白裙，披头散发的女子轻轻地飘过来在他身旁站定，便再也不动了。

陆柠吓得差点儿没栽海里去。

"你……你……"陆柠忙环顾四周，见周围人依旧三三两两闲聊，这才放下心来。

那白衣"女鬼"听见陆柠的声音，幽幽将头转了过来，一脸丧尸的表情，陆柠再次吓得没栽海里去。

"我……我只是想吹吹风，这个……这个位置我蹲了一天有感情了，挤着你了？那我往旁边挪一点儿。"

噢，"女鬼"开口说话了！等等！蹲了一天？这个位置？陆柠脑子里瞬时闪过白天哭得像个白痴的女孩，原来是她？

见女孩还真的往旁边挪了……好吧，有一厘米吗亲？艾玛，你的头发都能打到我的脸了你说有挤到我吗？陆柠心里不断吐槽。

算了，见着那张哭得像个被抹了苏丹红的包子般的脸，陆柠吸了吸海风：惹不起总躲得起吧？

陆柠往旁挪了挪，避开了那迎风飞舞的乱发，呼吸都顺畅了许多，遂继续望着海面发呆。而身旁的女子也单手撑着栏杆望着手上的手机发呆，不过相对

白天那只会抱头痛哭的一面来说，这会儿她比较人性化了，竟然还有闲情逸致玩手机。

不知过了多久，甲板上的人越来越少，夜越来越深，或许是今夜的星光太过于灿烂，或许是今夜的海风特别柔和，当然，更有可能是荷尔蒙失调……

陆柠发誓：如果人生可以重来，他绝对不会迫于长夜寂寂，无聊地开口搭讪！

"失恋？"陆柠微转过头朝身旁一整晚没换过姿势的女孩仰了仰下巴。

女孩一怔，大概没料到陆柠会同她说话，有些无措地抚了抚鬓角的发丝，半晌点了点头："嗯。"

又是一阵沉默后，女孩忽地有些雀跃般朝他靠近了点儿开口道："你……你的手机能借我用一下吗？"

陆柠诧异地望了一眼女孩手中的手机，女孩忙解释道："我的手机一直没信号。放心，我不是坏人，我叫童佳佳，是树人大学管院金融系大三学生，只是借你的手机用一下，我待会儿给你手机费。"

"不用。"陆柠掏出手机递给她，不借给她好像他还真贪那点儿钱似的。

见他同意，叫童佳佳的女孩表情生动起来，肉嘟嘟的脸似乎也没那么难看了。

童佳佳接过手机，拨号的手有些颤抖，当电话终于接通，那头传来熟悉的男声时，童佳佳愣住了。

"喂，你好，哪位？"

"……"

原来他没有出事没有消失没有欠费不是手机没电不是手机没信号……他只是不接她的电话不回她的短信而已，他只是……真的想要和她分手而已。

"喂，你哪位？"

本以为不会再流泪了，可不知为何眼泪还是不要钱般往下掉，陆柠有些惊讶于女孩情绪变化之快。

半晌，女孩咬唇，忍着哽咽开口道："你竟然没有死？"

"……"电话那头忽地安静下来。

"林宴，你的良心被狗吃了吗？"

"……"

"为什么？你……"还没等童佳佳把所有的委屈愤怒不甘说完，电话那头就传来了"嘟嘟嘟"挂机的声音。

你有没有试过你积攒了多少个日夜的疑问，满腔的怒火，满腹的委屈，满肚子的不甘在历尽千辛万苦才找到那肇事者时欲一吐为快欲揭晓谜底欲发泄解脱之时，却猛地被对方生生掐断的感觉？

那一刻，童佳佳觉得整个世界都没有了希望，她所有的辗转揣摩，所有的忐忑不安，瞬间变成了满是褶子再也恢复不了青春的老太太的哀愁，变成了被核弹辐射过的城市般荒凉、贫瘠、恐惧、无助、绝望！

"林宴，你去死吧……"童佳佳仰头大喊一声，扬起手上的东西狠狠地朝前方扔去。

陆柠甚至来不及有任何反应，就眼睁睁地看着自己刚买的 iPhone6 成抛物线状飞出，"砰"一声掉进海里，顿时欲哭无泪，很有种随着爱机一同坠海的冲动。里面有两百三十七张美照是他写生的灵感啊有没有？

"你……你……"陆柠很想杀人啊有没有？

童佳佳后知后觉地望向手上自己完好的手机，终于意识到什么，猛地抬头，连忙道歉："对不起对不起……我……我的赔给你，不，我……我买一部新的给你，不过……不过我现在没那么多钱，我……我给你留下我的学校地址，我分期付款。你放心，你别急，我……我一定会赔你的，对不起对不起……真的，我很抱歉。"

陆柠咬牙切齿，再也不愿和她多说一句话、多看她一眼，鼻哼一声，转身离开。

童佳佳忙跟上去："对不起对不起，你给我留个联系方式好不好？我一定会赔的。"她拉着陆柠的袖子不停讨好。

"滚开！"手机有价，照片无价啊！陆柠神烦！

童佳佳被甩在一边，还欲跟上，却被陆柠狠瞪一眼止住了脚步。

她撇撇嘴，才止住的眼泪又掉了下来，她觉得自己被世界遗弃了：老天爷，如果这是考验，能不能让她缓一缓再给她使绊子啊？

02

最美初相见

当看不见陆柠的背影时，童佳佳叹了口气低头往回走至栏杆处继续发呆，过了几分钟，鬼使神差般，她掏出自己的手机给林宴发了最后一条短信：

"给我个合理的分手理由，十分钟内不回我我就跳海！"

信息发送成功，童佳佳继续发呆，本也没抱任何希望，但当手机短信铃声响起时，她还是吓了一大跳。这一吓可又坏事了，握着手机的手垂在栏杆外，短信铃声响起还伴着振动，她一时没抓稳，手机自由落体了！

那一刻，她的心漏跳了半拍，不为失落的手机，而为那没来得及看到的短信内容。

幸好，手机落在了绑在船体外的救生艇上，童佳佳拍拍胸脯，感叹老天爷终于开眼了。

她伸手欲将手机捡回，可怎么够都差一截儿。没法，短信内容太有吸引力，童佳佳决定铤而走险爬到栏杆外去够。

当她战战兢兢站在栏杆外下蹲捡到手机，不经意间瞄了一眼脚下的世界时，身子猛地一僵，艾玛，这货现在才开始后怕！晚了吧？

这一眼便是万丈深渊啊，小腿肚、身子、扶着栏杆的手像通了电般颤抖。她很想抽死自己啊：神经病啊童佳佳，为条破短信要把自己葬送在这里不成？

陆柠回到甲板上时只来得及看见童佳佳俯身时被海风扬起的长发，配合着无垠的钴蓝色海面像海草般诡异。

童佳佳捡到手机刚转身欲攀爬回船内，就见到陆柠一副：艾玛，有人要跳海自杀的表情。

她刚想解释却只来得及喊出"手机"两个字便一个没抓牢"扑通"一声落水了。

陆柠彻底凌乱了，这丫头不会为了他的手机跳海吧？神经病啊她！

陆柠边回头找人求救边祈祷她不要有事，灾星啊，下船后一定要请个靠谱的先生算算，流年不利啊！

水，四周都是水，一个接一个的大浪朝童佳佳扑来，眼睛、耳朵、鼻子、嘴巴都进水了。

严格意义上来说，童佳佳不会游泳，最多也就闭气一口气游个十米，这十米里还包括游泳前那一蹬腿的冲力。

当毫无预警地跌入茫茫大海时，不知为何，童佳佳心里特别平静，她甚至没有惊声呼救。

如果，就这么死去，或许也挺好的。

但，一刹那，家人、挚友的画面在脑海里闪过，童佳佳这货才打了个激灵般恢复意识：不能死！不能为了个贱人这样死去！

本已放弃挣扎朝海底沉去的童佳佳这才开始努力自救，可已经来不及了，海底好像有股强大的吸力不停地拽着她，她越是挣扎越是往下沉。

不知过了多久，渐渐地，力气耗尽，四肢麻木，眼球快要爆炸，她绝望地朝头顶望去，依稀能看见点点的星光，周身环绕着各种鱼，有的可爱有的呆萌有的还会发光有的小小的跟尾指一般大小有的像人……也许她现在脑子已经进水根本什么也没看到，一切都是幻觉。

没错，都是幻觉。

有部童话叫什么来着？《人鱼公主》？《海的女儿》？艾玛，有谁能告诉她这世界上有没有美男鱼啊？或者是平胸人鱼公主？抑或有谁能告诉她现在她是死了还是活见鬼了啊？

穿越？时光机？未来幻想？海洋狂想曲？

有谁能告诉她，身前这有手有脸没脚只有尾巴美得不可方物的人？鱼？是什么物种啊？

"不明物种"朝她微微一笑，慢慢环抱着她，低头寻到了童佳佳的唇，不知渡入何物后拉着她的手缓缓地朝大海深处游去。

那种绝望的窒息感刹那消失殆尽，童佳佳甚至觉得自己可以在水下自由呼吸，耳边不由自主地响起美妙的配乐。

这是什么情况？艾玛，童佳佳智商告急啊有没有？她是死了还是死了啊？这幻觉也太真实了吧？

湛蓝色如缎带般柔软的长发那么真实地裹着她的手臂，又尖又挺的鼻梁下，薄薄的唇微微弯起，深邃的眼睛如夜空上最光芒万丈的那颗星星般闪耀着，让人忍不住沉迷，肌肉结实，线条优美……他似笑非笑地望过来，童佳佳有那么一刻觉得自己又要窒息了，这世界上怎么会有这样美丽的生物？

他牵着她的手带她在海底慢慢地游，连电视上也没见过的海底世界如梦境般在她眼前一一展现。美男鱼指了指她的眼睛，再双手闭合放在脸侧比了个睡眠的姿势，虽然没有出声，但童佳佳似乎听懂了般，他的意思是：姑娘，你的哭声吵着我睡觉了啊喂。

佳佳脑海中的最后一幅画面停留在美男鱼指着嘴唇似是要告诉她：好好保管肚子里的东西，他会来取。

"鱼！美人鱼！"佳佳猛地一个惊醒，坐直了身子。

屋子里在安静了片刻后发出了一阵欢呼。

"丫头，你可算是醒了。"

"小姑娘，我是船上的医生，你现在还觉得哪里不舒服吗？"

"你吓死我了，不就一部手机吗？你怎么这么不爱惜生命啊？"

"不会是失恋想不开吧？小姑娘，你年纪轻轻的……"

嗡嗡嗡——佳佳觉得身边的声音好远好远，周围都是陌生的面孔，没有那个有着缎带般美丽长发天使般脸蛋的少年？人鱼？

半晌，佳佳连忙向众人诉说："美人鱼！我……我看见美人鱼了，不对，是雄性，是雄性美人鱼，他……他有这么长的头发，尾巴是金色的，不对，金黄色……"佳佳语无伦次地想要将一切说明白，却越说越糊涂。

众人看向医生，有些诧异。

老医生摸了摸下巴若有所思，片刻后，他微笑地朝众人道："病人在遇到绝境时会出现一些应激的幻象，有可能会幻想一些不真实的东西给她生存的希望。没事，过一段时间就好了，我给她诊断过，一切正常，大家放心。"

众人皆松了口气，可佳佳不能松，没有人相信她。她在人群里看到个熟悉的面孔，那个掉手机的男生，她忙翻身下床跌跌撞撞地冲到他跟前。

　　"美男鱼，真的，我真的看到了，海底有人鱼！是真的，Big Fish！听得懂吗？跟人一样大的鱼。"

　　陆柠抚额，这货能再蠢点儿吗？

　　基于人道主义精神，陆柠忍住一脚踢飞她的冲动，尽量温柔地安抚道："海底什么东西都有，有小小的鱼，当然也有像人一般大的鱼，还有像船一般大的鱼。也许你看到的是跟人很像的鱼，你在深海里，我们的救援人员快放弃的时候找到了你，那时你已经昏迷不醒了。来，放松，深呼吸，过去的都过去了，新生活在向你招手，还有两天船就要靠岸了，赶紧回家报平安去。"

　　童佳佳还欲开口解释，但陆柠已经很巧妙地避开她走出房间了。

　　她站在原地环顾了一圈，恍然间，她发现再怎么解释都是徒劳。人鱼？童话故事里的东西有谁会相信？连她自己都不相信。

　　又过了一天，渐渐地，童佳佳接受了大家的谆谆教诲，她在海底看到的确实是一条和人一般大的鱼，所谓缎带般的长发可能是海草，仙人般的容貌可能是她日思夜想的某位偶像明星……

　　经历了一次生死后，童佳佳觉得失恋被舍友排斥什么的真不算什么，还有什么比死更可怕？

　　经过一天的休养，不知是她身体底子好还是怎么回事，童佳佳已经完全恢复，连随船医生都有些惊奇，但事实如此，他也没做出更合理的解释。

　　明天船就靠岸了，这些天来，童佳佳第一次站在甲板上欣赏风景，不再哭泣，不再发呆……不过她被救上来后就患了恐水症，再不能独占甲板最佳位置了，而是躲得远远地看。

　　陆柠心情说不上好坏，报废了部手机，画也没画成，这本是放松心情的旅游也因为事故连连而过得心惊胆战，罪魁祸首却毫无自觉地在逗海鸟。

　　他"哼"了一声，往画布上原本空出来的女孩位置上画了头"草泥马"，望着十分不和谐的画面，心情顿时好了不少。

　　童佳佳回到学校时，已经是傍晚。

　　她拖着行李箱在校园里徘徊，望着灯火通明的宿舍楼，迟迟不肯踏进去，她还没做好面对舍友的准备。

　　她去了灵岚市，不仅没把林宴带回来，甚至连他的面都没见到，还差点儿送了小命，这真是祸不单行。

　　无处可去的童佳佳百无聊赖地瞎逛着，不知不觉来到了话剧社。

这才想起，她还有场话剧要演。为了欢送大四学长学姐的毕业祭，她苦心准备了两个月编写了剧本还担任女主角，此次去灵岚市她跟辅导员请假了，却忘了给话剧社请假，完了！

之前和林宴闹分手，她情绪不稳，旷了几次彩排还有小锁给她顶着，这回手机丢了，也没来得及联系他，怕是不好收场。

话剧的名字叫《凤凰花开的路口》，那个"路口"既是开始，也是结束。毕业啊，还有一年她们也要各奔东西了。

童佳佳轻轻推开话剧社的门，这个点，大伙儿应该去吃饭休息了，不过时间紧迫，陈小锁那变态肯定又在压榨劳动力了。

果然，话剧社灯火通明，满屋子的饭香，陈小锁这厮还真拼命。

有谁能想到当年高中时的那刺头，以打架闻名天下的所谓"青龙帮"老大，此时拿着剧本一副专业导演的架势指挥着台上演员们认真地排戏。

想着当年那场闹剧，佳佳嘴角忍不住弯了起来，年轻真好，无忧无虑，喜欢就追，不喜欢就拒绝，多么干脆！想不到闹剧的女主和男配竟然考上了同一所大学，还成了好朋友，男主却退出了剧本，生活还在继续，未来一切难以预测。

"Cut！Cut！你们会不会演啊？穆枝枝，你木头啊你，那表情是男主欠你八百万还是怎么了啊？不求你用灵魂演戏，那你总得像个人样地用脑子思考下女主的心情，行吗？能办得到吗？"陈小锁一脸不耐烦，转身不经意间看到躲在角落的童佳佳。

童佳佳忙起身左右望了望，糟了，所有的逃路都被堵死，最近的距离，只有翻过排椅往后撤了。可还没等她翻过第一排椅背呢，后衣领就被人给拎起来了。

"童佳佳！"咬牙切齿啊有没有？陈小锁的火爆脾气那可不是盖的啊！童佳佳赶紧逃命吧！

"你还想跑？"艾玛，佳佳也太小瞧他陈小锁了吧？想当年他在明州市一中一挑八时可是雄霸天下啊有没有，抓你这只"小鸡仔"那不是眨眨眼的事？

"你再跑，相不相信我压死你！"陈小锁将佳佳一把拎到跟前，劈头盖脸就是一顿臭骂。

没错，童佳佳与陈小锁的初见就是那一压啊，从天而降的王子把姑娘生生压趴的场景是童佳佳心中永远的痛啊有没有？为此，林宴差点儿没和陈小锁打起来啊有没有？林宴……怎么又想起他了！忘掉！忘掉！佳佳赶紧晃了晃脑袋。

"你还敢摇头？你以为你是拨浪鼓啊？你这几天死哪里去了？手机呢？你买手机是为了证明你活在二十一世纪吗？啊？要不是你舍友告诉我你请假去……去灵岚市找林宴，我真要报警了啊！林宴呢？他怎么也不接我的电话啊？你们怎么了？"

其实吧，陈小锁闭嘴抑或是个哑巴的话，绝对会更有魅力的！可惜啊，可惜了那张比刀割过的韩国男星还俊俏的脸蛋了，一开口就完蛋！想当年童佳佳为他神魂颠倒时就是这张嘴将她拉回现实的！

对陈小锁来说，这世界上能用拳头和嘴巴解决的问题皆不是问题！

现阶段，陈小锁和童佳佳的关系就是《大话西游》里唐僧和孙悟空的关系，徘徊在爱与痛的边缘。

童佳佳有些泄气，她低下头小声道："林宴和我分手了。"

"你说什么？"陈小锁有些吃惊地望向眼前低着头看不清表情的女孩，欲抬起抚慰的手伸在半空，最终还是放了下来。

童佳佳最近觉得自己耳鸣了，耳朵旁老是充斥着嗡嗡声。

那些声音就像是大雨降临前前赴后继扑向教室灯管的飞蛾，无孔不入。

"哎，听说了吗？《凤凰花开的路口》女主换成穆枝枝啦。"

"是吗？那不是童佳佳创作的剧本吗？编剧的角色都敢换？再说，穆枝枝会演戏吗？"

"嘁，你以为话剧社是谁家开的啊？陈小锁上位可不是光凭张脸蛋，人家可是公私分明的明君，违反了社规，管你是编剧还是绯闻女友，照换！"

"绯闻女友？谁说他俩有一腿的啊？佳佳有男朋友的，上回暑假还来接她回家呢。"

"你还不知道啊？听说童佳佳以前高中时就狂追过陈社长，被陈社长狠狠拒绝过。再说了，她好像和男朋友分手了。"

"真的？你消息靠不靠谱啊？"

"嘁，话剧社上上下下全知道了，我想现在，全院也该知道了吧？管院才女童佳佳被抛弃兼被换角，听说还无故旷了三次高教授的课，高教授都不高兴了。"

……

童佳佳把自己蒙在被子里整整三天了，这会儿又是新的日晒三竿好梦时，却偏有人看不得她的好。

一阵开窗拉窗帘声音响起，接着被子硬是被人拽开，刺眼的阳光很不客气地"亲吻啃咬"她。童佳佳想跳起来发脾气，可还没待她跳起来，就见着舍长大人那张铁面无私包大人的脸。

简灵恨铁不成钢啊，她辛辛苦苦为这货给高教授赔不是，这货却还敢厚颜无耻地继续装傻蒙被子！是想死还是不想活啊？

佳佳满肚子的火气在看到简灵那根颤抖得快点到她眼珠子的手指头时，全熄灭了，甚至还有些感动。在这众叛亲离的时刻，一点儿微不足道的关心都能让她感觉到希望，何况是这样满满的关心。

"简灵……"佳佳撇撇嘴，像是硬要挤出几滴眼泪般。

"哎，别哭啊，我可不吃这套。"

"可人家感动。"

"忍住，憋回去！快起床！高教授今儿个要再点不到你的名字，就是玉皇大帝也救不了你！"

"可人家和被子是真心相爱！"

"喊，再相爱今儿个也得给我一刀两断，收回你的爱，待会儿给我一滴不漏地献给高教授，敢漏一滴，看我不抽死你！小雅是吧？"

"对对，我也抽！"任洁雅操起一旁的衣架就朝她拍去。

"哎呀，你真打啊，小雅！"佳佳还没来得及伸手掩护自己呢，那站在一旁不说话猛一说话还使用武器的书呆子就动手了。

童佳佳好不容易被拽着捂着脸走出宿舍楼，却是一副鸵鸟状，低着头闷走。

简灵冷笑一声，硬是捏着她的手臂逼她抬头挺胸道："今天你要是低着头，今后就再也直不起腰杆子了！给我挺起来！想想人家基努什么来着，小雅？"

任洁雅忙推了推眼镜上前一步，一本正经道："基努·里维斯！世界排名前一百的帅哥型男，他十二岁时父亲贩毒入狱，母亲是脱衣女郎，结婚前女友死于车祸，车祸前她刚失去肚里的孩子，最好的朋友菲尼克斯死于吸毒，妹妹患白血病。他是极少数没买别墅的好莱坞明星，最新消息是身材走样出现双下巴，关键是他依然敢昂首挺胸出现在戛纳红地毯！"

一口气说完不带一点儿停顿，硬是把低头的童佳佳和包公脸的简灵给镇在当场，说完后，"书呆子"还得意地扶了扶眼镜朝那俩呆瓜耸了耸肩。

半晌，简灵回了神，继续捏着童佳佳手臂上的肥肉往前走："就是，看看人家，啊？童佳佳，再看看你？不就是个破男人吗？有什么大不了的啊？"

童佳佳稍微挺了挺胸："不仅是分手，我还把人家的 iPhone6 给扔海里了，要赔。"

简灵顿了下，"呵呵"干笑了几声："我还以为啥事呢，不就是手机吗？但凡钱能解决的事都不叫事。"

童佳佳又把腰杆子挺了挺："我……我还把这学期的伙食费全支了，信用卡也透支了买了两张船票，现在身上只有八块四毛钱。"

简灵咽了咽口水："这不还就是钱的问题？没事，有我们呢，小雅？是吧？"

这回书呆子不站在她那一边了，她抱紧书包挡在胸前道："我每学期做的支出预算都是精确到分的，没有一分钱是多余的，别指望我。"

童佳佳终于抬起了头："我的女主角被换了，没脸再去话剧社了。"

简灵摸了摸鼻子，硬着头皮道："嗍，编剧本来就要避嫌嘛，你想想你已经够能干了，到时候报幕编剧是你，女主角还是你，你好意思吗啊？俗话说得好，棒打出头鸟，你之所以被于晓那货排斥就是因为她嫉妒你！你就行行好让普通的人类有尊严地活下去吧，啊？"

"可他们还让我演剧本。"

简灵终于松口气："这不就得了，人间处处有真情，话剧社还蛮有人情味的嘛！"

"但是他们指派给我的角色是——演一棵树！"童佳佳再次捂脸低头做鸵鸟状。

"啥？"简灵也无话可说了。

陈小锁那厮就是头没心没肺的白眼狼，不仅撤了她女主的角色，还以多年感情来威胁她强迫她留下演道具，说是给社团里的人做个反面教材！血的教训！重树社规！

好吧，童佳佳彻底成了个大笑话！

人生能有几个无忧无虑的大三啊？在即将迎来毕业的大三学期期末，童佳佳的人生被彻底改写。

童佳佳有惊无险地通过了大三期末考试，以九门课程平均分 65 分，其中四门皆 61 分的好成绩给大三画上了圆满的句号。

很遗憾的是，宿舍六人，有且仅有她一人没有获得奖学金，这位五个学期来专业前三的奖学金专业户的神话就此打破。

期末考试已经结束，但毕业祭的话剧表演还在如火如荼地准备着。

作为一个道具，一个用灵魂在演戏的道具，童佳佳可谓兢兢业业、恪尽职守！

正式演出前的排演，一场不落啊有没有？每次都得提前半个小时到场穿上厚重的树装啊有没有？导演没人性啊！

而变态没人性偏执狂导演陈小锁一点儿也没觉得自己很过分！过分的是一而再再而三破坏规矩的人！过分的人就该受到惩罚！

即使是演一棵树，你也是站在人前阳光下，总比一辈子躲在下水道做鸵鸟强！

不就是一点儿小挫折吗？有什么大不了的？

还跳海？

陈小锁才不信童佳佳是脑子进水了去捡手机呢，就冲着她和林宴的感情，那蠢货以跳海威胁复合的可能性是百分之九十九点九的！

这个愚蠢的行为绝不能姑息！必须给予严重的警告和惩罚！

不是不想做人要跳海了吗？那就做棵树吧！陈小锁在得知童佳佳还落海的事后当机立断下了指示！

不管什么理由，这是轻视生命的代价！

大四开学那天，童佳佳的眼皮一直在跳，开始是左眼，她还在努力回想到底是左眼跳灾还是右眼跳灾呢，到下午，右眼就开始跳了。

无论使了什么法子都没用，总之一天下来左右眼跟跳大神般很有节奏感地轮番起舞。

最终，简灵给她贴了两张小纸片才算是遏止。

新学期，话剧社领导层要全部换新，招收新社员的工作也要跟进。陈小锁作为话剧社的灵魂人物，即使是面临繁忙的大四也还是兼任了话剧社的名誉社长，所有事务皆事必躬亲。而童佳佳作为话剧社剧本的源泉、树人大学知名才女、话剧社的镇社之宝也被逼着跟着社长大人躬亲起来。

天都黑了，话剧社还在招新。

这会儿晚饭都过了，摊子前依旧人山人海。

童佳佳在经历过初分手时的不理智后，现在学会默默地将心事藏在心里，还是会心痛但不会表现在脸上了。

即使是在满校园的流言蜚语下，还能在万人面前演一棵树，这都能挺下来，还有什么大不了的？

她百无聊赖地看着被围在中心，耐心地给新生讲解社规和具体事项的陈小锁，感叹上天的不公平。

为什么流氓可以有文化？时代真的变了，女文青最终还要给流氓打工啊！

正当她仰头感叹时，面前忽地出现一张面孔。

好熟悉，好像在哪里见过？

干净的白衬衫，利索的板寸头，清秀的眉眼，高瘦的身板，肩上背着画具，一脸淡淡的忧郁……

哦买噶！这不是债主大人是谁啊喂？

03.

美男鱼波波

童佳佳惊得从椅子上摔下来啊有没有，为此，陈小锁在百忙之中还硬是探头教训了她一顿："童佳佳，你是天生骨质疏松呢还是从小营养不良缺钙缺锌啊？坐得好好的还能摔下来？我看你是没有霍金的命还是得了霍金的病吧？你知道你坐在那儿代表的是什么吗？你代表的可是话剧社的形象！你给我坐直了，别再给我丢人现眼！"

嗡嗡嗡嗡嗡——童佳佳觉得自己头顶的紧箍咒在不停地收缩，而咒语似上了发条的机器般不停地从陈小锁那货嘴里源源不断地奔涌出来，吵得她快变神经病。

显然陆柠也认出了那见到他后就很没气质地摔在地上的女生，脸消肿了还是蛮清秀的，他差点儿认不出来了。

但，无论是包子脸还是鹅蛋脸，他都不想再见到，有她在的地方必定会有不好的事情发生，陆柠确定肯定以及认定了这一事实。

童佳佳为防止恩人落跑，连滚带爬地追上抬脚欲走的陆柠，拽着人不放，险些没把恩人绊倒。

好不容易站稳，扶好肩上的画架，陆柠觉得自己要疯了，二十几年来都没有如此抓狂失控过，这回要破例了。

陆柠深吸口气，居高临下道："同学，你认错人了，我不认识你，更不知道什么轮船、手机的事情，我现在有急事，你能行行好放过我吗？"

童佳佳拽着他的裤腿好不容易站起身："不行，恩人请留步！我没认错人，你就是我一直在找的恩人哪！这回你一定得给我留下联系方式，我要还你钱。我已经拟好字据了，按照现在 iPhone6 的市价加上折旧啊学生价打折什么的，我总共要赔你 4666 元，基于我现在的财务状况，我会分一年还清。我算了下，每月要还你 388 块 8 毛 3，赶得早不如赶得巧，这个月的我先还上。"

"同学，你真认错人了，即使你坚持你没认错人，可不可以当自己认错呢？我不差钱，不用你还了行吗？"陆柠一见到这女的就神烦啊有没有？

童佳佳掏钱的手顿了下："啊？"

陆柠耐着性子将童佳佳抓着他衣袖的手指一根根掰开："如果可以的话，希望你不要再出现在我面前，你非要认为我是你恩人的话，好吧，我有个请求，就当我去钱消灾，用那个 iPhone6 的价值来买你不要再烦我，行吗？还有，你真的很让人感到无奈和讨厌！"

童佳佳从未被人这样当面嫌弃过，即使是林宴，那也是隔着千山万水地嫌弃她，可这回被当众嫌弃还真有点儿不是滋味。那夜落水的前一刻她记得很清楚，是这人焦急地奔走呼救，而自己醒来睁开眼第一个看到的也是这人，说他是恩人其实一点儿也不过分，即使他不要任何感谢，但那手机确实是自己脑残丢的，这不赔说不过去吧？

周围已经慢慢聚拢了一些人，那种耳鸣般的"嗡嗡"声又开始充斥在她周围，有人开始指指点点。

陆柠更觉烦躁，转身欲离开，可正在他转身之际，手腕却被人抓住，好大的力气，他试图挣了几次未能挣开。

童佳佳就是再厚的脸皮，此时也没脸再拦着人家还钱了，喊，不要还更好！她还省了呢！她弓着身子像只鸵鸟般想隐藏在人群里，可那本来应该立刻消失走掉的男生站在原地不动，还出声喝道："你给我松手！"

松手？自己早就松了啊？童佳佳感到莫名其妙，耸耸肩，继续往前走，但是周围传出一阵阵惊艳的赞叹声，这不对劲啊！自从上学期那场闹剧后，童佳佳身边就只充斥着幸灾乐祸的声音，赞叹跟她完全没关系吧？

可是窃窃私语声越来越多，越来越大，引得她放弃逃走的念头回头看了一眼。

这一眼，可没把她的魂给吓飞了。

童佳佳发誓她绝对不是故意的！她那是应激形势下的正常反应！

"啊！"

三秒过后，一声响彻云霄的尖叫声袅袅升起，盘旋在树人大学校园上空，久久挥散不去。

当陈小锁以为童佳佳被群殴，卷起袖子火急火燎地冲进人群准备大打一场时，却见到童佳佳很不争气地晕了过去。

而此刻正抱着童佳佳一脸不知所措的男子更吸引人的眼球，这是人是妖啊？

Cosplay？动漫社的跑到话剧社来抢生意？不想在树人大学混了是不是？

眼前不真实得如同画里走出来的男子环顾一眼四周后，低下头伸手掐着童佳佳的人中，半晌，见怀中女孩渐渐转醒后，在众目睽睽之下，毫不犹豫地俯身朝她的嘴唇亲去。

我去！这也太拿围观人群不当灯泡了吧？

众人见男子大胆的举动后一片哗然，就连先前被牵制住欲发火的陆柠都看得目瞪口呆，更何况是准备大打出手的陈小锁呢。

"人妖，你给我放开她！"

这一声吼出来，树人大学从此再无宁日！

陈小锁很生气，后果很严重！

童佳佳一手捂着左脸，一手握着个鸡蛋敷着右眼，很痛苦地望着眼前狼吞虎咽的男子，她这会儿不用说张口说话，就是轻微的头部运动都能让她疼得想跳楼。

好吧，当年雄霸明州市的"锁爷"武力值不是盖的，而眼前这位……佳佳瞄了一眼桌子下那双长长的美腿，咽了下口水。姑且把他归为人类吧，他的武力值简直不能用"雄霸"来形容好不好？亏她童佳佳还大义灭亲地扑上去救他，结果，两位当事人一点儿事都没，她这和事佬却搞得一身伤。

"童佳佳，你是脑子被驴踢了吗？朋友敌人分不清吗？你……你把我关在外面？你竟然把我关在外面？这是谁租的房子？啊？我去！这是老子的房间！你把我关在外面？你眼睛被屎蒙住了吗？啊？还有，那人妖，你给我听着，你要是再敢对那蠢女人做什么，看我不打爆你的脑袋！"

门外陈小锁还在不依不饶地爆粗口拍门，门内童佳佳却忍着剧痛赔着笑脸朝不停往饱满的腮帮继续塞食物的男子道："你别和他一般见识，他就是个愚蠢的人类！"

佳佳不屑地朝大门方向冷哼一声：我还不是为了救你！也不看看人家是谁？那可是在深海里称霸的王啊。如果佳佳不是在做梦的话，在海里，这货可是连鲨鱼见了也得绕道游的家伙啊！陈小锁，你就一边待着凉快去吧！

埋头塞食物的家伙听见佳佳的声音，终是舍得抬起脑袋朝她微微一笑。

这一笑，佳佳算是彻底理解了啥叫"蓬荜生辉"！就陈小锁这狗窝，被他这一笑所渲染，硬是显得珠光宝气起来，真真是一笑倾城啊！

特别是那双眼睛，笑起来时晶亮得似是要滴出水来，即使鼓着腮帮子也丝毫不影响他容貌的可观赏性，好萌啊！怎么说呢，这人似是有股魔力，一个表情一个微笑好像都能牵动周围的光线，一时满堂亮彩。

"咳咳……"佳佳一时看呆，待回神才觉不好意思，忙端起一旁的水杯灌了口水。

她细细打量起眼前的……少年，五官就不赘述了，他耳朵有些尖，肤色很白，左耳上戴了一枚极其闪亮的透明珠子，及腰长发泛着淡淡的蓝色，柔顺地裹着精壮赤裸的上身，脖子上挂着一串七彩扇贝类制成的精美项链，左手腕上也挂着一串类似的手链，下身重要部位上围着似是用种坚韧的植被织成的草裙，好吧，顶多称得上是块遮羞布，光滑的双腿下一双赤足显得特别……娇嫩。虽然是双男性的足，可就是有种被呵护得很好的感觉。佳佳想，或许是不常用的原因，因为在海底时他的下身可是条金黄色的鱼尾，总之，全身除了头发其他部位皆泛着水润的淡淡金色，像一道光。

不知过了多久，外面的拍门声终于止住，陈小锁好像放弃了，而屋内那进食的男子也终于吃饱了般，拍着肚皮舒服地打了个饱嗝后，弯着一双眉眼，端坐在位置上，定定地望着佳佳。

佳佳被看得脸颊通红，忙移开目光看向桌上叠得高高的空盘子，偷偷深吸了几口气才平静下来，挺了挺腰脊便试着与他交流。

"那个，你……会说人类的语言吗？"

"……"他微抿着唇淡淡地笑，没有应答。

佳佳摸了摸鼻子，指了指自己的嘴巴再指了指他的嘴巴："你是个哑巴？"再指了指自己的耳朵，"你听不懂我说什么？"说完，佳佳用蹩脚的英语又将上述中文翻译了遍，结果……

"呵呵……"少年咧嘴一笑，露出两颗尖尖的小虎牙，有些傻气。

佳佳有些懊恼，指了指他的脑袋："难道你的智商还没有进化？停留在鱼类的智商？"

半晌，当佳佳快要放弃沟通时，少年终于开口了，佳佳泪奔。

"我叫 Bael，你叫什么？"似乎是吃饱了饭，少年的心情很不错，音调很是欢快。

咣当——佳佳毫无预兆地从椅子上摔了下来，艾玛！他终于开腔了，尼玛，还是汉语！声音好听极了，人鱼的声音果然是天籁啊！

佳佳自觉失态，忙迅速爬起身子坐好："什么？柏叶？"喊，我还柏芝呢！

"汉语应该叫帛曳。"少年耸了耸肩笑道，他好像很开心，总是在笑，让人的心情也不免跟着好起来。

"波……波爷？"尼玛，这货和陈小锁是亲兄弟吗？这么喜欢管自己叫爷？什么破名字。

终于，沟通出现了障碍，少年皱起了眉毛，不过，很快，眉头便舒展开。他双手托腮撑在桌子上，眨了眨眼睛，长长的睫毛如羽翼般跟着扑闪，让人的心跳也跟着"扑通扑通"地跳。

"算了，你就叫我波波吧。"

"……"佳佳一时言语无能，她的眼神不由自主地向下移去，望向少年没有打马赛克的胸部，波波……骚年，果然起了一个好名字啊！

"呵呵，总比叫爷爷的好！"少年很乐观。

"……"佳佳很凌乱，苍天啊，大地啊，你杀了我吧！历史上、言情小说、青春偶像剧里哪有美男的名字会叫波波啊？尼玛啊，"波波"你也敢叫，你配做人嘛？（童佳佳给全天下叫波波的男性慎重道歉！）

"晚餐很丰盛，谢谢你的款待，波波很喜欢。"继续卖萌吧，反正卖萌不用钱，当然，也收不到一分钱！童佳佳囊中羞涩，骚年，请不要大意地卖吧！

佳佳继续做吞咽口水状，半晌才发出声音："波……波波，你好，我叫童佳佳，我……我有个疑……疑问……"她小心翼翼地举起了一只手做提问状。

还不待她说完，少年就抢话道："没错，你所想的都是真的，你的记忆也没欺骗你。我在海里救了你，用我的珠子，现在珠子在你肚子里，我必须取回来才能回到海里去，所以……我来了！"

"……"佳佳如同悬崖旁正受台风凌虐的小花，随时都有可能被折断坠崖！你掩饰下会死啊！我所有想法和记忆已经超过了一个人类的正常智商和想象空间了好吗？我一直是无神论者啊有没有？天底下绝对不可能有人鱼这个物种啊有没有？有时候善意的谎言可以救人命啊喂！骗我的吧骚年！说你是人类，所有都是一场梦啊骚年！救人一命胜造七级浮屠啊骚年！童佳佳濒临崩溃中……

似是怕她不信，少年忽地抬起双腿轻轻摆了摆，慢慢地，金黄色的鳞片一点一点爬满下身，不一会儿，一条美丽的鱼尾便呈现在佳佳眼前。

佳佳眼前一黑，脑子一片眩晕，心中较劲般默念：这不是真的这不是真的我的眼睛被蒙住了……

"你别怕，我只想取回我的珠子。"少年见佳佳脸色苍白，忙安抚道。

"你……你要怎……怎么取？"佳佳颤着嗓子道。如果说在前一刻她还存在侥幸心理，认为一切不过是场恶作剧罢了，可当鱼尾在她眼前欢腾地摇摆时，一切心理安慰都显得无能为力，有时候，人不得不认命！

倒霉起来，喝口水都塞牙缝，跳个海都能遇人鱼。

少年眉毛微蹙，龇了龇牙，露出的尖尖虎牙在灯光下格外耀眼，刺得佳佳有些胆战心惊。这家伙可是吃鸡肉不吐鸡骨头的啊，瞧这一桌跟抹布擦过般的空盘子，不剩一点儿渣啊，童佳佳无语凝噎。

"有两种方法取，不过我建议你选择第二种。"少年微微一笑，一副安全无害样。

佳佳立马缴械投降，被这一笑，心都柔软了几分，不好意思道："哎呀，淘气，说，怎么取？"

少年指了指自己的虎牙："第一种，我用牙齿咬开你的肚子；第二种……"

哐当——一声，还不待他讲完童佳佳很不幸地再次跌下椅子，四脚朝天。

有谁能告诉她，这条鱼什么品种？美人鱼？食人鱼？魔鬼吗？童佳佳这回算认栽了，原来被林宴甩被换角成为笑柄还不是最惨无人道的，尼玛，开膛破肚才是真绝色啊！

"你……你怎么知道珠子还在我肚子里？说……说不定我……我消化了，化成水……水，拉了也不一定啊！"童佳佳彻底成口吃了。

少年莞尔，斜睨了地上人儿一眼，身子懒懒地往后靠在椅背上，双手交叠枕着后脑勺，悠闲地跷起二郎腿，吊儿郎当道："我的珠子你消化不了，如果真消化了，那我只好吃了你了，你看起来很好吃的样子哦。"说完，他又特意露出了尖尖的小虎牙，刺溜一道亮光自齿尖划过。

童佳佳彻底被吓傻了，不复之前略带傻气的萌，这货原来是演技派，现在

一副不怀好意的反派模样是要闹哪样啊？小锁、锁哥、锁爷……你还在不在啊？我错了行吗？我是猪脑子我眼睛被蒙瞎了引鱼入室啊！救命啊！童佳佳感到从未有过的绝望。

耳畔似乎响起了那动人的歌谣："童话里都是骗人的，我不可能是你的王子……"

不是这样的，不该是这样的！

《人鱼传说》《海的女儿》里不是这样写的！美人鱼不都是善良勇敢为了爱和正义默默奉献即使变成泡沫也会送上祝福的人类最好的朋友吗？

有谁能告诉她，这条跷着二郎腿龇牙咧嘴威胁恐吓的大胃王是什么东西啊？

童佳佳很想掀桌啊有没有？不带这样玩的啊老天爷！这不科学啊！

"波……波爷，波……波哥，哎呀……哎呀哎呀，它踢我了，它在动，啊哈，没……还没消化呢，它还在呢，别……别吃我啊，我会想办法吐出来的，您放心！我……我现在就去买催吐剂，明早之前，我一定会把它吐出来的！不吐出来我就买泻药，我拉出来！相信我啊波哥！"佳佳快哭了，吃人啊？她不要被碎尸啊！原以为大难不死遇见如此绝色的美男鱼，怎么着也得是部爱情玄幻片，怎么发展成恐怖惊悚变态片了呢？这不科学啊！

少年见地上的童佳佳跟怀孕似的护着肚子一惊一乍，略微愣了愣神，心道：珠子不会动啊，人类的想法真是千奇百怪啊！还得多学习！

"你也别急，还有第二种选择嘛。"少年放下腿，坐直了身子。

童佳佳猛地抬头，见有希望，忙爬到他脚边一把抱住他的一双大腿，边轻轻抚摸边可怜巴巴道："波爷，只要不吃我，叫我做什么都行。第二种选择是什么？"一脸悲戚啊。

少年显然没见过这种架势，难道是自己待海里太久跟不上人类的思维了吗？还有，这女的抱住他哪里了？帛曳缓缓低下头，霎时，全身的血液皆冲向脑子，脸倏地通红。

人鱼最脆弱最敏感的地方就是化成人形时的腿啊！而此刻自己最脆弱的地方整个儿都在这女的怀里，她柔软的胸正贴着他的足，他的足？

怎么会这样？脸好烫，身子好热，在还没有更异常的情况发生之前，帛曳连忙挣脱佳佳的"魔手"，扶着桌子站起身，颤颤巍巍地后退两步，故作镇定道："第二种选择就是嘴对嘴吸出来！"

"啥?"本已直起身子准备洗耳恭听的佳佳再次瘫软下来,眼神缓缓移至少年那水光润泽的红唇,慢慢地,脸上也布满了可疑的红云。

"咳咳……"已经恢复镇定的帛曳俨然一副酷帅狂霸转的模样,居高临下道,"我找你找得好辛苦,离开珠子太久了,以我现在的法力,第二种方法不一定行得通。"

佳佳哪里会放过这生的希望,忙从地上爬起,舰着脸讨好道:"不急不急啊,波爷,来,您坐着,咱一次不行就试第二次、第三次嘛。再说了,您可能不了解,我们人类啊,只有亲密的男女关系才能做嘴对嘴的事情的,这没感情的两个人嘴对嘴怎么会有技巧呢?没技巧怎么能吸出珠子呢?您就安心地在这里住下,等我慢慢教您如何有技巧地吸出珠子。"先拖延时间再说,指不定哪日就被她吐出来抑或……拉出来!佳佳捂脸,先安稳人心最重要!

帛曳被拉着坐下,有些怀疑地望向佳佳:"技巧?你有经验?什么叫作感情?"

佳佳忙倒了杯水递过去道:"啊哈,不才,姑娘我对'嘴对嘴'还是蛮有研究的,只不过有段时间没练过了,又生疏了不少。要不,您给我点儿时间再复习一下,保证让您满意。"要和时间赛跑啊,一定要在他下手之前将珠子搞出来啊!

帛曳皱眉,推开她递过来的水,一脸嫌弃:"很有研究?你经常干这事?和有感情的人?"

"呃……"佳佳脑海里迅速闪过林宴的画面,一时竟有些愣怔得说不出话来。

看着她那副要死不活的样子,帛曳冷笑一声:"哼,如果我没听错的话,你的意思是你和我没感情,所以第二种选择也行不通喽?其实你是想拖延时间独吞我的珠子吧?不让我吃又不让我吸?"

"……"事关重大,童佳佳不得不从痛苦的回忆中回神。

"不……不……我不是这个意思,我们确实没感情,可是感情可以培养的嘛,不对,人和鱼是没有结果的,感情是不能勉强的,呸呸,我不是这个意思……"佳佳拍拍嘴巴,很想死啊有没有?今晚怎么了?结巴了?被下说真心话的咒语了吗?

帛曳定定地望着地上的女孩,忽地朝她伸出一只手。佳佳受宠若惊,连忙伸手握紧,帛曳轻轻一拽便把她拉了起来。

佳佳刚想表示感谢,却被帛曳接下来的话给惊呆了。

"少给我耍花样，既然和我没感情不让我吸，就把肚子露出来吧！"说完，帛曳顺势就将她整个抱了起来，俯身朝她的小腹处凑了过去。

据佳佳的回忆：当时那对尖利的虎牙离她的肚脐眼只有零点零一公分，但是当四分之一刻钟过后，这对虎牙的男主人将会彻底爱上她，因为她决定说一个谎话，虽然她生平说过无数谎话，但是这一个，她认为是最完美的。

"你不让我吸，我就吃了你！"少年亮出了尖尖的虎牙威胁道。

"你应该吃了我。"佳佳屏住呼吸轻轻道。

"……"少年停了下来。

"曾经有一份真诚的选择摆在我面前，我没有珍惜，等我失去的时候，我才后悔莫及，人世间最痛苦的事莫过于此，你的牙在我的肚皮上咬下去吧！不用再犹豫了，如果上天能够给我再来一次的机会，我会对他说三个字：我会选择第二种！感情是不分物种的，如果是真爱，人和鱼也会修成正果的，如果非要在这份感情上加一个期限，我希望是……一万年。"整段独白下来，佳佳的声音可谓凄凄惨惨戚戚啊。

佳佳的身子被缓慢放下，那一刻她紧张得几乎窒息。

当身前的少年缓缓开口说出接下来的台词后，佳佳那悬在嗓子眼的心才算是放了下来。

"一万年，太久了，就爱我现在！"

当佳佳的双脚彻底着地时，屋子内的两人彻底兴奋地搂作一团，哥俩好般道："你也是星爷的粉啊？"

"是啊是啊。"

"他所有的电影我在上岸后都看过。"

"对啊对啊。"

"不过，你刚才说错了一句，明明是三十个字，你怎么说成三个字了？"

"是哦是哦。"

"你怎么知道我最喜欢这段台词的？"

"对啊对啊。"

"什么对啊对啊？"

"我研究了下你的草裙，很不错嘛，怎么写上去的啊？五十几部电影都看过了？"

"那是自然，我的汉语就是跟他学的。"

"哦哦，难怪说得那么好，不过那是他的配音，不是他的原声，你'母鸡'啦，原声更性感的啦。"

"真的吗？"

"那还有假，姐姐这辈子从来没骗过人。"

"你多大了？"

"二十二岁。"

"我五百岁。"

"……"姐你妹！

04.

Q版人鱼卖萌萌

当陈小锁费尽千辛万苦冒着生命危险，从五楼隔壁房间的阳台爬到自家阳台上，隔着窗玻璃看到的是这么一幅场景：一个猥琐的人妖搂着一个更猥琐的东西在他的房间里又蹦又跳地翻箱倒柜，他的珍藏版 CD 满天飞，噢，还有他的限量版香港电影辉煌百年集锦，还有他藏在床底下收集的明星签名簿……

　　陈小锁崩溃了："童佳佳，你想死还是不想活，畜生，放开我的'奥黛丽·赫本'海报！"

　　事实证明，偶像的力量是不可估量的！

　　武力值完败的陈小锁在看到自己的宝贝将被销毁殆尽时，小宇宙彻底爆发了，不仅阳台门被他一脚踢开，就连那看起来很能打的人妖最终也被他彻底压制赶了出去。

　　满天繁星下，一条鱼和一个女孩被孤零零地抛弃在大马路边上，道不尽的可怜心酸。

　　"我们现在去哪里？"帛曳戳了戳愣怔地望着车来车往的女孩道。

　　佳佳摸了摸鼻子，叹了口气："先开房吧。"

　　"好啊，是不是到了吃夜宵的时间了啊？"

　　"……"尼玛！这才刚吃完有半个小时吗？啊？有半个小时吗亲？半个小时前才吃掉三份肯德基外卖全家桶啊有没有？童佳佳气得很想闯红灯啊！什么酷帅狂霸转萌美啊！简直就是食物收割机啊！

　　童佳佳只顾着给这货找地儿住找食物，却没有发现这家伙的武力值为何不敌陈小锁，这可是一手能将鲨鱼撕碎的狠角色啊！还有，随着深夜的来临，那原本闪耀得像是一颗星星的人儿好似被抽走了生气般渐渐暗淡无光。

安顿好帛曳，佳佳说尽好话才脱身离开，直至离开，她也没发现为何刚才还强硬地要取回珠子的少年此刻却除了耍耍嘴皮子威胁她外再无暴力倾向强行将她留下。

这一天发生太多事了，童佳佳需要好好消化。

当然，在她有限的智商下，不一定能够将所有事情皆消化掉，但她的经历足以让愚蠢的人类颤抖了！

自杀有风险，跳海需谨慎！

小心，人鱼出没！

"不要吃我，不要吃我……"童佳佳是被刺耳的刷脸盆声音吓醒的，像极了野兽磨牙的声音，而之前她还在梦中被群食人鱼分食。

她猛地惊醒坐起，后背一身冷汗，摘掉眼罩，神情恍惚地在枕头旁摸出了手机，开机，才七点半，今天没课！谁一大早刷脸盆？神经病啊？

她翻身下床，发现屋子里除了罗婧在镜子前试衣服外一个人都没有，而阳台外一披散着头发的女生还在继续制造噪音。

佳佳走到阳台前还没开口说话，那刷脸盆的女孩就先发现了她："呀，佳佳，我把你吵醒啦？"

"……"废话！

"不好意思啊，我还以为你跟着简灵她们上自习去了呢。"大四了，她们宿舍三个准备考研，佳佳还在犹豫中。

"是吗？我是瘦成一道闪电了吗？躺在床上你都看不到？"自从上回被佳佳听到于晓对自己幸灾乐祸的评价后，佳佳对这三年来一直掩饰得很好的假惺惺舍友彻底改观。

佳佳刚从灵岚市回来的那段时间，于晓没少跟她套近乎，想试着缓和下两人僵持的气氛。她大概不了解佳佳其人，童佳佳没啥原则，却是有自己的底线，对她认定的朋友容忍的底线是无底洞，对她认定的敌人……那就永远是敌人！秉承着贱人就是矫情的原则，绝不留给贱人再伤我一次的机会！虽然面上没什么表现，心里早将她列入黑名单了。

于晓讨好了多次，佳佳总是不冷不热，她心里更加气恼，于是面上依旧保持和睦相处姐俩好，其实私下里没少给佳佳使暗棍，当然，佳佳将一切看在眼里，贱人就是矫情嘛，等着瞧吧！

"哪能呢，我不是看着脸盆脏得不行吗，你不是知道我有洁癖嘛，也没想那么多。再说，刚才她们几个起床那么大的动静，你不也没被吵醒吗？我这点儿声音就把你吵醒了？佳佳，你是不是有意针对我啊？"于晓无辜道。

童佳佳双手环胸斜靠在阳台门上，盯着于晓的眼睛冷笑，良久，开口道："既然你都知道了，以后见着我就小心点儿。"说完还特意站直身子往前凑了凑露出个意味深长的笑容，"我一定会特意针对你的哦。"

于晓本想着揶揄她一下就算了，折腾一段时间，以为童佳佳不过是仗着陈小锁撑腰的软柿子，没想到她竟然会公然宣战，一时竟有些反应不过来，事态有些脱离她的掌控。作为校园红人的童佳佳她还是不想彻底撕破脸皮的，但又真心看她不爽，总想着能欺负一下就欺负一下，反正她一直不反抗不是？结果她还是低估了佳佳的性子。

"哎哟，佳佳我真是说不过你，你是大编剧，我们这等凡人真真不是对手。好了，我说错了还不行吗？我道歉。"于晓连忙挽回。

佳佳冷哼一声后转身回屋："知道不是对手最好就给我收手，以后刷脸盆可要挑个好时间。"说完，爬上床继续躺着想睡个回笼觉。

而于晓咬着唇狠狠地盯着她的背影，握着刷子的手紧了又紧，最终还是放下了脸盆。

屋内的罗婧全程没插一句话，待她二人进屋，又安静地试了几套衣服后，拎起小皮包出门去了。

爬回被窝的童佳佳却再也睡不着了。

自从林宴跟她分手后，这一段时间她都过得浑浑噩噩，说得惭愧点儿，简直就是行尸走肉，成天被陈小锁拎来拎去地做苦力，每天累得跟狗一样，让她没有时间伤心没有时间埋怨没有时间想……林宴。

如今，自己摊上了这么大的事却一个能商量的人都没有，也真是她的悲哀。

原来的童佳佳的人生轨迹就是以林宴为中心旋转的，如今这核心没了，她的人生却还要继续转下去，想想也觉得未来了无生趣。如果连一个相识相恋多年最亲密的爱人都不可信，这个世界上还有谁可信？

有谁会相信她现在正被一条人鱼威胁，而且有着随时被吃掉的危险？

一觉醒来，连她自己都不相信昨日所发生的一切是真的，更何况是相信科学的同类们。

佳佳一骨碌又爬了起来，习惯性咬指甲做沉思状。虽然昨天那条鱼威胁她不能将他是人鱼的事情泄露出去，可是……事关生命安全，她最终还是拨通了陈小锁的电话，现在她身边也唯有他可依靠了，其他那些娇弱的软妹子就算了吧，对她们保密也是另一种对她们的保护。

电话比想象中接通得快，这会儿不到八点，按道理陈小锁还在睡觉才对啊？

佳佳有些疑惑地接起电话："喂，小锁，昨天……"

"滚蛋！你和那个人妖最好永远消失！童佳佳你这傻妞，我恨你！"

嘟嘟嘟——电话断了。

童佳佳彻底惆怅了，就说吧，身边连一个商量的人都没有，这回摊上大事了！

于晓没有出门，她家底不错，据说家里早就为她安排好了工作，还是一家不错的外企，所以到了大四，全宿舍就数她最优哉。她一大早就跟佳佳斗气还输了，这会儿正坐在位置上气巴巴地将电脑键盘敲得"啪啪"响。

而佳佳处于人生最迷茫的阶段，现在连感情都处理得一塌糊涂，学业顾不及更不用说去考虑自己的前途问题。

她成天跟着陈小锁瞎混，没事就写写剧本，偶尔给些青春杂志投几篇稿，因为文风清新、视角独特倒也赚了不少名气，还专门在某知名青春杂志上开设了专栏，额外的稿费来源让她的生活过得小资有余。

只不过小资生活在踏上加勒比海号后就彻底结束，她成了负债累累的倒霉鬼。

出版社的稿费都是在杂志上市抑或一定时期才给结算的，佳佳财产不少，但都还见不到。

被陈小锁挂了电话，她本赌气地又想钻回被窝睡回笼觉，可一想到昨晚那怪物，叹了口气最终还是认命地爬下了床。

佳佳站在煎饼摊前，嘴里边嚼着包子边就着手里的豆浆袋猛吸一口，还不忘含混地对摊主吩咐："老板，每份再加一个蛋一个火腿一根油条！"

老板："姑娘，你们同学真是的，这么多都让你一个人买啊？"

佳佳嘿嘿傻笑："没事，我有力没处使呢！"

得，望着手里一袋包子烧卖再加这五个煎饼果子，应该够那条鱼吃了吧？

一想到那条荤素不忌的鱼那闪亮的尖牙，忍不住浑身一个哆嗦，还是赶紧把早饭送过去，免得遭罪。

佳佳提心吊胆地来到了小旅馆，一进门就小心翼翼地将房间观察了一番，生怕吵着那什么爷睡觉。不知道人鱼有没有起床气，反正佳佳的起床气是非常严重的。

床上没人！

她试探性地喊了一声："波爷？"

走到阳台外还是没人，难道在卫生间？

"波爷，你在里面吗？"她敲了敲卫生间的门，没人应答，轻轻推了推，门没锁。

佳佳回身放下早餐，狐疑地推开卫生间的门……

没人？那会去哪里呢？难道回海里去了？啊哈，一想到这种可能，佳佳那悬着的心随即放松了许多，拍着胸脯吸一口气后忍不住笑逐颜开。

可她终究还是高兴得太早。

正当她准备哼着小曲儿回学校时，卫生间那遮着浴缸的帘子里传来了一阵阵"啪啪"的水声。

佳佳猛地一怔，慢慢靠近，侧耳倾听，那"啪啪"声愈加响亮。

好奇害死猫啊！她忍不住哆嗦着手掀开帘子，当看到眼前的情景时，心口一疼，眼前一黑，差点儿没晕死过去。

虽然已经看过帛曳的真身，可这样近距离的视觉冲击还是很考验人类世界观的！

深呼吸深呼吸！童佳佳边做着自我调节边慢慢睁开眼睛。

旅馆的浴缸显然装不下整条美男鱼，帛曳无力地躺靠在浴缸里，尽量让身体的每个部位都沾着水。

淡蓝色的长发湿漉漉地贴在苍白的脸上，鱼尾时不时地拍出些水花，佳佳有种错觉：这条人鱼好像快不行了！

"你……你怎么了？"见着如此虚弱的人鱼，佳佳的胆子也大了不少。

帛曳微微睁开眼睛，气若游丝道："帮帮我……"

"啊？"佳佳后退了一步，脑子在飞速旋转，他在求救？如果现在她报警抑或马上叫来旅馆工作人员，哪怕是硬拉着小锁来也至少多了个能商量的人啊，这样是不是大家都会相信她？集人类的智慧肯定能制伏这条人鱼！她就解除了被吃的危险。

可是，如果将他曝光的话，作为地球唯一被发现的活人鱼，他是不是会被推进实验室进行各种研究？是不是会被做成标本？他会不会被折磨至……死呢？

似乎是觉察到佳佳的迟疑，帛曳缓缓向她伸出手，就像那日在海底最绝望的时候，也是这样的一只手朝她伸来，她便有了生的希望。

"我……我救过你。"帛曳像是耗尽了力气般吐出这几个字后便晕了过去。

佳佳猛地惊醒，忙拍拍脸蛋。自己在想什么乱七八糟的，无论这条鱼昨天对她说了什么，最终还是没有吃掉她不是？何况她的命确实是他救的，他如此虚弱是不是珠子在她肚子里的原因呢？

珠子？对了，珠子！

佳佳忙盛了一盆水朝帛曳头上浇去："你醒醒啊，我要怎么帮你啊？喂！"

但帛曳只是微微睁开眼睛哼唧，还是虚弱得说不出话。

佳佳忙俯身贴近他的嘴巴："你说大声点儿，我听不到，我要怎么帮你？"

"嘴……"

"嘴？"佳佳起身望着帛曳的嘴，似乎想到了什么。

人工呼吸？她拍拍脑子：这猪脑子，人工呼吸怎么做来着？

算了，如果人工呼吸能让他取回珠子，自己牺牲点儿也没什么，再说了，就这样的一个绝色尤物，到底谁吃亏还不好说呢。

佳佳努力回想救生课上老师的示范，尽量使帛曳的头往后仰着，一手扶着他的下巴一手捏着他的鼻子，深吸一口气，再嘴对嘴将气吹入……

如此反复，渐渐地，身下的少年有了反应。那垂在浴缸外的手慢慢抬起搭在佳佳的背上，佳佳明显一怔，刚要挣脱起身，却哪想那背上的手忽地收力，猛地将佳佳带入浴缸拥入怀里，而嘴上也不再是佳佳单方呼气，显然，帛曳也有意识地在吸……

原本挣扎得厉害的佳佳似乎明白了什么，隐忍着握紧了手中的拳头安静下来，只求他能一次成功吸回珠子赶紧回大海里去，从此一人一鱼再不相欠！

有首歌怎么唱来着？

"干什么，干什么，我打开任督二脉……快使用双节棍哼哼哈兮……"

佳佳此刻就是这种感觉，想要高声歌唱啊有没有？有股神奇的力量朝四经八脉畅快地游走啊有没有？任督二脉都被打通了有没有？浑身充满力量，通体舒畅，好想要几节双节棍啊有没有？

这就是珠子被唤醒的力量？难道是龙珠？集齐七颗龙珠是不是就能召唤神龙啊喂？

就差一点点了，可惜……

正陶醉在那股神奇力量里的佳佳忽地被推开，似乎还借着那股力量的反射，整个人竟被推得滚出浴缸。

而浴缸里的美男鱼捂着胸口，嘴角竟渗出了丝丝血迹。

"怎么样？吸走了没？"佳佳揉了揉膝盖爬起身子急切问道。

浴缸里的人鱼擦了擦嘴角的血迹，缓缓摇了摇头："吸不出来。"

"什么？"佳佳惊呆了，吸不出？那不是意味着要被开膛破肚抑或被吃掉？不要啊！救命啊！

"可能是我离开大海太久了，能量不够，被珠子的力量反噬了。"

"那是不是再回大海就可以恢复能量了？"

帛曳微微抬起头望着眼前一脸急切的女孩，半晌，终是点了点头。

"幸好幸好，还有希望！"佳佳拍了拍胸脯压惊。

"你能不能先出去一下？"

"啊？"

"我……我要变身了。"

望着眼前湿漉漉的赤裸男……鱼，佳佳脸"唰"一下通红，连忙溜出卫生间并顺手锁上了门。

佳佳在房间里坐立不安，吸不出？怎么会吸不出呢？哪里出错了？不行，一定得想法子将珠子取出来。

浑身黏黏的，湿漉漉的 T 恤衫搭在身上很不舒服，佳佳边抖着衣服边叹气，今年真是犯太岁了！

一分钟过去、两分钟过去……十分钟过去。

变身怎么需要这么长时间？难道出事了？

佳佳抖着湿衣走到卫生间门口拍了拍门："波爷，你好了没啊？"

"……"没人应答。

佳佳摸了摸后脑勺："波爷，你没事吧？"

又等了会儿,里面终于有了动静,不过好像是力气不够大扭不动门锁的声音。

"波爷?"

"能帮帮忙开开门吗?"

"……"

什么情况?如果童佳佳耳朵没问题脑子没出现幻觉的话,刚才的声音……尼玛啊,这绝对是个五岁稚童的声音好不好?

童佳佳忙将门锁扭开,将卫生间环视了一圈,人呢?人又到哪里去了啊?苍天啊,不带这样玩的啊!

"喂,你挡着我的路了,早餐呢?我的早餐在哪里?"

"……"

佳佳循着声音缓缓低下头,当看见地上还没她大腿高裹着浴巾粉雕玉琢般的小男孩时,彻底崩溃了。

人鱼大人,您这演的又是哪一出啊?

人鱼变身成五岁稚童?这不科学啊亲!佳佳有种想晕倒的冲动,她的世界观至此彻底崩塌!

变身成小男孩的帛曳很活泼,他蹦蹦跳跳地冲进房间,机智地搬来椅子,艰难地爬上去并成功地够着了桌上的食物。

在看到食物时,嘴里发出了轻微的惊叹。

他迅速地解开袋子,五秒过后,他已经成功解决了半袋子的包子烧卖,嘴角不留一丁点儿渣屑,佳佳甚至没看见他是如何进食的,三十秒后……

桌上只剩下两个空空的塑料袋。

为什么?究竟是为什么?有谁能解释一个五岁男童的饭量是成年男人的十倍啊?

变身成男童,食量怎么一点儿没减啊?三十秒干掉十人份的早餐!这个世界怎么了?童佳佳痛苦地揪着头发,还以为能省下点儿饭钱呢,结果……

当帛曳意犹未尽地舔着手指上的油渣时,童佳佳跟孤魂野鬼般飘向了旅馆电脑前,科学不能解释的东西,找度娘……

"你在查什么?"帛曳舔干净手指后又爬下了椅子,迈着小短腿跑到佳佳身边站定。

"查你是不是变异了。"

"哦，你抱我一下，我也要看。"

"……"佳佳望了望身边的小男孩再默默别开脑袋，一副欲哭无泪状，尼玛啊，柯南吗？老天爷，请不要大意地戳瞎她的眼睛吧！脑容量不够用啊！

"其实你也不用担心。"帛曳奶声奶气道。

"……"她才没有担心，只不过这太匪夷所思了好不好？人鱼？变身？男童？这是有多强大的想象力才能 Hold 得住啊！

"我离开大海还有珠子太久了，人形太弱了，估计一到两个小时后就能复原。"

佳佳有些烦躁地搜索着关于人鱼的百科知识，可惜，没有一点儿有用的东西。

"那……以后每天都要吸一遍，你才能变身？"佳佳很郁闷，要是永远吸不出来怎么办？

"不需要，吸珠子太耗能量了，要等待最佳时机，不过，我每天必须至少待水里保持人鱼形态八小时以上。照我目前的状态来看，在变身成功之前还会有一段像现在这副模样存在的时间，我需要你的帮忙，当然，我会保证复原后不吃你。"

"帮忙？"佳佳低头望向地上的"小不点"，他的头发垂到腰际，身上裹着浴巾，似乎是怕掉，两只粉嫩的小手紧紧地握住边缘，在说到不吃她的时候，还特意腾出一只小手撩了一下耳边的头发，本就精致的小脸再如此装模作样一番，快萌出鼻血来了好不好？

"嗯，人鱼在陆地上就像你们人类在深海里，所以人鱼形态的我是最脆弱的时候，任何物种都可以伤害我，当然，还有现在这副鬼样子。你也瞧见了，我连卫生间的门都开不了，所以，在我人鱼状态和现在这副模样的时候，你得保护我，还有，请不要忘记，在深海里，是我救了你。"

保护？童佳佳立马觉得自己的形象高大起来，从原来的猎物一下升格成保镖！真是世事难料啊！ 不过，有这样时时刻刻把滴水之恩挂在嘴边的恩人吗？好吧，不是滴水之恩，是涌泉之恩！

望着小人儿，童佳佳很想叉腰仰天大笑啊有没有？就这小不点儿还想吃她？这小傻子原来也有弱爆的时候？真是翻身农奴把歌唱啊！

美男鱼已经毫无威胁，一时半会儿也取不回珠子，就他这纸老虎的性子，估计恢复成年人形也不会真吃她，原来是个只会露出尖牙的假老虎，害她虚惊一场。

小人儿实在太萌，她忍不住伸出双手捏着他肉嘟嘟的脸蛋往两旁拉："哎哟，好可爱哦，叫声'姐姐'来听听。"

"……"面对一个傻子，最好的方式就是沉默。

"哎哟，你说说啊，在深海里，谁也看不见谁，你长得这么萌这么帅干吗啊？黑灯瞎火的就随便长啦，这么认真干吗？还有啊，以后就叫你波波吧？说实话，这名字真是太……俗了！哈哈哈……"解除危机后，童佳佳欺软怕硬的本性毕露无遗啊。

"小孩可以说脏话吗？"

"不可以！"

养条宠物也不赖嘛。

看着眼前小人儿露出不怀好意的笑容，帛曳觉得童佳佳这个女孩有点儿挑战难度。

05·

和人鱼同居的日子

老住在旅馆也不是个事儿啊，万一被发现那可就摊上大事了。童佳佳为帮帛曳找房子花了不少精神，这回陈小锁看来是铁了心不帮忙了，她只好靠自己。还好，死党陈婷给她寄了些钱解了她燃眉之急，不然她铁定疯了，养条鱼怎么这么难啊？

人家养宠物她也养，怎么就她这么落魄？连自己的口粮也得省下来贴宠物的主人这世上真是有且仅有她了。

一大早不见人影，忙到深夜才回来，错过了学校很多八卦，童佳佳喂完宠物回到宿舍时已经筋疲力尽。

躺在床上，佳佳回想着白天看的三处房子，有一处两居室是近日来看得最满意的，交通便利，闹中取静，离学校也近，主要是性价比高。大四了，如果考研的话，自习室占不到位置还可以去出租屋复习，如果不考研，找工作什么的也方便，嗯，明天就去签约。

想着再过两天，出版社就会寄来稿费，不但可以还了陈婷的钱，养波波一段时间也不成问题。可是，眼瞅着几天过去，对取出珠子两人是一点儿头绪都没，照这样下去也不是办法，看来，还得想办法多赚点儿钱才行。

对了，上回她的编辑问她有没有兴趣写剧本投电影公司，如果中稿拍成电影，稿酬绝对比出本实体书优厚，她有些心动了。

佳佳在自顾自地想着自己的事，并未加入到舍友们热烈的卧谈中，直到简灵踢了踢她的床架问道："对了，那人佳佳你还认识呢。"

"什么？"佳佳没听到之前的内容，一头雾水。

简灵忽地很有兴致道："就是那天你们话剧社招新时，你拉着人裤腿不放的那位帅哥啊。"

"什么帅哥？树人大学有比陈小锁还帅的男生？"

"嘁，我看你的眼光真被陈小锁养刁了，罗婧，说句话啊，你不是全看见了吗？"简灵那大嗓门。

罗婧拿着面镜子躺在床上照黑眼圈，不紧不慢道："就是那个陆柠，国贸研究生，今年刚进来的，典型的高富帅。你这几天没去话剧社排练，没看到穆枝枝那样，好像国贸因为一个陆柠就成为学校王牌专业般，趾高气扬的。"

佳佳狐疑："穆枝枝不是喜欢小锁吗？"

罗婧不屑道："她追了社长三年，社长除了排戏有正眼看过她吗？再说了，社长那毒舌也就你受得了，人家陆柠家世好，长得好，本科还是学美术的，多有气质。虽然没有社长帅，可带出去绝对比社长更有派头，关键是够温柔，哪像社长动不动就用拳头解决问题，简直粗鲁不堪。"

佳佳撇撇嘴："我怎么没觉得他长得有多好，就那长相，大三学弟一抓一把，气质还行就是了，怎么能和我们家小锁比，至于温柔？得了吧。"

于晓忍不住插嘴："你大编剧当然看不上，陈小锁就不用说了，林宴长得也不赖，可惜……"她话还没说完就发现不对劲了，宿舍忽地变得诡异的安静。

没错，佳佳回来后，虽然什么也没说，但大家都知道她跟林宴掰了。于是，林宴在宿舍里就是个禁忌话题，谁也不敢再当着佳佳的面提起，当然，私下里说些风凉话那是禁止不了。

于晓自知说错话忙住了嘴，童佳佳躺在床上望着头顶的天花板，脑子里一片空白，这样忙碌还是忘不了吗？

明知是个贱人，为何想起来还是会心痛？

过了好一会儿，简灵才接话道："这么说，穆枝枝转移目标了？"

罗婧忙接口道："那还用说，成天跟只发情的孔雀似的，到处开屏。"

"会开屏的孔雀是公的，穆枝枝从生理结构上看明显是个母的，你的比喻不成立。"一直没发话，一发话就语不惊人死不休的书呆子任洁雅插嘴道。

罗婧没好气地哼一声，懒得和她计较。

"对了，佳佳，你成天往外跑，都干些啥啊？"简灵问道。

佳佳翻了个身子，过了许久才开口："找房子。"

"啥？"

佳佳的话一出口，在宿舍里惊醒了不少人的睡意。

"这是要搬出去？"连王璐都忍不住插嘴了。

可惜，童佳佳再没传来任何回应，大概是睡着了，大家也只好悻悻地结束了卧谈。

有些记忆，注定没法抹去，就像有些人，注定无法替代，从林宴提分手的那刻起，这个男人在佳佳心里就算是死了，她还是会怀念——怀念生前的那个他。

几天后，当童佳佳抱着稚童形态的帛曳爬上八楼，刚打开房门就累得趴下了。

而帛曳那"白眼鱼"一点儿也不知恩图报、怜香惜玉，一到房间就挣脱佳佳的怀抱，蹬开脚上的鞋子，自行下地，提着他的鱼食袋，拎过佳佳手上的小包袱，蹦蹦跳跳地去看他的房间了。我去，这回怎么不娇弱了？不是说那双"玉足"不能长途跋涉吗？

童佳佳坐在地上捶着腰只剩下出的气了，这什么萌宠啊？魔鬼啊有没有？

"哇，好大的鱼缸啊，波波好喜欢，快放水快放水。"才吼完呢，就见他赤着脚跑到隔壁房间，又是一惊一乍道，"哇，好软的床啊，波波要这张床，快搬到波波房间去，快呀快呀……"

瞬间，他已将屋子里所有的好东西都贴上了自己的标签。

看着眼前的混乱，童佳佳一时觉得累感不爱，就这么"瘫痪"着的人生也不错。

一个小时后，佳佳无力地瘫倒在客厅的沙发上一动不动，而帛曳已经恢复成少年模样。九月的天，暑气还很盛，他只穿了件沙滩裤，赤裸着上身对着镜子摆弄着他的头发，阳光透过窗棂投射在他泛着水珠健美的身板上，闪耀得人睁不开眼。

"你在干吗？"佳佳看着帛曳不知从哪里寻出一把剪刀，终于忍不住开口询问。

帛曳抬头瞄了一眼佳佳，忽地露出个神秘莫测的笑容，佳佳忍不住打了个寒战。

"我想送你一个礼物，谢谢你为我做了这么多。"

"……"

这货不会是要送她头发吧？坑爹啊有没有？送她头发要做什么？给她上吊吗？还是给她下面条啊？这头发能换钱吗？能换食物吗？他小包袱里的珍珠怎

么不送她一串啊？送头发送你妹啊！

果然，那货麻利地一刀，把那缎带般的柔软发丝毫不留恋地剪了，他还真没扔，收得妥妥地放到一边，再对着镜子左一刀右一刀……五分钟后，一个鸟巢竣工了。老天真是不公平，同样是个鸟巢，你让童佳佳顶一个绝对会被关收容所，影响市容啊，但这鸟巢顶在帛曳那小子头上，怎么就这么有型呢？

帛曳剪完头发，臭美地在镜子前照了又照后，转身回房窸窸窣窣不知翻出什么，再出门的时候手上多了条珍珠项链，就那成色、那闪瞎人眼的亮度就能把童佳佳给欢喜跪了。

那货还算有点儿良心，虽然人主要送的是头发，珍珠项链不过是充当绑带用，但看在珍珠的份上，童佳佳还是勉为其难地收下了。

少年双手捧着"礼物"蹲在她跟前，大有讨好献宝的姿态，这副小乖乖模样挠得佳佳那颗冰了死了的心有些麻痒。

巴掌大的小脸上嵌着双晶亮的大眼就那么定定地望着你，不表扬几句还真过意不去。

佳佳小心翼翼地接过礼物，咳了几声，脸颊有些红。长这么大，除了林宴有送过她礼物，她还真没收过其他男生送的东西。

"礼物很棒，我很喜欢！"

帛曳听她这么说，小脸呈现出雀跃的表情，他有些不好意思地摸了摸后脑勺："还很香呢，你睡觉的时候可以抱着，闻着睡肯定不会失眠。"

"……"

抱着睡？她没听错吧？让她抱着一戳儿头发睡觉？神经病啊！很想掀桌啊有没有？这货是四次元空间来的吗？鱼类的思维可不可以不要这么跳跃活泼啊？你以为你送的是洋娃娃啊？尼玛这是头发！头发啊！抱着睡？头发香就可以治失眠吗亲？这科学吗亲？

对了，他怎么知道她失眠来着？自从和林宴分手后，佳佳就经常整晚整晚地失眠，已经好长一段日子了。吐槽吐得正起劲，一想到这里，佳佳顿时偃旗息鼓，再望向少年时，心底柔和了不少。

西方神话里最俊美的天使也不过如此吧？佳佳一时竟移不开眼睛，这世上，还真有比陈小锁还帅的男子啊，佳佳心目中的男神榜首位终于可以换人了。

岁月静好，如果时光可以停留在如此美丽的画面，佳佳觉得真心不错，当然，"天使"可以闭嘴的话。

"佳佳，我饿了。"

好吧，波爷饿了，意味着佳佳与沙发君要分手了。

波爷的胃比天大啊，他此刻剪了个清爽的短发蹲在她眼前，眨巴着水蒙蒙的一双大眼，可怜巴巴地做求食状。僵持了五分钟，童佳佳终是叹了口气，认命地起身去了厨房。

在她将要进厨房之际，身后那条鱼又开口嚷嚷道："每天待在家里好无聊啊，好不容易上岸一趟，这样浪费时光简直就是坑鱼啊，明天开始，你带我去上学好不好？我保证不吵不闹！"

沉默。

良久，佳佳有气无力地回头望向少年道："我可以说脏话吗？"

"不可以！"

有的时候帅真的是可以当饭吃的，比如因为长太帅被驱逐出境的某阿拉伯男模，近日就收到了女粉丝送的豪车一辆。

当童佳佳在下课解决人生三急途中被某鱼堵在卫生间门口时，有种想将卫生间买下来做龟壳的冲动。

大庭广众之下，倚着墙壁耍酷很有意思吗？啊？有意思吗亲？这是女厕所啊？本来就是全世界最拥堵的地方，没有之一啊！你说说你长成这副样子在如厕最高峰的时候站在女厕门口搔首弄姿是要闹哪样啊？

佳佳闭眼低头默念：我不认识这货不认识这货……

可是没有用啊，这货认识她啊！

"嗯哼。"帛曳习惯性地做了个撩头发的动作，手抬起来时才发现自己现在是短发了，但还是成功地引起了"鸵鸟佳"的注意。

佳佳抬头迅速瞄了一眼毫无自觉神气傲娇到处放电的某鱼后觉得要内伤了，忙捂住胸口，低头准备绕道走。

但天不遂人意啊，还没走几步呢，就被鱼拦住了。

"佳佳，我找到工作了。"

"……"佳佳忙四下望了望，很好，女厕门口彻底沦陷，慕美男而来的女生从四面八方各大学院蜂拥而来，而作为美男的搭讪对象，毋庸置疑，童佳佳再次被推到八卦的风口浪尖上了。

"这女的是谁？"

"童佳佳啊你不认识？"

"哪个？"

"就是上学期毕业会演的话剧里演棵树的啊。"

……

好吧，招新那天，拜黑灯瞎火所赐，长发飘飘奇装异服的某鱼被误认为是Cosplay人物而成功躲过一劫，没想到是祸躲不过啊！

童佳佳认栽。

佳佳看了看时间，平常这个点，这货不是人鱼形态就是小短腿，怎么就玉树临风起来了？这不科学啊？

似乎看出佳佳的疑惑，帛曳得意地摆了摆脑袋："我昨晚八点就泡浴缸啦，连夜宵都提前吃了。"

看来厕所是上不了了，眼看就要打上课铃，可这人山人海的情况……尼玛啊，下一节是高教授的课啊！要不要这样报复社会啊？

佳佳憋了一肚子气尽量压低嗓子用两人才能听见的音调道："你现在马上消失，晚上给你买包子吃。"

一听包子，帛曳明显一怔，酷帅狂霸转什么的瞬间变成呆傻萌笨蠢就差没将鱼尾露出来摆摆了。

"要正宗三鲜口味的。"

"好。"

"二十个。"

"……"佳佳沉重地点头，三鲜包子很贵的好不好？吃货！

好吧，不要问为什么是包子，佳佳也很觉得养这么条宠物很丢脸啊有没有？这样高贵美艳的美少年竟然喜欢吃包子，还是三鲜馅（鲜贝、海参、虾仁）的啊，你对得起你的种族吗亲？别忘了你自己也是海产品啊！自从捡了这条鱼，童佳佳已经自觉吐槽帝附身了。

童佳佳是好日子过得太舒服了，什么？宠物，喊，怕是在帛曳眼里她这愚蠢的人类才是宠物加保姆吧，别忘了是谁救了谁的命啊亲？太没有把恩人当恩人的自觉了吧？

用二十个包子成功将帛曳打发走后，女厕门口顿时畅通无阻，人都追鱼去

了，谁还管什么三急啊。佳佳提着裤子急忙闪进卫生间，当她通体舒畅地出来时，上课铃声也同时欢乐地响起，童佳佳脸色瞬时煞白，连滚带爬地向教室冲去，边跑心里边不停呼喊：高教授，手下留情啊。

有谁能告诉正在狂奔的童佳佳，为什么学校的女厕所要比男厕所少？为什么自己选的这间女厕所要设在距离高教授上课的教室最远的对角线位置啊？这完全不科学啊！

高教授是出了名的"掐秒表"，每次他的课，他总是提前十分钟到教室然后端着一个磁化杯，优哉地坐在教室门边掐表点人数……

很不幸的是，童佳佳上一个厕所回来连大门口高教授的影子都没能见到，人直接站讲台开始讲课了。而门外一排因为各种原因没能准点进教室的同学，正有序地井井有条地猫着腰沿着窗台往后门方向移动。佳佳呆愣半秒后，赶忙弯下腰跟在大部队后面。为了期末考那占百分之三十的平时分，弯就弯吧，但是……

尼玛啊，坑爹啊，后门被谁锁了啊？

这一排人马因为第一个人停住脚步后来不及"刹车"，一个接一个地往前撞是几个意思啊？童佳佳想死啊有没有？后面那几个你们敢不要再往前埋头苦走吗？没路了啊，要压死人啦！

陆柠和导师商讨完研究生的培养计划后，就被一直等在门外的学妹穆枝枝拉着去参观话剧社了，可当他路过管院教学楼某教室时，着实被树人大学独特的校园气息所感染。

"咱们学校进教室上课的方式挺特别的啊。"陆柠左手夹着几本专业教材，右手握拳置于嘴边轻咳一声后对穆枝枝道。

穆枝枝"嘿嘿"傻笑两声，顿时觉得作为树人大学的学生很丢脸啊有没有？她尴尬地瞄了一眼身旁叠罗汉般摔成一团的同学们，有种想再来一次高考的冲动啊！等等，那个被卡在中间快成"扁肉"的家伙不是童佳佳吗？

穆枝枝发现被压得不能动弹的某佳，脸上露出个不怀好意的笑容，转头却对陆柠露出个无比甜美的笑脸："哪能呢，也就金融班才这样进教室。你看那个还是我们话剧社的呢，这次给你谈的这部剧她也有参与创作哦，不过是靠着裙带关系'上位'的。"

说完后，还比了个吐舌的卖萌动作，可转眼就见她有些幸灾乐祸地朝佳佳方的向大声喊道："佳佳，都上课了，你怎么还在这里聊天啊？今天高教授不点名吗？"

得，这货就是来拉仇恨的，连带着佳佳也被划入仇恨范围。

拜穆枝枝所赐，门外这群苦逼很快就吸引了正在高谈阔论的高教授的注意。

陆柠看到教室里讲台上的老头放下书本推了推鼻梁上的眼镜朝窗外看来时，眉头不由得皱了皱。

穆枝枝这搅屎棍目的达成后便趾高气扬地站在一边看笑话，一点儿也不介意大家仇恨的目光，她不介意可是佳佳介意啊！

"我……"佳佳很想解释她与穆枝枝的关系，他们的关系真没好到在路上见了还能友好打招呼的程度啊。因着陈小锁这厮的关系，童佳佳与穆枝枝自进话剧社起就没看对眼过啊有没有……她们从饰演话剧角色到社团地位都是一路较劲地拼过来的啊，就差有我没她的地步了。算了，不说了，说了都是泪啊。

高教授很生气，后果很严重。

一排迟到的同学被请进教室，高教授扶了扶鼻梁上的老花镜，将他们一个个打量了遍后重重叹了口气，恨铁不成钢啊！

这一排学生也很郁闷：尼玛，他们都大四了好不好？哪个没逃过课偷过懒啊？一大把年纪了还得装鸵鸟来上课容易吗？要是让大一大二的学弟学妹看到这副模样，让他们老脸往哪里搁啊教授大人！

"你们知道今年的就业形势有多严峻吗？一个个浪费光阴觉得很有趣？少壮不努力老大徒伤悲啊，孩子们！"

"……"众人默，教授大人，您现在停止说教放我们回去多学点儿有用的知识，我们就少伤悲点儿了啊大人！

"这样，你们谁能说出'格雷欣法则'，今天这事我就不追究了！"

"……"教授大人您是认真的吗？您确定不是在整我们吗？格雷欣是谁啊？我们认识这位吗？这位有海豚音吗？最近有走戛纳红地毯吗？有参加"中国好声音"吗？还是有和谁传绯闻了啊大人？完全没印象啊有没有？这是什么法则啊？众人面面相觑。

"你看看，要是我是人才招聘面试官，你们一个个都得给我失业。"

"……"有谁招聘会出这样的考题啊大人？众人欲哭无泪。

就当众人开始搜肠刮肚地回忆贫瘠的大脑里有限的知识时，一位巾帼英雄站了出来。

任洁雅同学朝佳佳眨了眨眼后向前跨出一步，气势逼人、声音洪亮道："'格

雷欣法则'也称'劣币驱逐良币'规律,是指当一个国家同时流通两种实际价值不同而法定比价不变的货币时,实际价值高的货币(良币)必然要被熔化、收藏或输出而退出流通领域,而实际价值低的货币(劣币)反而充斥市场,它的历史演变过程是这样的……"

尼玛啊,原来是著名的"劣币驱逐良币"规律啊,这不是大一《货币银行学》的内容吗?大人您教的是《金融工程学》啊,我们都大四了你问大一知识也就罢了,您直说是"劣币驱逐良币"大家都懂啊,您说"格雷欣法则"格你妹啊!

十分钟后,任洁雅同学愣是把"格雷欣法则"的定义、现象存在的原因及其历史演变的过程再辅以现实生活中的案例给完美诠释了一遍,一时,能容纳百余人的阶梯教室里鸦雀无声,就连高教授也呆愣在当场。

不知哪个角落最先响起了零落的掌声,紧接着掌声开始蔓延,瞬时,整个教室都热烈地欢呼起来。半晌,老学究高教授终于颇为满意地朝迟到的众同学摆了摆手宣布酷刑结束。

站在门外的陆柠目睹了这一切,不由得朝身边的穆枝枝询问道:"那个女孩叫什么名字?"

穆枝枝还在愣神,半晌才反应过来:"啊?谁?童佳佳啊。"

"不是,我是说刚才演讲的那个是谁?"

穆枝枝很郁闷:"我也不知道呢,金融班我不熟啊。"

高教授的课能使得大四的这帮老油条也能甘于尽折腰,自是有他魅力所在。

甭说,连陈小锁这根刺头也能对他的课甘之如饴,就晓得教授大人肚子里还是有些墨水的。

对刚才的那场闹剧,小锁同学是全看在眼里。平日里嚣张跋扈的小爷今儿个特安静地坐于教室后方的角落里,连事件的高潮都没跟着瞎起哄,真真是高贵冷艳啊喂。

童佳佳显然是瞧见他了,拉着小雅就往陈小锁身旁的空位钻。

可,谁知,她们刚走过去,陈小锁看都没看她们一眼,径自用书本把身旁的位置给占了!

佳佳愣了一下,被小雅扯了扯才回过神来,不给坐?这小子吃错药了?

她嘟着嘴,拉着小雅往小锁后排的位置坐去,可还没等她走两步呢,"啪啪"几声传来,得,小锁爷这回是彻底"遗世而独立"了,以他为中心的位置前前后后左左右右都被他的笔记本占满了。

佳佳有些震惊，不为陈小锁莫名其妙的孤立，而为……尼玛啊，陈小锁你怎么会有这么多笔记本占位啊？高教授的课每次都要带指定的三大本教材两大本参考书，小锁同学竟然还能额外带这么多笔记本，这是要闹哪样啊？难道这小子真生气了？可是为毛啊？莫名其妙啊有没有？童佳佳顿时觉得自己有些"死"不瞑目。

没法，佳佳只好在小雅的牵引下"见缝插针"地寻位置坐下。

好不容易熬到下课，佳佳刚想拉住陈小锁示好兼让自己"瞑目"一下，哪想人小爷径自拎起书包就往一旁靠走廊的窗户轻松一跃，然后……就没有然后了，人潇洒地消失在了走廊的尽头。

独留石化在当场的童佳佳目瞪口呆，他……他宁愿跳窗也不愿直面她，这是对她有多大的怨气啊？连任洁雅都不免为之默哀。

半晌，任洁雅推了推鼻梁上的眼镜郑重其事道："佳佳，据我分析，陈小锁同学之所以会对你有如此反应，原因大概有三个。"

童佳佳僵硬地扭过头硬扯出个笑容面对任洁雅，眨眨眼表示自己愿意洗耳恭听。

任洁雅轻咳一声继续道："第一，你做了对不起他的事，他不想看到你；第二，他做了对不起你的事，不敢面对你；第三……"任洁雅露出个神秘莫测的笑容凑近佳佳耳畔道，"他思春了。"

"什么？"佳佳不可思议地望向任洁雅。

陈小锁思春？怎么可能？这家伙的情商为零，对女人动心指数为负一百分啊有没有？除非这世界上没有美人鱼啊，陈小锁就有可能思春！可是，事实证明，这世界上的确有美人鱼的存在，所以，陈小锁思春的命题不成立！

见童佳佳不信，任洁雅也没表露出啥不满，继续一本正经道："当然，有可能他思慕的对象比起你来太过于完美无瑕，所以他看到你觉得恶心而避你不及。但是，我觉得更有可能的是……他的思春对象就是你！"

"什么？你神经病啊你！怎么可能？不要乱说！"佳佳有些炸毛，连忙用书包挡在前方，一副见鬼的表情。

任洁雅不屑地瞄她一眼，笑得有些奸诈："陈小锁，貌美体健、多才多艺，虽然毒舌暴力了点儿，但还是瑕不掩瑜的。大学三年，多少女同胞拜倒在他的牛仔裤下？你见过哪个女的被他扶起来过？他没对她们再踩上两脚就不错了。

据官方统计，光我们管院四年就有 37 个女生给他写过情书明示暗示表白过，全体阵亡啊有没有？如果他不是 Gay 的话，真相只有一个！"

"……"童佳佳更新石化中。

"他心底早就有人了。"任洁雅得意地瞄了一眼面前呆住的女人继续道，"而且这个女人他求而不得！"

"……"童佳佳骨灰级石化中。

"再联想'当局者迷，旁观者清'这句至理名言，再加上穆枝枝、于晓之流对他表现的爱意和对你表现的恨意来看……这个女人十有八九就是童佳佳你！"

"……"童佳佳吐血身亡！

"你自己仔细想一想，自从林……咳咳，那个……贱人和你分手后，陈小锁是不是对你变本加厉地毒舌和暴力了？这就是别扭男的变态表达方式啊！还有，你再认真想一想，最近有没有为了其他异性而忽略过陈小锁？如果有，那么他今天的表现……就情有可原了。"

"……"童佳佳死了又活活了又死……无限循环中……喊，陈小锁喜欢童佳佳？这比林宴甩了她还搞笑！但是……童佳佳心里猛地一痛，林宴确实把她甩了呀。

盯着童佳佳的表情，任洁雅这考据派终于释放出个欣慰的笑容，幸灾乐祸道："恭喜你，童佳佳同学，你被人暗恋了！"

"……"童佳佳犹如被天打雷劈！

不知过了多久，童佳佳叹了口气，抱着书包转身往教室外走去，还在分析其他可能性的任洁雅同学赶忙追上："怎么样？我分析得对吧？你再想想还有什么遗漏的没？行啊，佳佳，不出手则已，一出手就摘了咱们管院第一株草啊！"

佳佳低着头，半晌，道："你相信这世界上有美人鱼吗？"

任洁雅一愣，忙搜索脑海里所有关于人鱼传说的数据，最后，她慎重摇头道："我相信有类人鱼，但绝不可能有美……"

佳佳自嘲地笑道："我原本不相信林宴会不要我，但事实是他真的不要我了；我原本相信这世界上没有美人鱼，但，没有什么不可能不是？"

"这和陈小锁是否喜欢你有什么关系？"任洁雅反应还是比较快的，哪儿跟哪儿呀，联想到林宴她可以理解，这冒出个美人鱼玩的又是哪一出啊？

"当然有啊，五年前，我原本以为精诚所至金石为开，陈小锁终有一天会爱上我，但事实是，在我对他告白第三十九次时，他对我说："童佳佳，即使这世界上所有女人都死光了我也不会喜欢你，要我喜欢你，还不如去喜欢一条鱼！'"

"……"这回轮到小雅石化了。

"哦，对了，他当时正在吃糖醋鱼，说完这句话，还特意将刚夹进嘴里的鱼给吐了出来，说是要合个影拍照留念呢，林……林宴他为此还跟他打了一架。"佳佳说出这些时，脸上表情一直很平静，平静得连任洁雅都觉得往事真就这样随风而去、一笔勾销，童佳佳已经脱胎换骨走出来了。

但是，佳佳藏在包下的手却死死地抠住掌心，蚀骨焚心的痛只有她自己知道。

林宴……再也没有人为她遮风挡雨强出头了吧？其实，童佳佳心里清楚得很，从小到大，她从未喜欢过除了林宴以外的其他男生。陈小锁不过就是个意外，不过就是填满她和林宴之间沟隙的最后一块石头。当然，陈小锁一直以来就是块石头而已，又臭又硬，他没稀罕过她，而她在真正明白自己的心意后才猛然发现自己其实也没真的在乎过他！

如今，小雅说这块"石头"喜欢她，这简直是本世纪最大的一个笑话。

为了抗拒一直以来什么都比她优秀的青梅竹马带给她的压力和阴影，童佳佳倒追陈小锁。而为了摆脱陈小锁给她带来的耻辱，她终于对青梅竹马卸下心防，最终有情人终成眷属。美好的爱情落下帷幕，但剧情还在继续，童话故事最终被现实打败，曲终人散，有情人也有分道扬镳之日。

爱？真是个可怕又可笑的咒语。

童佳佳抱着书包低着头踢着脚下的石子，有些漫不经心地在校园里闲逛，任洁雅跟在她身后还在纠结自己刚才的推理考据到底哪个环节出现了漏洞。

"到底哪里出现问题了呢？也许陈小锁良心发现或者是比较晚熟，现在才明白自己的心意呢？不过，他那张嘴也真够毒的，怎么能说宁愿喜欢鱼也不喜欢你呢，多伤人啊，佳佳……"任洁雅还想再次说服佳佳相信自己的考证，结果就被眼前壮观的景象幻"瞎"了眼。

这……这是赶着去投胎啊？

06

波爷泳衣热卖中

"让一让。"

"麻烦让一让。"

……

身边各路女生蜂拥而至，挤过一个又一个一脸狂热的妹子，直奔体育馆，这是来了什么大人物还是体育馆发钱啊喂？

任洁雅推了推眼镜，踮起脚远眺了几眼，几秒后做下了决定："佳佳，我夜观星象，前方八卦可至明日头条，要不我们也过去看看？"

童佳佳蹙眉，夜观星象？大白天活见鬼了？她没心思看什么八卦，心烦意乱得很呢。

"没兴趣。"佳佳看了看手表，不早了，得赶紧去买包子。

唉，佳佳心下叹气，现在也唯有养条鱼才能转移情伤了。这样为了波波忙前忙后也挺好，每天累出翔，一沾枕头就睡到天大亮，至少不会再在夜深人静的时候想林宴想得泪流满面，只是苦了钱包扁扁。

"去嘛去嘛。"任洁雅拉着佳佳的手臂摇晃，难得撒娇，可能也是为了挽回一些刚才的失言造成佳佳情绪不佳。

佳佳垂肩，像个游魂："小雅，你觉得我还会对学校里的八卦感兴趣吗？"

也是，最近几个月，童佳佳的名字可是占据树人大学各大论坛头版头条啊，且都不是啥好事。

"哦，你不想去就算了，不过，这架势跟刚才女厕被堵有的一拼呢。对了，佳佳，就刚才那帅哥你认识？我刚还想问你来着，哎，佳佳……"

还不待任洁雅说完，刚刚还一副丧尸状的佳佳忽地精神抖擞朝体育馆方向奔去了。

"哎，同学，前面怎么回事啊？"佳佳有很不好的预感，直觉告诉她要出大事了。

"买泳装啊。"

"泳装？"望着头上快十月的太阳，佳佳任是抓破脑袋也想不通为什么都快十月了大伙儿还抢购泳装啊？

正在佳佳揪头发之际，任洁雅同学已经占着自己身材娇小、灵活轻便到前方打探了个来回。

"佳佳，据我了解，体育馆的游泳馆小卖部正在卖泳装。"

任洁雅朝佳佳汇报完后，一派社会责任者形象朝后头的人喊道："后面的别挤了别挤了，老板已经把压箱底的陈年旧货都卖光了，不用说泳装泳镜泳帽……连店里的最后一根热狗都卖完了，大家散了吧散了吧。"

"怎么回事啊？"佳佳踮着脚张望。

"据说老板请了个金牌销售员，卖泳装还管合影呢。"任洁雅已经了解了八卦内容，一下失去了继续打探的兴趣。

"合影？又不是什么大明星，合什么影啊？"佳佳的预感越来越不妙。

"对哦，我怎么忘了这一茬，可人实在太多，我也挤不进去。"小雅摸了摸后脑勺，不好意思地笑了笑。

"呃……男的女的你可打听清楚了？"

任洁雅抬头，露出个笑脸："男的！"

"男的？"童佳佳怀疑地环顾了下四周，若是男的话，那这些混在女生堆里喜滋滋端着手机从八卦中心折返的男同学是要闹哪样啊？男女通吃？这不科学啊！

望着数目可观的男同胞也在"追星"的队伍里，任洁雅又摸了摸后脑勺有些吃不准了。

怀疑之际，佳佳终于攀爬上一旁的假石凳子，踮脚一望：我嘞个去，果然如此啊，那货想翻天了是吗？

待看清那所谓的"金牌销售员"是谁后，佳佳不好的预感彻底崩盘。她哆嗦着跳下石凳，在再次成为焦点之前，决定"走为上计"。

"小雅，我们快走。"佳佳觉得后背都是汗啊有没有？什么林宴什么陈小锁在美人鱼面前都是菜鸟啊！这世上还没有哪个物种能让童佳佳如此抓狂不淡定过，真是一遇人鱼终身误啊。佳佳每回看到波波都有种：完了，这个娄子该怎么破啊有没有？

"哦。"这回任洁雅倒是很爽快地配合了，她记起国际金融还有一篇论文没写，脑子里正在构思论文框架呢。

就当两人狼狈，好吧，任洁雅不承认她的人生字典里有"狼狈"这个词，但童佳佳有啊，她的人生字典里自从和林宴分手后满满都是"狼狈"这两个字啊！

狼狈逃命已经不管用了啊，任洁雅这个拖油瓶即使是逃命也要有气质有节操有美感啊，更何况她不理解自己为何要逃命啊。

"佳佳，你跑那么快干吗？见鬼啦？很热哎。"任洁雅终于受不了地挣脱佳佳的钳制，一手捂着胸口，一手为自己扇风。

佳佳同样跑得上气不接下气，弯腰吐舌头："比……比鬼更恐怖！"本想低调地养条鱼怎么就这么难呢？

电视上的人鱼不是都见光死的吗？到时候引来一群科学家海洋生物学家考古学家不怀好意的鱼贩子该怎么办才好哟？波波，你是上天派来惩罚她的吧？如此高调是嫌自己命太长还是嫌自己物种不够稀缺啊？

佳佳吐着舌头，心里停不下来地吐槽啊有没有？

联想到波波那双不能长途跋涉的"玉足"，追上她应该不大可能，佳佳也放松下来，下半段就和任洁雅慢慢地走。任洁雅当然不会放过任何八卦，但佳佳皆守口如瓶，她只好另辟蹊径去探寻。

临到宿舍楼下，佳佳和任洁雅分道扬镳，理由是买包子。任洁雅无可奈何，只好心如猫挠地看到到手的八卦远去。望着佳佳远去的背影，任洁雅觉得自己肩上的担子越来越重了，八卦之路无穷尽啊。

要尽快在公众面前撇清和那条鱼的关系啊，佳佳可不想在大四晚节不保。虽然照目前的情况来看她也没啥晚节了，可能挽救一些就挽救一些吧。

佳佳满怀心事地走到那间熟悉的包子铺，还没张口呢，卖包子的大婶就热情招呼上了：

"哟，佳佳，今儿个这么早啊？还三鲜馅的吧？"

佳佳默认点头摸钱包，正宗符合波波口味的三鲜馅包子清秋市仅此一家，当然价格也不便宜，屁点儿大的包子硬是卖到五块一个。照波波的话来说，二十个包子馅才够他塞牙缝……次奥，这牙缝该多大啊喂！

"几个啊？"

"来二十个吧。"掏出钱包，打开，尼玛……"等等，老板娘，十个就好。"钱不够啊！

只知最近花钱如流水，可不知这流水这样无情啊！

当佳佳垂头丧气地抱着书包，书包里焐着热乎乎的包子，其中一只手还捏着一只空瘪的钱包回到出租屋时，心情说不出的沮丧，可人生没有最沮丧，只有更沮丧啊有没有？童佳佳活了二十二年没有哪一天像今天这般有冲动提刀霍霍向人鱼的啊。

只见那先她一步到家这会儿正吹着电风扇，躺靠在沙发上的某鱼一副大爷表情，跷着个二郎"玉足"用略微，好吧，极端鄙视的眼神斜睨着刚进门的某女人。

"你这是什么表情？"次奥，这话该童佳佳质问他好不好？

"……"佳佳懒得搭理。

"不会是包子没买成吧？我早上出门才确认过的啊，王婆说今儿个特意给我做了足量馅的三鲜包子，难道是你独吞了？"帛曳嗅了嗅鼻子，好像闻到了什么般，猛地坐起，"不对，我闻到味儿了，快快拿出来，我要饿死了。"

"你是鱼是狗啊？什么鼻子？"佳佳没好气地掏出包子递给他。

可包子袋才沾着他的手呢，那厢人鱼就发出了声尖叫……真是太难听了！

"怎么会才九个？嗷，童佳佳，这是怎么回事？怎么会才九个？九个九个九个……"接下来就是复读机般重复数字九。

佳佳捂着耳朵瘫软在沙发上没有理会，九月的 N 城依旧热得跟火炉一样，她午饭还没吃呢就惦记着喂饱这条鱼，自己这些天忙上忙下地为他还不兴她吃一个啊？

帛曳撒手过来摇佳佳之前还细心地将剩下的包子给藏好了，他奔至佳佳身前，先是凑近闻了一闻，大概是闻出味儿了，那气更是不打一处来，他气得颤抖，摇晃着佳佳的肩膀大声嚷嚷："你还我包子还我……"

佳佳被晃得神烦，松开手，一把搂过帛曳的脖子，顺势抬起双脚压制住他那弱不禁风的"玉足"。在对方的极力挣扎下，两人很不幸地跌落在地上，姿势是女上男下……说不出的暧昧，没错，人鱼波波的弱点——就是那双脚啊有没有？

"闭嘴，吵什么吵，不就是一个包子嘛！"

"十一个！"少了十一个！

佳佳满脸黑线："我一下课就给你买包子去了，你想想你的鱼缸，你的豪华柔软大床，你每天装得满满的鱼食袋，还有那让人看了想砸碎电表水表的转速，我对你还不够好吗？即使救了我的命也得让人活下去慢慢偿还你嘛，不就吃了你一个包子嘛，有必要跟杀父仇人似的晃我吗？"

"不是一个，是十一个。"帛曳还在争辩，也不管现在被压成什么样，反正双脚被佳佳的剪刀脚给控制住了，正在做着无力挣扎，也无暇顾及其他。

"一个，我没钱了，只够买十个。用你的鱼脑子好好想想好不好？我又不是你，怎么吃得下十一个包子？"佳佳叹气道。

听到这里，帛曳总算安静下来，貌似真的在用他那鱼脑好好思考问题。

半晌，终于出声："没钱了？"
"嗯。"一想到钱的问题，佳佳彻底没气地趴下了。
"没事，我找到新工作了，佳佳以后不用再郁闷地玩电脑到半夜减压了。"
"……"我摔，什么玩电脑？那是在写稿子挣钱养你这条蠢鱼好不好？
"对了，刚才我一直喊你，你怎么不理我。"
"喊我？"佳佳本欲撑起的手臂一松停止爬起的动作。
"对啊，就是刚才在体育馆门口，跑那么快，肯定不止吃一个包子。"
"等等，你喊我什么了？周围人多不多？"
"废话，当然喊你童佳佳啦，你还有别的名字？周围的人老散不去，不然我早追上你了。"

"……"哪里有刀啊？童佳佳很想杀鱼再自杀啊有没有？完了，这回跳进黄河也洗不清了，明天八卦的头版头条，她童佳佳又要光荣献身了。

"别人还问我你是我谁，我想了想，觉得照你们人类的说法，你应该算我的女朋友吧？"

"……"刀呢？刀在哪里啊亲？佳佳很想一头撞在鱼缸上一了百了啊！这日子没法过了啊，这条鱼的智商为零啊有没有？

"佳佳，你脸怎么这么红？牙齿怎么在打战啊？肚子饿了还是哪里不舒服啊？刚才是我过分了，要不，我包子再让一个给你吃？"帛曳一脸无辜地将手抚上佳佳的额头，那表情可真是天真无邪啊！

少给老娘来这一套！周星驰的电影你全看过了，内地港台日韩欧美的爱情剧你哪一晚上有漏掉过？泡在鱼缸里还给老娘浪费电地开电视呢！你这会儿告

诉我不知道女朋友的定义？童佳佳觉得自己要疯了。

当然，她还不知道接下来的事情，要是知道了，绝对要痴傻一辈子。

正当童佳佳欲掐死救命恩鱼而后快之时，门外响起了敲门声，很好，刚才回来那刻被帛曳高贵冷艳的眼神所闪瞎，她竟忘了将门锁好。这会儿那敲门声在响了三下后，门径自被推开，而当那熟悉的声音响起时，童佳佳一口气没憋住，愣是一头栽在帛曳怀里去了。

"童佳佳！你这是在干什么？"陈小锁觉得自己会担心这个傻女人会再度被骗财骗色简直就蠢爆了有没有？天塌下来，人家照样能自 High 翻天！

陈小锁一路摸到童佳佳出租屋的心情是异常纠结的，作为多年朋友被她赤裸裸地忽略了几天，他从心底感到气愤、不平！本铁了心要晾她几天的，可刚才见着那莫名其妙的家伙在学校卖泳装，招蜂引蝶实在有碍观瞻，他还是忍不住为她担心。这才刚走了林宴，又来个……怪人，童佳佳是脑子被驴踢了还是吃了"脑残金"了？还真以为自己是人见人爱的"白莲花"啊？

彼时，童佳佳"剪刀脚"卡着波波，又被小锁的一声狮吼给惊吓得直接对波波投怀送抱，那场面别提多壮观了。

波波对女人一向是采取怜香惜玉之情的，特别是主动送上门的女人，理所当然，他很享受地抱住了受到惊吓的某女。他深深吸了口气，忍不住感叹：好浓郁的包子味，吃包子还是三鲜的好啊！

陈小锁看着眼前一幕，顿时火冒三丈，也不知从哪里冒起的无名火，就像前段时间看见童佳佳为了这男的忽略他时的心情般，烦躁、不甘，很想打人！

这火头一上来就有些丧失理智，陈小锁冲进屋子，一把拉起佳佳的手臂，也不管人是否能安然起身，就是拼着死力地拽，边拽还边毒舌道："童佳佳，我可没看出来你竟然也有水性杨花见异思迁朝秦暮楚勾三搭四的本事啊？你说说你长得是国色天香了还是倾国倾城了？一大把年纪早过了花季雨季了，还幻想着自己是童话故事里的灰姑娘吗？"说到这里，童佳佳已被强行拉起身，而被钳制住玉足的帛曳也终于解脱，但付出的代价是惨痛的，不仅帛曳，连佳佳也捂着发青的手臂抽气，可小锁同学还没完。

"你成天精虫上脑了是不是？真以为这世上但凡见你一面的男子都要爱上你勾搭你稀罕你啊？"他扯着佳佳到大厅的镜子前继续道，"自己瞧瞧，好好瞧瞧，从上到下从里到外你有哪点值得男生对你一见钟情啊？还是个……"陈小锁抖着手指了指依然躺在地上露出痛苦表情揉足的某鱼，"还是个这样的'妖孽'，在这么短的时间内他凭什么看上你啊？你是不是言情小说看太多了？还是以为自己写了几篇明媚忧伤的文章就敢四十五度角仰望传奇的爱情故事了？这小子来路不明，莫名其妙，短短时间内就让你掏空积蓄为他买这买那还给他租房子，你是不是脑子有病啊你……"

　　童佳佳一直低着头没有吭声，陈小锁的语速太快，根本容不得任何人插半句话。而佳佳也没打算插话，她没什么好说的，真的，陈小锁的话虽然难听却大多是大实话。是啊，她童佳佳何德何能呢？

　　"你是家财万贯的富家千金呢还是天使脸蛋魔鬼身材让人一见倾心二见钟情三见非你不娶啊？就你这样的智商情商心商，难怪林宴不要你！"

　　陈小锁刹不住啊，他一股脑儿把这几天积压的火气全爆发出来了，完全没计较后果，只为一吐而后快，但当最后一口火气泄完后才发觉自己失言了。

　　童佳佳本低垂的头在听到最后一句话后，缓缓地抬起，眼睛有些模糊，胸口好疼，不不……心疼胃疼肝胆脾肺都疼。

　　本以为遗忘了就过去了，没想到刻意的遗忘只不过是自欺欺人的懦弱。

　　是啊，凭什么啊？凭什么林宴要对她负责一辈子？凭什么在海里帛曳要救她？凭什么你陈小锁还要跟个监护人似的觍着脸来骂醒她？她一没家世二没本事，凭什么啊？

　　静默，屋内只剩下电风扇转动的声音，"嘎吱嘎吱"像老旧的留声机卡带，碾着人的心情无比憋屈。

　　陈小锁自觉失言，也终于住了嘴。良久，他有些担心地抬起手推了推她，轻声道："佳佳，我……"

　　道歉安慰的话到嘴边却怎么也说不出口，陈小锁颓然地放下手跟着沉默。

　　帛曳蹲坐在一旁，小心翼翼地晃了晃玉足，觉得没有不舒服了，才打了个哈欠翻身坐回沙发上。他本想插句话打断那聒噪男的，什么乱七八糟的理论，也只有拿来糊弄人，想要糊弄鱼那还嫩着呢。童佳佳凭什么就不能得到男子一辈子的爱？凭什么就不能得到像他这样的"妖孽"垂青？凭什么就不能有人对她一见倾心二见钟情三见非她不娶啊？要是那样不屑这个女人，你这个聒噪男凭什么要对她讲这么一堆废话？

　　爱情，本来就是没有理由的嘛！神烦！

　　"是……我是笨是蠢……"正当屋内尴尬无限循环之时，童佳佳却挺起胸膛，

深吸了口气后，望着镜子里的自己开口了，"活该林宴不要我，活该我被这……
'妖孽'耍得团团转，活该被全校同学耻笑，活该被你看不起……"

"佳佳……"陈小锁觉得有些不对劲，可又不知道这种境况该如何破。

帛曳也忍不住坐直了身子，他印象中的童佳佳确实是个"懦夫"，被男人
甩了只会在船头哭，被人欺负了只会当缩头乌龟，哪怕是被他缠上也是一副任
劳任怨样，很少看她如此挺直胸脯理直气壮的样子。

"但，谁都可以在我面前说我活该被林宴甩，就你陈小锁不可以说！"童
佳佳转回头望向陈小锁。

陈小锁哑然。

"你是我什么人？男闺密呢还是蓝颜知己？林宴追了我三年，我们在一
起五年，他只拒绝了我一次，而你，陈小锁，不要忘了我是那个被你拒绝了
三十九次的傻子！我何德何能承蒙你照顾这三年？那你这三年来对我又是什么
心态？得不到的永远是香的？还是早知道今天的我来看我笑话的？庆幸当年最
终还是把我拒绝了是吧？既然那么讨厌我觉得我一无是处，为什么到了树人大
学还要对我好？很享受被傻子倒追的快感吗？"童佳佳也有些激动。

她望着陈小锁的眼睛："怎么？不敢看我了？如果这条……"佳佳回首望
了一眼沙发上忽然被点名连忙正襟危坐的某鱼顿了一下，"如果这个人今日待
我好你觉得不可思议，那么你这三年来对我好那不就更匪夷所思了吗？你现在
对我的打击和唾弃可远比当年善良多了。"

"我……"陈小锁面对童佳佳的质问竟被堵得哑口无言，向来嘴比脑子快
的毒舌锁爷竟然吃瘪，可喜可贺啊！

童佳佳也不是真想和陈小锁撕破脸皮，虽然不知这位拒绝过她 N 次还和她
考入同一所大学的男生为何对她态度三百六十度大转变，但这三年来，陈小锁
确实给了她不少帮助。当然，其间不乏打击取笑逗乐，但佳佳以非追求者心态
接受他那些刻薄的……嫌弃，承受力还是比较耐久的。

有句话怎么说来着？爱情的世界里，本来就是爱得少的人占上风，她童佳
佳经历过多年前的陈小锁、经历过不久前的林宴，也算是见过大世面的。一颗
心缝缝补补早就不能痊愈了，难道还会白痴得不知自己几两重？灰姑娘病乱上
身？陈小锁也太小看她了。

最终，童佳佳卸下所有的凌厉和防备，露出个无可奈何的笑容对小锁道："你
放心，吃一堑长一智，何况我还吃了两堑、从今以后不管是你幡然悔悟，还是

林宴想吃回头草，抑或这个家伙脑子被驴踢了看上我，我都会坚守阵地不为所动。我的世界除了爱情还有很多值得我去干的事儿，我真没你们想的那么闲。"好累，真是累感不爱啊。

"……"陈小锁呆在当场，不知什么感觉，脑子里一片混乱。

"……"帛曳眯了眯眼睛，若有所思地望向童佳佳的背影，手不自觉地朝胸口处摸去。

童佳佳表达了自己的心意后，松了口气般，边转身进厨房边朝着陈小锁招呼道："既然来都来了，那咱中午就凑合着吃一餐吧，不过好像能吃的都被那货给吃完了，只剩下面条了，我下点面条给你，你先坐着。波波，把你房间的电脑搬出来，放点儿电影看看，都不说话，怪寒碜人的。"

当童佳佳进了厨房隔离了门外两人的视线后才算真正放松下来，眼泪也在那一刻落下。说好不会再哭的，可不知为什么，一提起林宴，眼泪就是止不住。她在厨房来回地转悠想尽快想法子止住泪，可没办法，这眼泪比"大姨妈"更不可理喻，一开闸完全关不上。以前跟在林宴屁股后面不用说哭，就是鼻子都没酸过，这回算是把人生的眼泪全补回来了。

"佳佳，我不喜欢吃面条……"帛曳很鄙视人都进厨房了还站在客厅发呆的陈小锁，刚才威风八面的，现在怎么就成哑巴了？喊，人都走了，委屈给谁看啊？帛曳觉得和他待在一个空间里简直降低格调，他趿拉着人字拖跑到厨房门口，装委屈那当然要在人前啦。

佳佳没料到帛曳会来厨房，忙胡乱擦了把脸仰头止住哽咽后强挤出一个笑容："面条给小锁吃，你吃包子，不够待会儿我取钱再给你买去。"

07

工资全缴是美德

风水学上来说，养鱼催财。但是，养鱼风水禁忌很多，一不留神可能会触犯到风水，让你大漏财。

童佳佳就觉得自己养鱼肯定是撞了啥要命的风水了，大漏财啊喂。

自那日被帛曳撞见自己躲在厨房里哭鼻子后，佳佳一度觉得没脸见人……好吧是鱼，到出租屋照顾帛曳的时间也越来越少，为了弥补帛曳她唯有买更多的包子来投喂。

而那日陈小锁在面条没上桌前就走了，直到今天也没出现在佳佳面前过。

奇了怪了，以前一天见个八九十回也不觉得有什么稀罕的，今儿个小半月没见一回倒是怪想念的。你说树人大学说大也不大啊，两人还同一个专业同一个话剧社，还同为话剧社的灵魂人物，小日子咋就能像两条平行线般毫无交集呢？难道从此以后两人真要各自安好了？

而拜帛曳所赐，童佳佳果然在之后的一小段时间内占据学校BBS头版头条，但很快，由于各路死忠粉丝的脑补，加上帛曳因为成功为游泳馆卖出陈年旧货后被校园各大超市小卖部挖墙脚，认识的人越来越多，认识的女人、漂亮的女人也越来越多。当很多人问他刚才那看起来和他关系匪浅的女孩是谁时，帛曳一概以"女朋友"回之，众人才恍然大悟，这货将所有的女性朋友都归结为"女朋友"，哪怕是只跟他买过一根热狗的陌生人。

于是，童佳佳也就这样自然地被淹没在众"女朋友"中，浮浮沉沉，最终消失。

作为话剧导演和编剧，小锁和佳佳皆是半路出家，可谓不务正业，你说说两个学金融的竟然跑去搞文艺，这科学吗？问题是，还真让他们搞出些名堂来了，这完全不科学啊！

由于去年的树人大学毕业祭作品视频被放上网络，在各大论坛着实火了一把，树人大学话剧社也就此扬名清秋市各大高校。

清秋市是座绝对不缺文化底蕴的城市，六朝古都，十朝都会。遥想当年，秦淮河畔，莺歌燕舞几时歇，斑斓古城墙下那一块块承载了多少王侯将相血泪辛酸的巨石，无一不写尽历史的辉煌与悲伤。

哪怕现如今辉煌已不再，悲伤已停止，但仍不缺它该有的磅礴和大器，童佳佳自三年前下火车踏上这座城市的第一步起，就爱上这里了。

清秋市的高校很多，数量和质量在国内皆名列前茅，树人大学作为清秋市的众名牌高校之一，在这座城市里也具有举足轻重的位置，而树人大学话剧社的扬名更是让很多人慕名前来。这不，由于最近几部青春热血电影热播，但，这些电影要么是台湾口味要么是讲述70年代的故事，对现如今满校园的90后来说已经产生不了很大的共鸣，满腔热血的莘莘学子已经按捺不住，想要拍出一部当今大学生自己的青春剧目。

这提议在高校联盟论坛上一提出，就得到各大高校应声支援，论坛帖子讨论得别提多热烈。最终讨论结果出来，是由市里几所最具实力的高校牵头，从编剧到演员全邀请在校大学生参与。而由于上学期树人大学话剧社的成功，很荣幸地，陈小锁被正式邀请为导演及评委组成员，至于剧本，他们采取广纳各方贤良的方式，进行自由投稿三轮筛选，第三轮由各大高校各派一名评委统一公审最终敲定，选剧为期半年。

而作为树人大学话剧社的首席编剧，童佳佳也有幸受到约稿，只要她有稿子可免了第一轮海选，直接进入第二轮比赛。第二轮的筛选比较特别，名为"情景再现"，编剧可以以话剧的形式展现剧本最精彩片段，当然这场话剧的所有事务皆由编剧自己负责。

但是，第二轮筛选极为重要也非常苛刻，只要过了第二轮，无论最终是否采用全稿，第三轮也有机会采用剧本里的精彩片段，也就是说，第三轮其实就是要选出一个"编剧团队"！

而童佳佳背后的树人大学话剧社可谓她最大的靠山，真是占据天时地利人和，她所需要的一切皆有话剧社鼎力支持！接下来就只要她写出剧本了。

这个活动意义重大，不仅能很好地推广自己、打出名气，更可观的是，据说得奖后还可以获得一笔数目不菲的奖金。由于是高校联盟组织的，集齐了清秋市所有大学精英团队，外联部拉赞助什么的进行得如火如荼。当然，这些都不是童佳佳考虑的，她只需要创作！

得知这个喜讯后，佳佳想要见陈小锁的心就更迫切了。陈小锁平常在社里对所有人都很严苛，当然对佳佳亦是如此，可他的意见非常宝贵，关于剧本题材的选定等佳佳有太多事情要和他商量，可这货还在闹别扭，童佳佳一思及此就很想掀桌啊有没有？都什么时候了还儿女情长你妹啊。

陈小锁、锁哥、锁爷、男神快到童佳佳碗里来啊！

一吃完晚饭，佳佳就提着笔记本电脑上话剧社守株待兔了，没法子，陈小锁想要躲起来，找他还真是有一定难度。

由于近日帛曳像只勤劳的小蜜蜂般辛勤劳作，佳佳已经"饿"成非洲难民的钱包终于得到了神之甘露，恢复得不要太优雅！一想到这里，佳佳就忍不住要捂嘴笑了，帛曳那条小鱼虽然自上岸后，拜世界各大商业片所赐，沾染了很多要不得的恶习，但还好还好，总还是有些可取之处的，比如：赚到的钱一分不少全部上缴！

这是哪部电影教出来的优良传统啊？佳佳不可抑制地想要仰头大笑啊有没有？简直太有爱了啊！

佳佳边摸着鼓鼓的钱包暗自偷笑，边找了个位置安放电脑，趁空当想想题材和大纲。

今晚社里有小剧场排演，陈小锁是一定会到的，"大片"要拍，小剧本也不能忽视啊。话剧社刚招收了好多新成员，大家都是为了共同的兴趣爱好走到一起，陈小锁作为社长哪能抛下这群嗷嗷待哺的"幼崽"自己飞黄腾达呢？

童佳佳就坐在舞台下方的观众席上，陈小锁一到她就能发现，不过，都这个点了，人都到得差不多了，怎么他还不出现呢？

不时有学弟学妹过来向童佳佳致敬示好，还有些竟然是她专栏的读者，佳佳满心欢喜之余还是左顾右盼地期待着小锁的到来。可她没等到陈小锁，却等来了一对"狗男女"，哦，不对不对，好歹那男的救过她还因为她而报废一部iPhone6，童佳佳可不能做白眼狼啊！可那日被穆枝枝陷害，陆柠就站在她身旁，那画面太刺眼，童佳佳顺便将他们一起列入了黑名单。

佳佳缩头，尽量让电脑屏幕掩护自己，可惜……

"哟，瞧我今儿个看见谁了？这不是大编剧吗？佳佳，什么风把你吹来了？你不是在闭关赶稿子吗？"穆枝枝这死女人，一天不跟她抬杠就吃不下饭是不是？

陆柠摸了摸肩上背着画板的带子，也朝佳佳这边望来。

佳佳躲不了，只好起身，却是朝着陆柠道："嘿，你好。"毕竟人家还是债主嘛，说是不要还钱，可这世上哪有那么好的事。再说，佳佳最不喜的就是欠人情债。无论陆柠的人品如何，这部iPhone6的钱她肯定会还，既然分期寒碜人，那就一次性付清。可鉴于现如今的财务状况，佳佳还是有必要和债主搞好关系的，至少不要再剑拔弩张。

见佳佳与她打招呼，陆柠愣了愣，但也没太失礼，给她回了个笑容并摆了摆手，毕竟也不是什么深仇大恨，这女的……也挺惨的！进树人大学以来，陆柠没少上论坛看八卦啊有没有，有谁能告诉他，才开学没多久，一半以上的置顶红帖皆有这女人的名字是怎么回事啊？要不要这样阴魂不散啊？难道这就叫作……猿粪？

穆枝枝皱眉，真是太可气了，怎么哪儿都有这女人的身影，陈小锁也就罢了，怎么连陆柠她都勾搭上了？

穆枝枝冷哼一声站在陆柠身前挡住两人的视线，继续阴阳怪气道："怎么谁都认识啊？佳佳，真是宝刀未老啊，一大把年纪了，这身边的人是换了一个又一个，也没见你收手啊？"

明显的火药味，让周围众人皆不敢吭声，那刚还欲向"枝枝姐"问好的学弟学妹都识趣地该干吗干吗去了，远离战火，明哲保身，乃生存之道啊！

佳佳终于将视线调转至穆枝枝身上，不过，只盯着她不说话，静默良久，陆柠已经自己找位置坐去了，穆枝枝却被佳佳看得发毛，忍不住朝周身看去，心道：难道自己衣服穿反了？

半晌，佳佳终于开口，幽幽道："我还道谁呢？怎么？今儿个大明星也来彩排？你也是，咋什么剧本都要插一脚呢？多提携提携晚辈，给新人点儿机会嘛，枝枝姐，一大把年纪了，别老占着茅坑不拉屎嘛。对了，今晚带'灵魂'来彩排了吗？昨晚揣摩女主的心路历程到几点啊？"

"童佳佳！"穆枝枝一声尖叫，显然已达抓狂状态，真是一点即爆，真没挑战性。全校都知道，她穆枝枝天使脸蛋、魔鬼身材、家世显赫集万千宠爱于一身，迷恋话剧却独独没有演技啊喂，可没法子啊，人家有的是手段进话剧社，有的是法子参演任何一部剧啊！这是连陈小锁都难奈何的现实。

切记，没演技是穆枝枝的禁忌。

没等穆枝枝发飙，佳佳却已坐回位子摆弄起电脑了，临了还回了一句："我要是你啊，与其跟我这类你一辈子也看不顺眼的人打嘴仗，倒不如早点儿回家腾点儿时间弥补弥补自己的缺陷，以后和我吵架，至少还能反驳几句，而不是站着只会喊我的名字！"

"你……你……你哪只眼睛看见我不会演戏了啊？是你剧本太烂，写的什么乱七八糟的，连小锁都不用你的剧本了，你还有脸来话剧社。"穆枝枝一气起来就口无遮拦。她知道最近陈小锁和佳佳之间好像出事了，可不知道具体什么事，反正，两人怕是不对付了，她乐得火上浇油呢！

没错，陈社长刚毙了佳佳的一部小短剧，枝枝正好拿来说事，佳佳也没觉得有什么了不起，许你投稿就不许别人退稿啊？也不见得大神们篇篇都是旷世巨著。

"哟，我哪里说你不会演戏了？那不是小锁成天让你要带上'灵魂'演戏吗？你知道，我也就会写写东西，演戏的时候，小锁也没让我带灵魂演戏啊，哪知道，'灵魂'还和演技有关？"

……

两人唇枪舌剑，你来我往，气急败坏的穆枝枝和气定神闲的童佳佳，话剧社两大巨头打起嘴仗来真是异常精彩啊。老会员都见怪不怪了，新会员还是有些咂舌：大学果然是半个社会的缩影啊，这……这……人生好险恶啊！玻璃心碎一地粘不起来了啊！

正当话剧社鸡飞狗跳之际，台下一声大喝立刻使得全场闭上了嘴。

"吵什么吵？你们把话剧社当成什么地儿了？菜市场啊？你们这些大妈上市场买菜啊？不想待就给我滚！"

得，如此毒舌让人憋屈的话也就锁爷能说出口。大妈？不仅穆枝枝，连童佳佳都有些受不了了。

陆柠见全场皆安静地望向同一个方向，也纳闷地拿下耳机转身望去。

穆枝枝在舞台上演技不行，生活上却真真是影后级人物。刚还和怨妇一样耷拉着脸呢，这会儿不过几秒就换了副生动雀跃的表情，像只活泼的小白兔般蹦跶到陈小锁面前，殷勤地拉着他到一旁："社长，来，我给你介绍个人，以后我们话剧社的剧目海报、广告宣传有着落啦，绝对专业。"

陈小锁不为所动，依旧望着童佳佳，表情说不出的嫌弃。童佳佳本一腔热情来示好的，可看着陈小锁的态度，心里却说不出啥滋味，反正就是不想低头了。

算了算了，不就题材大纲嘛，自己回去多琢磨琢磨，多查点儿资料，就不信没有灵感。

童佳佳有些气恼地转身收拾电脑包，既然不欢迎她，那她消失就好了，真是的，本来当年进树人大学的时候就没想过与他有什么交集，是他自己硬要她加入话剧社的，喊，滚就滚，有什么了不起！

陈小锁盯着佳佳的一举一动，见她要走，心里更是气结。怎么了？长志气了？几句都说不得了？在社里大吵大闹像什么话嘛，再说，这个点来话剧社不就是为了等他向他示好吗？就这态度负荆请罪？童佳佳是翅膀长硬了还是直接给自己装了螺旋桨了？

在佳佳拎着电脑包与他擦肩而过时，小锁忍不住握住她的手臂道："你这是要去哪里？"

"我滚远点儿！"

"谁叫你滚远的？来回滚，来回滚你听不懂啊？"陈小锁揪头发。

"……"佳佳呆，众人默。

穆枝枝很想找根面条吊死算了，这回算是在陆柠面前丢脸丢大发了，这是什么社长啊？是她口中巨帅无比前无古人后无来者气质优雅犹如漫画中走出来的王子大人吗？

"你好，是陈社长吗？"大家还在呆愣之际，陆柠已经背着画板走到小锁跟前伸出一只手了。

"社长，这是陆柠。"穆枝枝连忙做介绍。社里缺宣传不是一天两天了，自己为小锁解决这么大一个问题，小锁定会对她赞赏有加的。

小锁松开佳佳，这才正眼朝身前的男子望去。作为一社之长，该有的礼数还是要有的，他也回以点头并伸出手和他握了握，然后望向穆枝枝。

穆枝枝连忙接话："陆柠，我们系研一的学长，本科的时候学美术的，对艺术的鉴赏能力那不是吹的，怎么样？社长，这宣传我是给您找到了，请不请得动就靠您了。"

一听是学美术的还是专科，陈小锁虎躯一震，连忙附上笑脸哥俩好地将他往社长室引，临了还不忘对穆枝枝比了个大拇指以示赞赏。穆枝枝得了个"大拇指"跟得了块金条似的，美得在原地转圈，就差没冒泡泡了。面对这一群活宝，童佳佳叹了口气，有些无语地待在一旁，不知是走好还是留好。

但随即陈小锁一个狠戾的眼神望过来，佳佳一哆嗦，只好迫于他的淫威，垂头丧气地跟进了社长室。

陈小锁与陆柠一副相见恨晚、相谈甚欢的模样，看来是没时间搭理佳佳了，佳佳摸了摸电脑包，脚步偷偷地朝门口方向挪去。

陈小锁眼尖，与人交谈之余竟然还有闲情看住她。佳佳才没挪几步呢，锁爷就发话了：

"童佳佳，你先别走，有件事要跟你商量一下。"

"什么事？"佳佳狐疑地停住脚步。

小锁望了望站在一旁满是期待的穆枝枝，迟疑了下，最终还是开口道："你参选高校联盟青春剧的第二轮比赛'情景再现'的剧本里，给个有分量的角色让枝枝来演。"

"为什么？"童佳佳有些不敢相信自己的耳朵，陈小锁怎么会对她提出这个要求？

且不说穆枝枝和她童佳佳的关系，就冲着她那演技，是让她来给自己毁剧本的吧？再说，陈小锁不是一直秉公办事、择优录用的吗？这次比赛如此重要，她童佳佳的剧本凭什么演员要别人来定！

"没有为什么，这事就这么定了。"陈小锁一锤定音，事情欧了。

"凭什么？我不同意。"那货刚才还和她打了一场嘴仗呢，她童佳佳就是再贱也不会干觍着脸给敌人做嫁衣的事！

穆枝枝本露出得意的表情一滞，忙又望向陈小锁。

陈小锁没有看任何人，他低头跺了跺脚，良久，缓缓道："你不同意也不抵用，你这次没有经过第一轮海选直接进入第二轮比赛，代价就是要让出一个有分量的角色名额来，这是我们高校联盟此次合拍会务组商量好定下的，除非……你退出比赛！"

我％￥％（此处省略一万字脏话），原来如此啊，上头有人啊，所以才敢抢她剧本的角色之余还敢跟她打嘴仗啊！童佳佳那个气啊，电脑包的带子都被揪成麻花了，脸涨得通红，半天憋出一句话："陈小锁，你好样的！老子不比了，我退赛！"士可杀不可辱啊！这太欺负人了，还强制退赛？什么破比赛啊？这么多潜规则，潜你妹的规则啊潜到老子头上来了？老子今天就是让你们看看什么叫宁死不屈！童佳佳豁出去了。

陈小锁皱眉，一旁的陆柠也忍不住望向童佳佳，心想：这姑娘到底撞什么邪了，咋这倒霉呢？深表同情啊。

童佳佳被逼急了，还真干得出来。"社长……"穆枝枝在一旁委屈地拉他的衣袖。

陈小锁无奈，站了起来，走到佳佳面前，半晌，抬起头，表情异常平静，一字一句道："好，你退赛并退社，还有，从此以后我们俩就是陌路，以后我陈小锁就当从来没结交过你童佳佳这个朋友！这辈子老死不相往来！"

我&*%￥（此处省略十万字脏话），童佳佳哆哆嗦嗦地伸出一只手捂住胸口，气啊，好你个陈小锁啊，几年前拒绝她三十九次，次次侮辱，进大学后又莫名其妙与她交好，虽说交好但也不缺平日里的讽刺挖苦毒舌嫌弃，就这样的朋友也敢跟她说什么"从来没结交过你童佳佳这个朋友！这辈子老死不相往来"！好好笑哦，笑得人家眼泪都要流出来了啦，不往来最好！

你以为你长得像王子就真的是王子啊？就活该有女孩前赴后继巴着你追着你啊？老子五年前就将你列入黑名单了好不好？童佳佳满腹的吐槽满腹的草泥马列队踏过，出口却是："陈小锁，你大爷的，我跟你拼了！"

童佳佳这回是真气疯了，陈小锁料想过无数个后果，唯独没料到童佳佳会对他动粗，当然，穆枝枝、陆柠之流更是没有这个预见力。

得，想来此女与此男的积怨已久啊！陆柠不禁感叹：女人真是……无法猜透的物种啊！

话说，童佳佳甩掉电脑包，冲上去要跟锁爷拼个你死我活之际，一旁的某女终于察觉事态严重，急忙加入"战场"进行劝架。由于社长室空间有限，很快，无辜的陆柠同学也被拉下马，童佳佳满腹怨气，一时勇猛无比，武力值全满，战斗值爆棚，以一敌三竟不落下风！

屋内一片混乱，屋外的气氛也同样热烈，话剧社迎来了创社以来的小高潮。

由于这段时间童佳佳为避嫌，加之上回被帛曳撞见时隔这么久她还在为林宴哭泣的尴尬，他俩已经有好长一段时间没好好说话了，每天佳佳趁帛曳去工作时到出租屋投食。帛曳几次利用上缴薪水的契机来围堵佳佳，可惜佳佳躲人的功夫只怕不比陈小锁弱，占着自己对树人大学的熟悉和欺负帛曳不能久离水源，任是让她周旋了多日。

随着门外的一片尖叫声响起，社长室的大门也随之被打开，自作主张开门的社团干事一点儿也不为自己冒失的行为感到不妥反而对已经踏入一脚的某男做星星眼状："波波，你真认识我们佳佳学姐啊？"

"论坛上之前说的是真的吗？"

"学姐也是顾客之一吧？"

……

很好，美男鱼闪亮登场！

但当兴高采烈的众人看见眼前的混乱时，皆惊呆当场，哑口无言。

这……这玩的又是哪一出啊？社长大人？

鱼的反应还真比人快，帛曳一进门就发现不对劲，一看，原来在打群架，再仔细一看：尼玛，一打三？

那个"一"竟然是他的保姆兼管家童佳佳，这些家伙不想混了？

帛曳怒，一拳头砸在门板上，并大喝一声："畜生！放开我女朋友！"

得，乱了，乱套了，这世界到底怎么了啊？

众人跪下捶地，怎么又女朋友了啊？屋里头两个女的，到底是哪个啊？波波大人！

他这一喝，功效倒是非一般的大，屋内四人这才知道被曝光了，那揪着三个不放的童佳佳身子也猛地一震，放开了手下三人。

……

难道，畜生指的是童佳佳，女朋友有三个？

可以说脏话吗？围观群众甲望向其余围观群众，其余围观群众齐齐摇头。

还不待他们吐槽呢，帛曳这货二话不说已经几步上前将佳佳拉起藏在身后，然后挥着拳头不管三七二十一就要朝地上的三人砸去，管你谁谁呢，先打先赢，打多有赚。

艾玛，要出人命了啊喂，刚刚鸡血上头的童佳佳终于清醒过来，认识到事态的严重性了，那双能一把撕裂鲨鱼的手啊，这一砸，地上的三个不会当场毙命吧？

童佳佳来不及细想，急忙几步扑滑，倒在地上三人身上用自己的身体挡住帛曳的拳头，嘴上大喊："波波，住手！五十个包子！"

"……"

世界安静了，和平又美好。

随着佳佳"五十个包子"脱口而出，帛曳眼中的怒火渐渐冷却，佳佳提着的心也随之放松下来。

而门外众人见状集体扑街，亲，名字叫"波波"已经很跌价了，这会儿竟然被包子收买？你是有多三俗啊亲？就在此时，社长室的大门也应景地发出"吱呀"声，似是《冰河世纪》里被锥栗戳破的冰块裂开的声音，几秒后，"轰"一声，社长室的门裂成两半……

颤抖吧，人类！

什么叫力量？这就是吃了包子的人鱼力量啊喂！

好吧，其实颤抖的人类比较相信门板裂开不是因为人鱼的力量，而是因为豆腐渣工程所致……

佳佳望着"哐当"一声掉在地上的两块门板，和众人一起目瞪口呆，人生……真是没有什么是不可能的，秒秒出奇迹啊。

养一条鱼，体会什么叫作生活；养一条美人鱼，学会什么叫作生活的绝望！

刚才被佳佳打蒙的陈社长在门被砸裂后，终于回神清醒过来。他从地上爬起，深深望了一眼被帛曳挡在身后的童佳佳。佳佳和他对视一眼后连忙心虚避开，她的躲闪让陈小锁本欲伸出的手僵硬地收回，满肚子要解释的话生生吞下，出口却是最违背心意的一个字："滚！"

08·

人鱼殊途

当佳佳和帛曳一人抱着一块门板站在话剧社门口时，燥热的夜晚竟然起风了。

不知过了多久，一人一鱼皆叹了口气，各自拖着门板，步调一致地往出租屋方向走去。

iPhone 的钱还没赔呢，这又添了笔门板的债务，佳佳这段时间算是倒了血霉了！

她耷拉着肩膀有气无力地走着，这回恐怕和陈小锁彻底闹掰了吧？不过半年，她小半人生里和她关系密切的两个男人与她渐行渐远，终于……分道扬镳。

沉默，无尽的沉默，不仅是佳佳，连帛曳也很安静。

夜色正浓，乌云遮月，风在耳边呼呼地吹，良久，还是帛曳率先打破沉默："你刚才为什么要替他们挡着？难道你那么肯定我不敢对你下手吗？"

佳佳一怔，有些不可思议道："难道你还真想下手不成？"

帛曳停住脚步，转身挡在佳佳身前，面对面道："嗯，我不会让任何人欺负你！"

"……"尼玛，这货难道刚才真想动手？一拳砸裂门板，一手撕裂鲨鱼……佳佳颤抖了，不敢往下想啊。

"以后请不要用身体为任何人阻挡危险，我怕我会失手伤了你。"帛曳继续严肃道。

佳佳抬头望向他的眼睛，多美多纯净，谁能想象到拥有这样一双纯澈的眼睛的主人会说出这样的话？他是怕失手毁了她肚子里的珠子吧？暴戾无人性！

佳佳叹了口气："波波，这是陆地，不是海底，在海底你可以撕裂任何一个你看不爽的生物，在陆地，不用说杀人，即使不小心伤人都是犯法的，我们人类遵循的法则是一命偿一命！"

帛曳摇摇头，表情说不出的凝重："你的身体没有被人撕裂过，你感受不到那样的痛苦，身体四分五裂，灵魂永世消失。"

佳佳蹙眉，半晌，缓缓道："你难道被人撕裂过？你曾经有过这样的痛苦吗？我们人类有句古话：己所不欲勿施于人。波波，活着就有希望，人类的生存法则和鱼不同，在珠子顺利取出来之前，我希望你能够遵循人类的法则生活，不然，你可能会人珠两空。"

帛曳眼中闪过的狠戾在刹那间消失殆尽，就在佳佳眨眼的工夫，他已恢复成活泼的少年波波了。

"哎呀，人类的生存法则不就是五十个包子换三条命吗？照你的说法，不到十七个包子就能偿一命喽？"

"……"果然是人鱼殊途啊，这货没救了。

佳佳在深望一眼身前的鱼儿后，重重叹了口气，绕过他，拖着门板继续往前走，不过几分钟，她的背更弓了，活着真叫人感到绝望啊！

帛曳似乎听懂了佳佳的教诲，人类的生存法则？按包子计量也不是太难嘛，喊，她刚才那是什么眼神？把他当白痴吗？太可恨了！

随即，他也拖着门板跟了上去，半块门板之于佳佳是个不小的负担，但之于帛曳那简直就是小菜一碟。只见他拖着门板倒着走，佳佳躲着他不愿看他，他偏要在她跟前时不时现一现。

"佳佳，你现在很不开心吗？"他伸出一只手揪了揪她随风乱舞的发丝道。

佳佳闭眼，握拳，忍耐，揪头发什么的最讨厌啦！但她现在正在很有深度地生气，不愿搭理他，只得扯回头发，继续默默拖着门板赶路。

"佳佳，别生气了好不好？我愿意按照人类的生存法则生活还不行吗？"

"……"我去，这货难道在陆地上还想按鱼类的生存法则生活吗？懒得理他，继续往前走。

"佳佳，你们人类那么短命……"

"……"佳佳停住脚步，脑门一堆黑线，短命？会不会说人话啊亲？有这么揭人短处的吗？你们人鱼长命了不起啊？真是忍不住要祝你长命万岁永失所爱孤独终老！

"不是，我不是那个意思，我是说，人生苦短，乐也一天，悲也一天，你不开心地过了一天，那不是亏了吗？你这段时间躲着我是害怕流言蜚语吗？人生是自己的，干吗活给别人看？"要不是他拖着门板倒着走时不时被小石子绊得东倒西歪，滑稽可笑，佳佳真以为说出这些话的是个人。

她被震在当场，一时竟不知该说什么好。

唉，连鱼都能说出人话、讲出一堆道理了，她还有什么想不通的？不就是绯闻八卦、失去挚友吗？有什么了不起，再说，这"挚友"还得打引号呢。

"随心所欲地活着？"佳佳扶着门板望着帛曳若有所思道。

"当然，短命的人类太可怜了，在有限的生命里随心所欲地活吧。"

"……"刀呢？刀在哪里？这条该死的鱼！

帛曳见佳佳终于肯搭理他，也来劲了，他扭着肩膀，做了个夸张的动作，好像是为了表演如何随心所欲地活，边做着奇怪的动作边道："虽然短命，但你们比起海洋生物来说幸福太多了，要学会珍惜。佳佳，你看看我，想怎么活就怎么活。"

童佳佳望着眼前龇牙咧嘴、疯狂摇摆的少年，满头黑线："像丧尸一样地活着吗？"

帛曳一顿，随即露出个笑容："只要你想，也可以像丧尸一样地活着，来，你也来，像我这样，这样摇摆。"他还真把自己当丧尸了，竟扔掉门板，手舞足蹈跟个机械人似的走了起来，别说，还真有点儿像丧尸。

佳佳迟疑了下，但被帛曳高涨的情绪感染，忽地觉得还真是那么一回事：人生苦短，干吗要烦恼那么多？

"这样吗？"佳佳也扔掉门板，学着帛曳做着丧尸的动作走起路来：我去，原来做鬼这么爽。

"嗯，对，就这样，再夸张点儿，屁股提起来，肩膀吊起来……"

"再夸张点儿？"这场景怎么这么熟啊？

"嗯！这样。"帛曳随即露出两个尖尖的虎牙，做了个鬼脸。

佳佳一个愣怔，差点儿没栽倒在地上，这货真是……太可爱了！等等……

"你最近看什么电影？"佳佳抛弃烦恼，跟个神经病一样在帛曳身后做丧尸，还甭说，真挺痛快，随心所欲地活着，不再顾忌别人的目光。

"嗯……刚看了部，好像叫《温暖的尸体》！"

"僵尸吗？"

"是啊，我们现在正在扮演僵尸。"

"喊，僵尸哪有那么帅！"果然，鱼类的思维真的是从四次元空间来的，佳佳不免被感染，终于露出了笑容。

时不时有下晚自习的同学路过，见着二人跟神经病一样张牙舞爪，有的无语，有的吓得跑开。而只要有人经过，帛曳就会很兴奋地跑上前朝他鬼吼一声再比个夸张的动作，这样的结果只有两个：一是之前无语的会停下脚步对他一顿臭骂；二是之前被吓着的会更加迅速地尖叫消失。

"我不帅吗？"帛曳说完这句话的同时，林荫小道上又被他吓跑了一个人。

"帅帅帅！"如此无理取闹一番，这会儿佳佳也彻底放松下来，抛下所有的包袱，跟着这条鱼玩起了如此幼稚的游戏，夸张的丧尸动作，鬼哭狼嚎般地吼叫，不用理会周遭所有人的目光，想干吗就干吗。

人生苦短，再不疯狂，就老了。

夜幕下的树人大学校园里，两个神经病嬉笑怒骂吓跑一堆人再气得一群人对他们破口大骂，但他们愣是将神经病进行到底，我行我素地横行在校园的小道上。童佳佳自被林宴甩了后从未如今夜这般开心过，虽然这放松的心情方式有些不正常，可紧绷的人生得如此放肆一回也不失为一种另类的快乐。

陈小锁双手插着裤兜，默默地跟在两个神经病身后，莫名地觉得心里空得慌，有什么东西在一点点儿地离他而去，如同那一去不复返的青春岁月。望着前路两人的背影，陈小锁停下脚步抚住心口，轻声道：佳佳，我就一颗心，你舍得伤，就伤吧……

有人说，爱情像个鬼，相信的人多，看到的人少。但童佳佳觉得爱情特么的就像条美人鱼，相信的人少，看到的人也少，但，这世上总还会有傻子异于常人能看到它，至于信不信就另说了。

佳佳玩得正兴起，跛脚耸肩提臀别扭地往前走，却哪知撞上了前头忽地停下脚步的人的后背。

"怎么突然停下来了啊？"打断别人玩游戏是很不礼貌的好不好？

"……"前方的少年没有回应，佳佳略微挺了挺胸膛，有些诧异，遂收起了玩心，绕道走至他跟前，一看吓一跳啊，有谁能告诉她人鱼生病了这种状况要怎么破？

刚刚还一拳砸裂一道门的"大力人鱼"怎么了啊喂？这样脸色苍白满头是汗嘴唇抖个不停是得"帕金森"了吗亲？前一秒不是还好好的吗？怎么突然跟鬼附身了似的呢？不会真的僵尸附身了吧？

"你怎么了？"佳佳回过神来，忙伸手抚上他的额头焦急道。心中不安地碎碎念：宠物生病了这是要送人民医院还是兽医店啊？

帛曳伸手盖住佳佳抚着他额头的手背颤抖道："我……我好像要变身了……"

"你说什么？"佳佳很想死啊有没有？她赶忙环顾四周再看了看手机时间，不知不觉已经快十点了，往常这个时候人鱼小王子早已化身为一尾鱼儿徜徉在出租屋的鱼缸里了，今晚太兴奋竟然忘了这茬！

帛曳艰难地重复了一声："变……变身。"

这会儿正是下自习的高峰期，虽然这条小道被他们刚才一阵闹腾使得打这里走的人少了很多，但还是有人经过的好不好？若是要在这里变身……佳佳不敢再往下想。

"没事，快到家了，你先忍忍。"佳佳来不及细想，死马当活马医，怎么也得先离开学校再说，她二话不说拉起帛曳的手往前狂奔。

"佳佳……我……"帛曳望着被她握紧的手，有些没把握，但脚步不由自主地随着她奔跑起来。

佳佳没有回头，只是更紧地握住了他的手，轻轻道了声："别怕，有我呢。"

声音很小，但帛曳还是听见了。

别怕？第一次有人在危急关头没有冷眼旁观，没有幸灾乐祸，没有落井下石，而是对他说"别怕"，一个如此羸弱的人类，凭什么笃定让他别怕呢？

当陈小锁终于鼓起勇气要上前解释时，落在他眼里的却是两人刺眼的十指交握的画面，那样亲密无间，如同五年前那人在他面前牵起她的手时的情景，那样笃定、那样幸福、那样叫人……羡慕。

有一种叫"嫉妒"的感觉原来在多年前就已经在他身体里生根发芽，多年来不但没有枯死腐烂，反而茁壮成长，压迫得他的心好疼。

才迈出的步子硬生生地停住，也许是时候该结束了。

帛曳还算争气，怕是催动了体内真气才延缓变身坚持到出租屋，可一脚踏进屋子之后整个人就瘫倒在地，还不等佳佳喘口气，那双傲人的长腿便已颤颤巍巍地变成条金黄色的鱼尾了。

佳佳望着眼前虚弱地摇摆着的尾巴，心里一万头草泥马蹦跶而过：近距离观看美男鱼变身，真是太惊悚了！还有，谁能告诉她为什么不能脱了裤子再变身啊？眼睁睁地看着裤子一点点爆裂露出金光闪闪的鱼鳞，晚上绝对会做噩梦的好吧？

佳佳很想蹲墙角哭泣啊，她记起来波波身上这条裤子可是她给他买的所有裤子中最贵的一条好吗？里面那条也是啊喂！真是一天不风骚会死星人！雪上加霜啊！

现在不是害怕的时候，帛曳好像很虚弱，还有，鱼尾上那斑斑血迹是什么情况？

佳佳忙扑上前轻轻固定住他的鱼尾道："怎么流血了？来'大姨妈'了吗？"

如果不是现在自己不能动，一动就钻心地疼，帛曳发誓，绝对会一手撕裂这人的嘴巴！"大姨妈"？还真当他是条鱼啊？以为他听不懂啊？愚蠢的人类，真是够了！刚刚涌起的小感动顿时消失得无影无踪。

帛曳嘴角抽搐，这货能再傻点儿嘛？有哪个雄性会来"大姨妈"还从尾巴处流出？他微微抬起头，气若游丝道："童佳佳，你长脑子是为了看起来像个完整的人类吗？"

"……"佳佳撇撇嘴，吐了吐舌头小声嘟囔，"真没幽默感，我看你疼得都快哭了，不是想逗你乐乐转移注意力嘛，你忍一忍，我给你上点儿药膏包扎包扎再想办法把你弄到鱼缸里去。"

"……"你才哭，你全家都在哭！帛曳嘴角再次忍不住轻微抽搐，果然是人鱼殊途啊。

折腾了半宿，佳佳废了九牛二虎之力终是把帛曳给拖进了鱼缸，所谓的"鱼缸"其实是佳佳专门定制的特大号木桶浴盆，大概三个帛曳人身宽大，帛曳躺在里面能翻两个身。平常入水就异常活泼的小鱼儿今儿个却病恹恹地躺靠在桶沿一头闷闷不乐。

他瞄了一眼自己被白色纱布绑成巨型奇丑无比蝴蝶结的鱼尾后，真心想哭，这种累感不爱的厌世情绪为何越来越明显了？

佳佳累得满头大汗，但还不忘掏出手机跟"蝴蝶结"鱼尾合影留念，边自

拍边道："没事，就拍个鱼尾别人认不出来的，还有啊，今晚这尾巴就别碰水了，我给你搁这里固定，你忍忍哈。"

帛曳翻了个"死鱼眼"偏过头不想再看到这货，佳佳自娱自乐完毕收拾一下准备离开。

刚准备起身出门呢，那自变身后就变得异常沉默的鱼儿却开口了："你去哪里？"

"我回宿舍呀。"佳佳一副理所当然的模样。

帛曳再次翻了个白眼没好气道："现在几点了？"

佳佳慢半拍地掏出手机，呃……十二个未接电话，其中简灵七个，陈小锁，五个？小锁找她？小锁还会找她？

顾不得看几点，佳佳忙打了个电话给小锁，哪知对方已关机，看了下时间，竟然已经十二点半了，宿舍是回不去了，佳佳忙给简灵挂了个电话，又是好一番周旋才搞定。

帛曳皱着眉头斜睨着佳佳的一举一动，半晌开口道："看来是没处可去了，那我就勉为其难把软床让给你吧。"

本来这条鱼一到晚上就泡水根本没考虑过给他买床的，所以佳佳就给自己买了张舒适的大床，因为打算毕业后留清秋市。佳佳可是下了狠心精心挑选了张自己十分满意的床铺，价格自然不菲，这回可好，碰上了流氓鱼，竟然鱼缸要，床也要！

你一条美男鱼，晚上泡水，白天打工还要霸占她的床，占有欲是有多强啊亲？

佳佳连吐槽都无力了。

她默默地转身出门，来到隔壁房间，才推开门就绝望了，尼玛，这才几天没来，房间里的东西就被搬空了，就剩下地上几张旧报纸是要闹哪样啊？

她抚额又转悠回帛曳的房间，细看，得，今晚只能在这里将就了。甭说，帛曳的房间被他收拾起来还颇有些海底世界人鱼王子寝宫的模样，满屋子的珍珠珊瑚，那富丽堂皇一看就想躺上去做梦的柔软大床，真是……珠光宝气啊！沙发什么的才不要去睡呢！

帛曳猜准她会回来，不屑道："我在水里，你在床上，我还能吃了你吗？"

佳佳没和他一般见识，径自来到衣柜前挑换洗的衣服，本还软绵绵的美男鱼，在看到她走近衣柜时，再也淡定不了了，他掉转了下身子，翘着鱼尾，双手划水游至离她最近处。

"喂，你干吗？"

佳佳没好气道："我要洗澡，总不能让我还穿着这满身臭汗的衣服睡觉吧？"说完随手挑了件藏青色潮 T 恤。

"别碰我的 Clot，你拿最下面那件白色的。"帛曳紧张极了，藏青色那件可是他最爱的衣服，白色的是热狗店里的店服随便她穿啦。

佳佳没理他，拿了手上那件就关了衣柜："白色的？我喜欢藏青色。"

"我也喜欢啊，佳佳，求求你，拿白色的好不好？"帛曳委曲求全。

佳佳讪笑，举着衣服故意绕着鱼缸转了一圈，帛曳眼巴巴地跟着她游了一圈。

"哎呀，真是漂亮的潮 T 恤啊，Edison 的牌子很不错嘛，挺有眼光的！"

"嗯嗯。"帛曳忙点头。

佳佳瞟了他一眼继续道："衣服好看，牌子响亮，价格不菲，我记得我没买过这件衣服给你啊？"

帛曳猛地一怔，有些心虚地往水里缩了缩，支支吾吾道："那……那件是仿的，不……不值几个钱。"

佳佳停下脚步，狠瞪了他一眼，鼻哼一声："好啊，反了你啊，是哪部电影教你骗人的？嗯？竟敢给我私藏小金库！我看这电影没教什么好的，以后也别看了！"

"不要，佳佳！"帛曳急忙浮出水面，"我错了，我再也不藏私房钱了。"

"谁当初给我说得好好的，要好好做鱼，做一条善良乐观积极向上赚的所有钱都给我保管的鱼？你知道我为你花了多少钱吗？啊？不谈这屋子，这屋子里的一切，就你那一天七顿的口粮，我信用卡都透支好几张了，你倒好，成天买奢侈品穿得花枝招展卖弄风骚，你对得起我吗？"佳佳举着衣服呵斥。

竟敢藏私房钱，这小火苗必须掐灭在源头，鱼儿刚上岸，若教不好，后患无穷啊！

帛曳摇着鱼尾巴示好，管钱什么的太麻烦，洗衣做饭喂食换水什么的不要太耗体力，他不能没有童佳佳啊。电影里说了，男人赚钱本来就是给女人保管的嘛，他只不过一时抵不住诱惑才藏了一点点儿钱，哪想到这么快就露馅了，真是太倒霉了。

"我发誓：我以后再也不敢了，再也不私藏小金库了，佳佳，别生气，别没收我的电影好不好？"帛曳诚恳道。

佳佳见好就收，不过还是嫌弃地"嗤"了声："念你初犯，这次就没收这件给我穿一晚，下不为例。"说完头也不回地进浴室去了。

独留帛曳在鱼缸里郁闷地吐泡泡。

名牌就是名牌啊，瞧这质料，啧啧，帛曳身高一米八三，这型号的衣服穿在娇小的佳佳身上都可以当裙子了。

她对着镜子又照了几次，确定不会走光后才回到房间里。

被没收了心爱衣服正无精打采吐泡泡玩的帛曳，见着披着一头及腰湿漉漉卷发，穿着刚好遮住屁股的潮服出现在眼前的佳佳时，有那么一刻愣神。

佳佳皮肤很好，白皙柔嫩，身材虽然娇小，但该有的都有，前凸后翘，比例很好，此刻她晃着一双赤裸的白腿在帛曳跟前转悠，时不时俯身捡起他散落在地上的脏衣服，那胸前的浑圆颤颤巍巍若隐若现……如此美景可苦了水里的美男鱼。

帛曳咽了咽口水，自从上岸以来也算是体会了把"精虫上脑、鼻血横流"的感觉了，忙擦了擦鼻子沉到水底冷静一下。

佳佳没觉出异样，边收拾房间边唠叨："都和你说了多少遍了，脏衣服都扔到浴室里的洗衣篮里，这样我统一洗，你东一件，西一件的，我才洗完又收一堆。还有啊，这食物别弄到房间里吃，搞得到处都是，你要看电影吃东西也得准备个塑料袋啊……"

帛曳什么也没听见，透过波光粼粼的水面，他只看见佳佳水润红唇一张一合地动着，引诱得鱼儿好想上前咬一口，味道应该还不错吧？是什么口味的呢？芒果草莓哈密瓜？不知有没有包子味呢？得，佳佳同志算是白费苦心了，谆谆教诲没鱼听，鱼儿早神游外太空十万八千里去了。

待佳佳收拾完屋子洗完衣服都快半夜两点了，她累得一沾床就睡得不省人事。还别说，佳佳真没把帛曳当人看，一条小鱼儿，只会瞎嚷嚷，完全无公害，还能挣钱卖萌，她怕个毛，再说，这大晚上的想要干什么也要有"工具"不是？就他那被鱼尾包得严严实实的下半身，还真看不出东西藏在哪里。话说，等哪天有空一定要上网查查，鱼儿是如何交配的？很好奇啊有没有？

佳佳是毫无顾忌地倒头睡成猪，美男鱼帛曳却是一夜无眠。

晚上本是他看电影的最佳时机，夜深人静，泡在水里，旁边有伸手就可触及的零食，一切最美妙不过，可这全被离他咫尺躺在床上的女人打乱了。

她躲他多日，孤身一鱼的夜晚总是很寂寞，虽然在海底那么多年寂寞惯了，可那时的他不是还没尝到甜头吗？上岸以来这聒噪的女人总在他面前不停地晃悠，怎么说呢，感觉真不赖，几日不见竟有些想念。也许是珠子的原因吧，帛曳觉得只有佳佳待在他身边，他才能心安，今晚有她在身边，他竟然舍不得干其他任何事情。

　　破天荒地，帛曳今晚竟然关了电脑，没看电影，连零食也没吃，吃零食的声音怕是会吵到这浅眠的女孩睡觉吧？他游至离床最近的位置，双手撑着鱼缸边沿，支着下巴，借着月光看着床上熟睡的女孩，心里说不出的平静安宁，今夜有鱼无眠啊。

09·

人鱼波波的眼泪

陈小锁经常闹别扭，不是和佳佳闹就是和自己闹。

有句话怎么说来着，人啊总是欺负伤害自己最亲近的人，陈小锁的感情生活注定悲剧啊。他就像个心智不成熟的少年，缺乏高人指点哪。

佳佳是被一阵急促的敲门声吵醒的，昨晚折腾到半夜，白天未免就有些起不来了。

帛曳一晚没睡，这会儿正潜在水底补眠，不过，即使平日他睡眠充足、精力旺盛之时也不会搭理敲门声的，佳佳就在身边，这岸上还真没有请得动他波爷高抬"玉足"去开门的人。所以，任是那敲门声敲得震天响，我自岿然不动！人鱼波波依旧自由自在地在水底吐泡泡玩水草。

佳佳烦躁地朝房间门口丢了个枕头，帛曳翻了翻鱼眼，忍不住颤抖：好可怕的起床气。

可那敲门声还是没消失，锲而不舍的精神真是难能可贵。

佳佳勉强撑起身子揉了揉眼睛打了个哈欠后又朝前扑去，得，没几秒又睡了过去，接下来，帛曳就看着她爬起卧倒再爬起再躺下，如此反复十来个回合，童大小姐终于舍得下床去开门了。

"谁呀？"佳佳拍着嘴巴打哈欠，心情很糟糕。

砰砰砰——敲门声跟催命似的响个不停，佳佳拧开三道防盗锁，终得见来人。

还不待她睁眼细瞧呢，那厢来人就已风风火火地进屋了，得，还不止一个！

佳佳那混沌的脑子在简灵大嗓门的一声大喝下终于彻底清醒。

"好你个童佳佳，私自置办了这么一间小金屋也不主动请我们上门吃顿好

吃的，太过分了吧！"

"是啊是啊。"任洁雅这"复读机"又开始跟在简灵屁股后面附和了。

除了她们两个，宿舍里除了王璐竟然全到了。

我去，佳佳记得她还没和于晓和好吧？她怎么也来了？还有罗婧，她不是除了化妆和照镜子从不管身外事的吗？

佳佳觉得有点儿晕。

"听说你金屋藏娇啦？佳佳，娇在哪里呢？快让我们看看啊？"于晓自来熟地四下各种钻门闯屋。

这是什么状况？

佳佳站在大厅里目瞪口呆。

简灵和小雅在厨房四处找吃的，于晓四处找人，只有罗婧站在门边看着佳佳若有所思。

佳佳连忙低头看了一眼自己的穿着：糟糕！身上的衣服明显是男款！

当佳佳看到于晓要进帛曳的房间时才反应过来不妙，不管怎么样，绝不能让更多的人发现帛曳的人鱼身。

她顾不得罗婧的打量，忙跑进浴室拿了一瓶泡泡浴盐，跟着于晓进了房间，罗婧自是发现了些猫腻也跟着进了房间。此时在厨房里找吃的无果的简灵和小雅也正好走出来，见着她们几个都进了房间，也朝这边走来。

于晓找遍了出租屋也没发现有什么可疑人物，就剩这个主卧了。

可惜，还是一无所获，虽然房间的布置有些奇特，但这一眼看过去就能尽览全景的房间确实藏不了人……除非，咦？这个木盆是干吗用的？

她的疑惑，简灵先帮她问出口了。

"佳佳，你怎么把浴盆摆房间啊？太先进了吧？"

佳佳已经快她们几步来到鱼缸前，边往水里倒泡泡浴盐边应道："这就是创意，你们这些凡人怎么会懂我们作家的良苦用心？刚还想着泡澡呢，你们来了怎么也不提前说一声啊？"

佳佳淡定地将整包泡泡浴盐倒入，瞬时，清澈的鱼缸里布满了白色的泡沫。

简灵摸了摸脑门傻笑："也是，洗完澡直接倒床上睡觉，很爽耶，以后我也要在房间里摆个浴盆。"

任洁雅抚额，忍不住道："老大，人家佳佳是为了找灵感才这样摆，你凑什么热闹，每天从浴室迁水管加水不累死你？房间搞得湿湿的，会增加患风湿概率的！"

"就是，你凑什么热闹。"半天没发话的罗婧也开口道，她走至佳佳身边，伸手拂了拂水面，眉头有些皱起：凉的？

于晓也走了过来："可是，这浴缸也太大了吧？佳佳，你过得也太奢侈了吧？不用说这一池子的水，就是你刚倒进去的浴盐分量，啧啧，编剧的钱可真好赚。"

罗婧抬头朝佳佳微微一笑："难不成这泡泡底下藏着什么不让我们看到？"

一听说藏东西，于晓来劲了，她忙拨了拨水面试图看清水底的东西，可佳佳倒了太多的浴盐，这会儿满池的泡泡，要看清还真不容易。

这拨人的举动可把佳佳吓坏了，她的心算是提在嗓子眼了，但很快她便自我打气：不能乱！不能慌！波波就指望她了！

她深吸口气，微笑地回望罗婧："这一池子的水能藏什么东西？要是个活的憋到现在不早缺氧断气了？"

罗婧一怔，想想也是。

可于晓不死心哪，她可是奉命前来的，马虎不得！

"可社长说了有啊。"

"你说什么？"佳佳皱眉望向于晓道。

"没……没事。"于晓不停地搅着浴缸里的水似是不看清楚水底不死心般。

佳佳很不爽，这些人怎么回事啊？一大早杀过来？和小锁有什么关系吗？难道是小锁叫她们来的？

"不过这水怎么是凉的呢？佳佳，一大早泡冷水浴你也太与众不同了吧？"罗婧笑道。

佳佳一顿，但很快就恢复镇定："浴室的热水器坏了，再说，这么热的天，只要能去臭汗，冷水澡洗洗也无所谓啦。"

罗婧见佳佳防得滴水不漏，一时也没什么好说的了。

简灵和小雅刚才只看了厨房，这会儿也参观完了这房间，除了浴缸的摆设令人惊奇外也没什么好看的了，遂结伴出大厅继续找吃的，吃货的世界就是这样单纯啊！

而面对于晓和罗婧的不依不饶，佳佳实在感到头疼，正当于晓欲卷起袖子

将手伸进水底时，佳佳连忙出手制止："你干吗？这水我还要洗澡呢，好不容易接过来放了好久才放满，你可别给我搞脏喽。"

"洗澡？一大早的你洗什么澡？"于晓不满，但还是收回了手，她和佳佳还没完全和好呢，还是不敢太造次。

佳佳避开罗婧咄咄逼人的目光，镇定地拂了拂水面，下一秒令屋内二人皆目瞪口呆。

她竟然一脚跨进浴盆，整个人沉下去露出个脑袋泡起澡来，边往脸上拍水边道："征文比赛压力太大，昨晚为了写提纲整晚没睡，本来还想着洗洗澡补眠呢，你们就来了。对了，谁告诉你们我住这里的？小锁吗？他怎么不来？"

佳佳知道她要不做些什么，她们是不会善罢甘休的，索性一不做二不休，不就是洗澡吗？有什么不可思议的！

一提到小锁，那两人也不免有些心虚。

于晓咳了几声后将头转向一边："你洗澡怎么不脱衣服啊？"

佳佳抬头看了一眼罗婧笑道："你们在这里我怎么脱啊？对了，这空间还很大，你们要不要一起洗啊？"说完还真就在水下将那 T 恤给脱了下来，脱下来还故意拍了下水面，那水花便四溅了出来，搞得她们蹦跳着逃开。

于晓一脸嫌弃地扭头："我才不跟你一起洗。"

罗婧也皱了皱眉掏出随身携带的小镜子照了照沾到水的脸："妆不会花了吧？"

佳佳甩着湿衣继续道："为了这次征文我可是下了血本，你看看，找灵感找得连潮服都买了几件，照小锁的型号买的，晒晒干应该可以废物利用。对了，于晓，你不是对小锁的品位爱好了如指掌吗？你看看这件 T 恤他会不会喜欢？"说完，佳佳将湿衣服朝于晓扔去。

于晓急忙跳开，翻了个白眼，一百个不愿意看："你自己穿过的还好意思送给小锁，省省吧。"

就当室内众人过招之际，那俩吃货终于彻底失望回来了。

简灵："我的老天爷，佳佳你真够狠的，竟然一点儿吃的都没有！"

"对啊对啊，太狠了！"任洁雅连忙附和。

佳佳叹了声，没好气道："我来这里是想安静写文的，又不是来这里吃吃喝喝的，得，改天请你们过来，我摆一桌啊。"

"真的？"听到有吃，简灵立马精神了。

"真的真的？""复读机"任洁雅也很兴奋。

"比珍珠还真！"佳佳点头。

"好啦，不打扰你'清修'了，我们走！改天再来你这里混吃混喝！"简灵得了承诺已经心满意足，拉着于晓、罗婧就要离开。

于晓哪里肯走，可拗不过简灵那女大力士，只得心不甘情不愿地离开。

简灵边拉着她们往门口走边道："你一晚上没回来，我们还担心你出事呢，再加上路上碰到失魂落魄的陈社长，这才不放心来看看你，你没事我们就放心了。你慢慢洗哈，洗完好好睡一觉，等有精神了，记得摆一桌。"

"好！"佳佳顿时觉得简灵简直就是救苦救难的观世音菩萨啊！快将这群妖孽拖走吧，她快要 Hold 不住了啊，身下那骚扰得她快尖叫出声的鱼儿是想死还是不想活！有没搞错啊？姐这是在救你啊！好你个白眼鱼啊！

当远处大门"砰"一声关闭后，外面世界清静了。

但是，房间内的生物彻底凌乱了！

待确定众人离去后，佳佳终于忍受不了爆发了。

她霍地站了起来，待半身暴露在空气中，被冷风吹过哆嗦了一下后才觉不妥又双手环胸蹲了下去，水里至少还有无数的泡沫遮挡。

"波波，你给我滚出去！"佳佳气得嘴唇发抖，那条不要脸的鱼还不知羞耻地继续在她大腿边乱钻，这边戳戳那边嗅嗅，童佳佳被骚扰得浑身滚烫，脸红得像个番茄，双腿不停地乱蹬躲避"色鱼"的骚扰。

望了一眼刚才被她失手扔到一边、离浴盆还有好几米距离的湿衣，童佳佳这回真的是欲哭无泪了。

过了好一会儿，那条该死的"色鱼"才玩够慢慢浮出水面，不过也就冒出个脑袋。佳佳只见那满头满脸的白色泡沫、抿着唇的美少年瞪着一双水汪汪的大眼一脸不高兴地瞅着她，好似她做了啥十恶不赦对不起他的事般。

这是什么表情啊我摔！童佳佳心中一万头草泥马踢正步来回走过二十遍啊有没有？她便宜被他占尽，这条不要脸的鱼还敢给她摆出一副好似她欠他五百万的表情是要闹哪样啊？还有没有下限啊亲？

貌似生气的美男鱼浮出水面和佳佳大眼瞪小眼半晌，一句话没说，竟又沉了下去！

他沉了下去？他竟然又沉了下去？童佳佳很想一头撞死在浴缸里啊！有谁能告诉她如何破人鱼的低智商啊？厚颜无耻星来的奇葩给我滚出地球啊有没有？

佳佳忍无可忍，朝就要完全沉没的人鱼大吼道："你！给我立刻马上现在滚出浴缸，给我找件衣服后赶紧滚蛋消失！不然我就炒了你炖了你清蒸你红烧糖醋干煸你！"

帛曳被吵得神烦，又一脸怨妇表情浮出水面，这回总算开口说话了："佳佳，我是僵尸肯定不吃你！"

"？"佳佳呆住，这种驴唇不对马嘴的开场白要怎么破啊？子啊，请带她走吧！地球已经不能再待下去了啊，脑残太可怕了！

"你怎么这样没脑子呢？"僵尸的主食是脑子……

"……"刀呢？锅呢？电磁炉插电了没啊？今天不煮了这条鱼，她童佳佳就枉为人！

帛曳一点儿也不为抓狂的童佳佳所惧，接着道："难道我们刚才上演的不是《倩女幽魂》吗？你为救我光着身子入水，情节完全一模一样啊！"

佳佳抚着心口，就差没吐血了。

你是条鱼啊亲！请不要不把自己当条鱼好不好？还《倩女幽魂》？演鬼演得走火入魔了吧亲？

佳佳已快气绝身亡，可那厢美男鱼还没完没了道："可是，最重要的一步你还没做呢，我再提醒你一下，我沉入水底，时间长了，你会怎么做？"

佳佳连反驳都懒得反驳了，怎么做？当然是踩死你这条死人鱼啦！

帛曳见佳佳完全没反应，终于忍不住叹了口气，恨铁不成钢般摆着尾巴朝佳佳身边游过来，也许这一动作太过于一气呵成，也许是佳佳当时满脑子都是如何煮了这条鱼的画面没有反应过来。

当这条鱼已经游至佳佳身边并迅速凑过唇一口气吻住佳佳时，佳佳的脑子里还呈现的是糖醋波波装盘摆桌的情景。

嘴唇上忽地贴上来张湿漉漉软绵绵的唇，那一刻，佳佳觉得她紧张得要窒息了……她这是被亲了还是被亲了啊？

佳佳本因被波波骚扰得滚烫的脸颊更加炙热起来，这会儿朝她脸蛋敲个鸡蛋，估计都能熟。

帛曳起先还是轻轻地小心触碰，当发现佳佳并没有排斥时，竟大胆地伸出了舌头。舌吻？这小子从哪部电影里学来的啊？上次亲嘴是因为要吸回珠子？有谁能告诉她，这回亲嘴是为了什么啊？不会是为了演绎《倩女幽魂》的经典剧情吧亲？你这样不遗余力地向经典爱情电影致敬是有多想成为电影明星啊亲？

帛曳胆子肥上天的举动后果相当严重，他本鱼的下场是异常惨烈的！

五分钟过后，美男鱼波波终于见识到了在沉默中爆发的人类有多恐怖了！

帛曳吻得痴迷，完全没有注意到佳佳的反击。

在那最迷醉的一刻，他被"爆发"的佳佳一拳打倒在浴盆里，头晕眼花之际还让佳佳趁机逃出浴盆并顺便放干了盆里的水。

这会儿他正在空空的盆里苟延残喘，奄奄一息，尾巴有气无力地拍打着浴盆底，离开了水的美男鱼真是脆弱得不堪一击。可那"女魔头"还嫌不够般从厨房里拿来了菜刀和油盐酱醋，一脸肃穆地望着波波，我去，那画面真是太恐怖了，真真是吓破了波波的鱼胆啊！

在佳佳往他身上浇酱油之前，波波跪了。

"我错了！我再也不敢了，佳佳饶我！"想他美男鱼波波横行海底三万米，所向无敌，称王称霸不知多少年，今日却跪在他最不屑的人类面前含泪求饶，真是"鱼"落平阳被人欺啊！

佳佳没理他，继续倒酱油并将刀往浴盆边沿磨了磨，好恐怖啊，波波瑟瑟发抖啊。

"佳佳，没有大锅没有大型号的电磁炉，你煮不了我的，你还是死心吧！"

佳佳冷哼一声："我吃生鱼片，要什么电磁炉？"

生鱼片？哦买噶！波波心碎了，他求饶无望干脆也豁出去了，只见他仰起脑袋，一双泪眼楚楚可怜地望着佳佳，巴巴道："佳佳，你不能这样，当初我们说好的，你说要跟我培养感情，才能有技巧地吸出珠子的，我们刚才是在练习，你怎么能反悔呢？"

佳佳继续磨刀："我们培养出感情了吗？谁准许你不经我同意练习的？"

帛曳更加委屈，眼泪已经挂了一颗在眼角，可怜兮兮道："我以为，昨晚你那么开心，我在你心中的位置肯定会有所改变，至少跟其他的男子不同，不然，你昨晚不会跟我同房就寝的……"

佳佳一顿，停止磨刀："我……"我去，另外一间房被他搬空了，让她住

哪里啊喂？再说，他们一个在水里一个在床上，难道还能隔空性骚扰不成？

"虽然感情不至于升华成爱，但至少，你肯定是不排斥我的，佳佳……"得，又一颗滚落，恰到好处地推动着先前一颗泪珠……

"南海外有鲛人，水居如鱼，不废绩织，其眼泣则能出珠。"

很好，传说果然不曾欺人也，波波流的两滴泪，果然成了珠，当两颗晶莹剔透的鲛珠被一双颤抖的手讨好地献到佳佳眼前时，佳佳手中的刀落地了。

佳佳绝不承认她是看到了传说中的鲛珠而心水得两眼放光，不计前嫌，大人不计小人过地原谅那条"色鱼"的！

待几个小时后，佳佳还捧着那两颗鲛珠细细欣赏时，帛曳已经恢复成人形，不过是五岁稚童模样。

"这珠子真的很稀有吗？市场价是多少啊？"佳佳边小心翼翼地瞅着边道。

帛曳此刻正想办法将小短腿抬至眼皮底下检查伤口，心不在焉地答道："我在海底活了五百年，没有遇到同类，而这两颗鲛珠是我鱼生仅流出的两颗，你说稀不稀有？"

佳佳捧着珠子"嘿嘿"傻笑，半晌，道："你说吞了鲛珠能不能青春常驻，长生不老啊？"

"……"帛曳放弃查看小短腿，无奈地看着眼前愚蠢的人类，"你说呢？你以为鲛珠是唐僧肉做的啊？"

"那这两颗珠子能干什么用？"佳佳诧异抬头。

帛曳鼻哼一声，一副"你是白痴"的表情道："观赏啊！多美的珠子！我的眼泪耶，光是人鱼波波的眼泪就很有收藏价值的好不好？"

"……"她现在扔了这珠子糖醋美男鱼还来得及吗？

"疼……疼，别揪我……你虐待儿童，童佳佳！"小美男鱼波波很脆弱很无助。

正当佳佳提溜着小美男鱼波波的耳朵，纠结到底是糖醋还是清蒸好时，门外又响起了敲门声。

玩闹在一起的一人一鱼终于停了下来，佳佳有些后怕，忙将帛曳赶回房间欲将他塞进衣橱藏好。

"快，躲起来，别让人发现你。"拍门声愈加急促，佳佳手忙脚乱。

帛曳捂着被拧得通红的耳朵没好气道："安啦，应该是我订的外卖，饿死了，快让我出去，笨女人！"

佳佳松手，诧异道："你什么时候订的外卖？"

帛曳回她一个白眼，没搭理她，挣脱她的钳制，迈着小短腿就朝门边跑去。

佳佳连忙跟上："喂喂，如果不是外卖怎么办啊？你这个样子……"

在佳佳说话之际，帛曳已经跑到门边，踮着脚奋力地扭门把手，还不停地催促佳佳道：

"波波够不着，佳佳你快来帮忙。"

佳佳抚额，小短腿什么的真是太煞风景了。

"如果不是外卖，我看你怎么收场！"

帛曳嘟嘴不屑道："你根本不必紧张，若被人发现我的真身，我就吃了他！比如说刚才那几个女人若是……"

"波波！"童佳佳怒，真是死性不改啊！

小美男鱼波波意识到自己说错话，连忙住嘴："好啦，我不吃总行了吧，都听你的，按人类的生存法则生活。"

正当两人又为此争论之际，门把手已经被跳起来的帛曳不小心给扭开了。

随着门"吱呀"一声打开，门外的男子发出惊讶的一声，门内两人皆为之一振。

10·

原来还是放不下

"佳佳，这个小屁孩是谁？"

　　陈小锁提着一袋外卖站在门口，练习了很久的笑脸还僵在脸上。

　　他可是做好了"战斗"准备的，可谁能告诉他，佳佳屋里这和那该死的"人妖"几乎长得一模一样的小鬼到底是谁？

　　自从被美男鱼波波找上门后，佳佳与小锁的关系就愈加微妙起来，微妙中还夹杂着淡淡的说不清道不明的东西，就好似一层玻璃纸，朦朦胧胧让人看清些真相可又无法确定自己看到的是否是全部真实，其实一指就能捅破，可偏没有谁愿意先去碰触那层玻璃纸。

　　"事实当真如此？"小锁望着桌下那踮起脚不停地伸手去够桌上外卖袋子的小鬼，眉头紧锁。

　　"嗯嗯，真的，看我真诚的小眼神……"佳佳喝了口水还没来得及吞下就忙着回应了。被小锁撞见稚童模样的波波，佳佳很想拐了"小短腿"就此亡命天涯啊，现实太残酷了啊有没有？这都解释老半天了，硬是说得口干舌燥，可锁爷还是一副"你就扯吧，童佳佳"的表情！

　　她和小锁最近不知怎么了，先是不知哪儿得罪他了被嫌弃了好几天，好不容易借着征稿契机想要与他和好，可半路杀出了个"穆枝枝"抢角色。总之，快一个月了，她和小锁的关系不敢说剑拔弩张，但也算得上是渐行渐远，从林宴到陈小锁……尼玛，这真是童佳佳无伴终老、孤独一生的节奏啊！

　　"你说他是那家伙的私生子？"小锁指着依旧在坚持不懈踮着脚够食物的"小短腿"还是有些难以置信。

"嗯嗯，没错，他未婚生子又不负责，想要抛弃波波，我实在看不下去才代为暂时收养的。"

"他妈是谁？"小锁狐疑地望向佳佳，再次确认道。

"不是我！我发誓，绝对不是我！"佳佳连忙否认。

而那不管周遭发生什么事皆事不关己，誓要把桌上的食物吃进肚子的小屁孩却有些焦急了："佳佳，波波够不着，你就帮帮波波吧？"好吧，孩子饿得快哭了。

刚还一副马屁精面孔的佳佳转头望向他时，立马变脸，一脸恶婆婆模样："吃吃吃，就知道吃，跟你那死鬼爸爸一副德行，不许吃！一边面壁思过去，想想今天又干了什么坏事？认错了才能吃东西！"

小锁实在看不下去童佳佳一本正经恐吓小朋友的模样，伸手将外卖袋子朝波波手边挪了挪。

"你别对他那么凶嘛，这孩子怪可怜的。"

"可怜个屁，皮得很，吃得又多，他爸也不管，也不知道妈妈是谁，成天跟个野孩子似的，再不听话，连我也不想管了，那就上街讨饭去，要是被什么扒手组织看中拐走也就只能怪他命不好了！"佳佳连忙叹息道，这就是人类的逆反心理，佳佳若此刻对波波太好，小锁还不一定会可怜波波这"苦命"的孩子呢。

而小锁眼里"苦命"的孩子在得到食物后，那副可怜兮兮的模样瞬间消失，还不待小锁继续说道呢，人已经抱着外卖两眼发光地躲到角落开吃了。

佳佳尴尬地讪笑一声，忙侧了侧身子挡住波波惊人的食量和进食的恐怖画面。

小锁微抬头望向佳佳："他真的奋不顾身地跳海救你？"

"啊？嗯嗯。"似是忆起被救情景，佳佳此刻眉头舒展，扭头温柔地望了一眼吃得满嘴满手油渍而不自知的波波。

小锁脸色终于阴转晴，幽幽道："这点来看，那'人妖'也不是一无是处，长成那样一看就知道生活不知检点，不然也不会年纪轻轻的还搞出一个拖油瓶。对了，他人呢？"

"啊？"佳佳一愣，有些结巴道，"他……他去打工了。"

"哦？我在学校没看见他啊？"波波显然已成为树人大学的"打工王子"，名气大得连陈小锁都对他倍加关注起来。

佳佳摸了摸后脑勺，"嘿嘿"笑道："他可能到外校打工了。"

陈小锁渐渐放松，看来，佳佳也没蠢到倒贴被骗的程度，那男的救过她一命，她为他做的这一切也就情有可原了。再仔细想想，就冲着那男的"招蜂引蝶"的功力，怎么可能会看上佳佳呢？还带着个私生子，即使长成妖孽照样没杀伤力啊，佳佳怎么会看上他？不过，这小鬼要是和佳佳培养出感情了怎么办？

不会，佳佳不会那么蠢！

想通后，陈小锁警报解除，连带着对波波也温柔了许多。

而那厢小人鱼波波挺着个圆滚滚的肚皮坐在地上打饱嗝，食物吃完，终于有心思面对这突然来访的客人了。

他转头朝小锁他们看来，正好和小锁对上眼，就见那刚刚还对他一脸防备不耐烦的男生这会儿正父爱过剩般朝他望来，附带还送个微笑。

波波身子一颤，差点儿没被恶心得吐出来。

"还饿不饿？要不要再给你买点儿什么？"小锁笑意盈盈。

波波对他翻了个白眼，爬起身子就朝佳佳奔过来，也不说话，就一头栽进她怀里。佳佳被撞得差点儿摔倒，但她现在面对的是五岁的稚童波波，不能发火不能虐童啊，忍无可忍从头再忍！

佳佳尴尬地抱住钻进她怀里的波波，朝小锁笑了笑："不能再吃了，小孩子不知道饱。波波，去房间里看电视好不好？"

波波还是没应答，只是不停地欲爬上她的腿，佳佳被闹得没法，只好将他抱起，波波就势搂上她的脖子后，终于肯施舍给小锁一个小眼神了。他吃饱喝足，心情本来不错，可来了个这样大的"灯泡"，顿时又不爽起来。

他小脑袋在佳佳脖颈处蹭了蹭，打了个哈欠，可怜巴巴道："佳佳，波波困，我们去睡觉好不好？"嘴都快贴到她下巴了好不好？

彼时，墙上的挂钟刚好指到中午一点整，"当当……"十三声钟响过后，室内一片安静。

佳佳脸上的笑容尴尬地僵硬着，双手紧紧握成拳，心里一大波僵尸扭成麻花地路过：艾玛，这是要将卖萌进行到底啊？亲，你已经五百岁了好不好？不要闹了，虽然你现在只是五岁稚童模样，说什么做什么都可以被宽容接受，可这样玩暧昧真的很不符合剧情发展的需要啊亲，这样有意思吗亲？

还不等她忍辱负重吐槽完毕呢，那小家伙又嗯嗯地凑到她耳边小声道："要

是不想让他看到十分钟后我变身成年的模样，你最好马上赶他走。"

"……"一腔热血霎时冰冻冷却，佳佳顿时觉得冷汗涔涔。

变身？变形金刚啊你？变变变，一天七十二变啊你！变你妹啊！

再抓狂也无济于事，当务之急当然是要将小锁哄走。

佳佳朝小锁尴尬地笑了笑，低头看了看已经搂着她的脖子假寐的小鬼再抬眼望向小锁："呵呵，这孩子吃饱了就犯困，估计是以前跟着他爹吃太多苦了，特黏人。"

小锁刚对小屁孩生出的同情心在看到他对佳佳肆无忌惮的依赖后，顿时消失殆尽，脸色也阴沉下来，他心中默念：他绝不是吃五岁孩子的醋，牙还没长齐的小鬼他陈小锁才没放在眼里呢。可那双搂着佳人的手怎么看着那么碍眼啊！

"困了啊？要不我带他睡吧？反正下午也没事，男人之间比较方便一点儿。"小锁边说边伸手要将波波抱过来，可波波哪里肯让他碰，自然是使出吃奶的劲挣扎抵触。

佳佳忙出手制止，将波波扣紧在自己怀中，朝小锁微笑讨好道："别麻烦你了，他爸爸一会儿就回来了，他不习惯陌生人碰的。"

"……"陈小锁伸出的手僵在半空。陌生人？他看着眼前紧紧抱在一起的两人，他们已经不是陌生人了吗？

小锁的表情很落寞，看得佳佳有些心疼。不管怎么说，这三年来，这个男生对她是没话说的，就在林宴抛弃她的那最难熬的一段时间，若不是陈小锁，她恐怕早就倒下了。

佳佳迟疑了下，最终还是抱起了波波往房间走去。

"没事，我带他回房里睡，一会儿他爸就回来了，你等我一下，我跟你回学校。"她实在不知该找什么理由让小锁独自离开，既然狠不下心，那就只有亲自将他带走。

一进房间，佳佳就将波波扔到了床上，并沉下脸制止欲撒泼胡闹的小鬼低声道："你给我马上上床躺好，若暴露了你的身份我可不管你！"

"我就不！我就不！我要你陪我睡觉！"帛曳站在床上边跳边尖叫。

"你给我闭嘴！刚才满嘴满手的油往我身上蹭我还没找你算账呢！还有七分钟，你自己看着办，是要暴露自己还是忍气吞声！我可丑话说在前头，你要是又来海底那一套，珠子我就是烂在肚子里也不会还给你！"佳佳下狠心威胁。

帛曳没料到佳佳竟为了门口那男的这样对他，即使早上那会儿他趁机吃她的"豆腐"她也没拿珠子说事，可为了那男的，她竟然用珠子威胁他！

帛曳很生气，小小的脸蛋已经涨得通红，他双手握拳，在沉默半秒后更加尖厉地喊道：

"童佳佳，你要是今天不管波波，跟那男的私奔，波波一辈子都不会原谅你！"

佳佳感到头很疼，无奈道："你胡说什么啊你？什么私奔？"她比了个"嘘"的手势降低音量道，"我就是把他引开，不这样他不会走的，你乖，我一会儿就回来。"

"我不要，你骗人，你走了就不会回来的，你上次就好几天没回来！"波波情绪有些激动，他变身成稚童时，好像所有的举止思维都有些返老还童，这会儿他小小的身体竟开始颤抖，大大的眼睛里竟噙满了泪水，欲落不落的样子，我见犹怜。

佳佳心里不由得软了下来，刚欲柔声安抚，小锁的声音就在身后响起。糟糕，时间来不及了，不能再这样耗下去，绝不能让小锁发现帛曳的秘密。

她狠了狠心转身朝门口走去，挡住了小锁进门的步伐，硬是不顾房间内波波的哭喊，将小锁拉了出去，并反手关上了门。

没错，波波小朋友是真的在哭喊，真真是用生命在哭喊啊，佳佳听得心揪疼，这得浪费多少鲛珠啊？这败家孩子啊！波波只有在人鱼形态流出的眼泪才能成鲛珠。

而小锁在被推出房门时还不忍心道："佳佳，这样好吗？留他一个人在里面？"

佳佳挤出一个笑容："小孩子不能惯，我又不是他妈，万一他太依赖我以后离不开我怎么办？我总要过自己的生活。"

佳佳这么一说，小锁也觉得有道理，也不再顾及房间内小鬼的哭喊，心里自我安慰道：反正他爸爸快回来了。

思及此，小锁更觉得有理，忙拉着佳佳出门："那我们还是快走吧，刚好还要和你讨论下这次征文的选材问题，我们去话剧社？"

佳佳没心思想那么多，只是敷衍地跟随小锁出门，她满脑子都是波波哭喊的模样，小脸肯定都是泪，眼睛哭肿了吧？那么高的床，他的脚那样脆弱怎样蹦下来的啊！虽然知道波波是变身的，他实际年龄已经五百岁，可不知怎的，

在听到小屁孩拍打房门哭着对她"离弃"的控诉后，心情莫名地觉得有些不忍。

"佳佳，不要丢下我不管，佳佳，波波再也不敢乱吃东西了，佳佳，不要走……"小孩边拍打房门边哭道。

佳佳心烦意乱，但最终还是狠心地随着小锁出了门。

在大厅的门关上的那一刻，房里的帛曳正在慢慢变身恢复成人形态。

这是童佳佳第一次为了小锁抛弃帛曳，变身后的帛曳站在客厅内的落地窗前，望着楼下相伴离去的那双人影，伸出一只手轻轻抚上胸口，显得那样落寞而悲凉。

被相恋五年的青梅竹马初恋甩不算什么，只要活下去，就一定会有更糟糕的事情发生。

佳佳跟在小锁后面，走得极慢，没办法啊，是前面那位兄台走得太慢，佳佳没法只好跟在后面走猫步啊。她此刻内心在呐喊：陈小锁你敢再走慢点儿吗？

陈小锁今天不知是不是吃错药了，莫名其妙引来一群女人上演宫心计后又亲自登场，这会儿好不容易该散场了吧，又开始玩深沉了。

想以前两人只要在一起，那绝对是火星撞地球，不是在争吵就是在争吵的路上你追我赶！像这样安静地漫步校园，不要太惊悚哦。

佳佳已经有些紧张，手掌心都是汗啊，预感有不好的事情发生，她的预感一向比较准确。

当绕过学校的"情人台"时，锁爷终于开腔了。

"咳咳……佳佳。"

"嗯？"佳佳连忙应答。

"你饿不饿？"小锁似乎也有些语无伦次，一直低着头不敢直视，他越这样佳佳越感觉不对劲，这是那天不怕地不怕的陈小锁吗？老天爷，不带这样玩的啊，快把小锁还给她啊，这样乱了节奏很惊悚啊。

"不饿不饿。"佳佳刚说完，肚子就很不争气地"咕咕"叫起来，她连忙捂着肚子尴尬地笑，想来起床折腾到现在，这会儿还真是一粒米未进呢。

小锁停下脚步，眉头皱起，终于抬头看了一眼佳佳，但很快又将目光瞟向远方，他又咳了咳，半晌才道："我饿了，要不，你陪我去吃点儿？"才说完，他的脸就红了，眼睛四下转悠，愣是不敢望向佳佳。

"啊？"佳佳有些懊恼，该来的还是要来，这段时间小锁的莫名其妙，不用说小雅，就是再自欺欺人，童佳佳也会不由自主地浮想联翩。

以前的陈小锁哪里会如此温柔地跟她说话？哪里会关心她饿不饿？哪里会和她莫名其妙地闹别扭？一向大大咧咧毒舌肝胆的锁爷原来也有青涩小男生的一面，这奇妙的景象令佳佳很惶恐。

她真的不想失去这么一个朋友，朋友而已。

"我……我听说西门那儿开了家不错的西餐厅，你……你陪我去吃吧？"小锁飘忽的眼神终于落在佳佳脸上。

佳佳有些迟疑，小锁望着她的表情紧张得一只手揪紧 T 恤的下摆，心里却恨自己不争气：陈小锁你祖宗的，敢爷们儿点儿吗啊？以前的魄力哪里去了？不就一个黄毛丫头吗？还是个曾经成天追在自己屁股后面的"黏人精"，有什么了不起的，爷让你陪吃饭你还敢犹豫？敢说一个"不"字试试童佳佳，看我不削了你！

半晌，佳佳终于点了点头，小锁那吊在嗓子眼的心终于放下，谁知接下来的一句话却让他吐血三升："这个，陪吃陪喝给小费不？那个门板……能打折吗？社长大人。"

陈小锁很想削了这没长脑子的丫头啊有没有？想他陈小锁是什么人物？让她陪吃饭还敢要小费？还是个作家，懂不懂风花雪月啊？难怪出了好几本书也红不起来啊有没有？佳佳很成功地用一句话将紧张的青涩少年陈小锁打回了原形，小锁深吸几口气，终于还是没能忍住："童佳佳，你是三陪小姐吗？谁给你的自信敢要小费的？出门没照镜子吗？"似是想到门板的"牺牲"原因，陈小锁已经彻底元神归位了，"门板不仅得赔，还得给我找人来装好！"说完，他径自转头朝西门走去，走了几步又停下来对还愣怔在当场的佳佳吼道，"还不快点儿给我跟上，爷快饿死了！都是你这个笨女人的错！再磨蹭试试，你这蠢女人！"

"……"幸好幸好，面对如此熟悉的陈小锁同学，佳佳终于松了口气，展颜欢笑，像只小兔子一样蹦蹦跳跳地追了上去。

陈小锁望着眼前变脸比翻书还快的女人一时无语，更加生气："你是被虐狂吗童佳佳？笑什么笑？你知道你笑起来有多难看吗？傻女人！"

"喂，你能不能不一口一句笨女人蠢女人傻女人啊？你又是有多聪明啊？

谁'线代'抄我的答案来着。"

"我乐意这样喊你，管我？笨死了你！谁让你给我抄了？你不给多的是人愿意给爷抄呢……"

"自恋狂……"

"你说什么？你给我再说遍？童佳佳！"

"没说什么啊，我说你是宇宙第一无敌青春美少年……"

……

像这样处着，真好，没有负担没有牵绊……

远处两人你一言我一语互相扯皮，时不时男生还会被女生气得忍不住挠她的脑袋，画面和谐得让人忍不住要嫉妒。

矮树丛的另一边，于晓已经快将手上的树枝拧成了麻花。

"还看哪？人都走远了。"罗婧冷笑一声，抬腿也欲离开。

于晓狠瞪了一眼远处的背影，眯着眼尖声道："真不要脸！"

佳佳这一离开，果不其然，又是好几日没去出租屋，她对帛曳的忽视态度彻底惹恼了美男鱼。

其实这真不能怪佳佳，她有心想去看看帛曳，可是没法子啊，毕业论文导师分配名单下来，好死不死，她竟抽中了高教授！同样被分给高教授的还有任洁雅，但人家是高教授钦点，而且被钦点得也非常乐意，只有苦逼的童佳佳望着高教授亲自分配给她的选题一脸忧郁啊。

《金融全球化对中国银行业的冲击及对我国银行监管与国际接轨问题研究》？有谁能告诉她为什么这个题目可以取得如此之长如此没有逻辑性啊？这要怎么写啊？

童佳佳已经盯着题目发呆半天了，一点儿思路都没啊！这会儿她哪里还有心情去管美男鱼的死活啊，她童佳佳马上就要活不下去了啊喂。下午高教授就要开毕业论文开题报告会了，她到现在还在试图理解题目的意思，这绝对是要延迟毕业的节奏啊。

如果以写小说日更一万的速度来写毕业论文，童佳佳恐怕就不会这样痛苦了，可小说能和毕业论文相提并论吗亲？

当童佳佳灰头土脸地跟着小雅进了高教授的办公室，再更加灰头土脸地出来后，已经是晚上七点了。

"佳佳，我们去吃小炒吧？"任洁雅点了点钱包里的钞票，确定炒几个小菜在本月预算的可支付范围内后拉了拉佳佳的衣角。

"啊？"佳佳回神，"你说什么？"

任洁雅停下脚步："佳佳，不得不说，你最近很反常。"

佳佳像今天这样心不在焉地走神已经很多次了，这绝不是毕业论文题目太难所能达到的效果，甚至有一次任洁雅还眼睁睁地看着她走着走着撞电线杆。

佳佳一顿，拍了拍脸，苦笑道："没有，可能是论文题目太苦逼了吧，你说高教授是不是特意整我啊？"

任洁雅推了推眼镜略微思索了下："以高教授的行事作风，报复的可能性大概百分之八十八。"

百分之八十八……这个数字你是怎么算出来的啊亲？她是旷了他三次课没错，可堂堂一位名牌大学的知名教授不会就这点儿小心眼吧？

佳佳沮丧地垂下头："小炒还是算了吧，我没钱，除非你请我。"

一听说请客，任洁雅再次拿出手机计算器谨慎地敲了一遍后抬头道："我们还是去吃盖浇饭吧。"

佳佳彻底颓了，蹭一顿饭安抚千疮百孔的小心肝也这么难。

左手是毕业论文，右手是征文大纲，童佳佳觉得人生已经陷入冰火两重天状态，有点儿生无可恋的感觉。

佳佳近段时间的不正常，不仅被任洁雅看出，就连于晓等与之关系不甚亲密的同学也有所觉察，更不用说陈小锁了。当然，人鱼儿波波可以忽略不计，因为他压根儿连佳佳的面都很少见，这样大概过了一个月，地处南北交界的清秋市也开始进入凉爽的秋天。

虽然清秋市给人的印象通常是火炉般的夏天和没有暖气冻死人不偿命的冬天，秋天对清秋市来说短暂得几乎可以忽略不计，但在冬天还没到来之前，躲避了烈日炎炎的酷暑，这短暂的几天也让人心旷神怡。

国庆长假，佳佳回家和家人旧同学小聚了一下，回来后就变成现在这副半死不活的样子，官方理由是：毕业论文太坑爹！

可任洁雅知道，佳佳做完开题报告后，每天只是对着电脑发呆，电脑屏幕上两个文档，一篇《金融全球化对中国银行业的冲击及对我国银行监管与国际接轨问题研究》；另一篇《假如爱有天意》。一个多月了，两篇文档皆一片空白。

佳佳一大早就上图书馆查资料去了，而任洁雅她们再关心她也有些力不从

心，她们几个报考了研究生，这会儿正是紧要关头，也只好看着佳佳的反常干着急。

　　对了，佳佳其实也准备考研的。当初林宴在海岩大学时，佳佳就立志要考上他的学校，去他自习过的教室自习，去他经常吃饭的食堂吃饭，走在他每天必经的小道上，感受他的一切，弥补异地恋的所有遗憾。当初的佳佳信誓旦旦，林宴也给力，一口气将初试复试的教材全买齐了，还托人搞来内部重点资料，可惜还没等到报名呢，两人就分手了。

　　但是，上个月网上报名那会儿，佳佳还是报了，只不过学校报的不是海岩大学，是彦林大学。

　　众人见了她的志愿栏，都惊呆了。

　　林宴海岩大学毕业后，不就是去了彦林省军区吗？

　　原来她还放不下啊？

11.

谢谢你赠我空欢喜

佳佳上图书馆，其实不过是换个地方发呆而已，论文不想写，征文没兴趣，马上就要考研报名现场交费了，交还是不交呢？

正当她在发呆之际，手臂忽地被人拉起，还没待她挣扎反抗呢，来人就已经强势地将她拉出了图书馆。

"陈小锁，你给我放手！"佳佳奋力挣脱无果。

陈小锁阴沉着张脸一直将她拉进图书馆旁边的小树林才松手。

佳佳一被松开，捂着被拽得通红的手臂转身就要离开，谁知才刚抬腿，就被陈小锁拉了回来，由于惯性，她一时没刹住，竟朝小锁扑了个满怀。

小锁先是一僵，但随即双手竟然颤抖地将她搂紧。

佳佳感觉到后背上有力的手臂，猛地一抬头，正好与低头的小锁直直对视。

静默，谁也没有开口说话。

直到有人经过，两人才仓皇分开。

小锁脸颊微红，有些尴尬地捂嘴咳了咳，开口道："你最近怎么了？"

佳佳叹了口气，转身背对他，良久才轻声道："没什么，被毕业论文搞疯了。"

小锁皱眉："毕业论文？你知道刚才我坐在你对面多久了吗？"

"你刚才坐在我对面？"佳佳转回身诧异道。

"三个小时，你什么也没干，盯着本书的封面发呆。"小锁忍不住自嘲，"你怎么会看得到我？"

三个小时？那他不是也什么都没干，光盯着她发呆？

佳佳低着头，脚尖蹭了蹭石头小道，支支吾吾道："我……我在构思呢。"

"哼，构思？"小锁冷笑，"难道不是国庆回家听到什么风声才如此反常的吗？"

佳佳身子一颤，猛地抬头："你什么意思？"

小锁看着佳佳的反应，心里更加笃定，脸色也愈加不好看起来："童佳佳，你已经过了天真的年纪了，怎么还这么傻地以为世上还会有坚贞不渝的爱情呢？"

童佳佳也随之愤怒，"你……"了半天，终是没说下去，转身又要离开，可还是被小锁拉了回来。

"佳佳，站在男人的角度，他能这样干脆毫不拖泥带水地甩了你，就是因为他早已找好下家了，你怎么还不明白？"陈小锁真是恨铁不成钢啊，早知道她不可能这么快放下，可不知道她竟然如此放不下！

听小锁这么说，佳佳忽地变了脸色，她抓住他的袖子恳求道："小锁，你是不是知道什么？啊？你给我说那女的叫什么？他们怎么认识的？啊？小锁，求你了，你让我看看那女的长啥样。"

陈小锁拧眉，垂在身侧的手握成了拳，半晌，他深吸一口气道："童佳佳，这样有意思吗？知道她是谁，对你、对这段感情重要吗？"

佳佳声音变得尖锐起来："那就是有？是不是？他果然移情别恋了是不是？那女的是谁？"

"童佳佳，你智商可不可以不要这样低得让人为难？难道确定他移情别恋，知道她是谁你就能挽回吗？我真不能理解像你这样的女人，说实话，我对你失望透了！"陈小锁也有些恼羞成怒，这女人的脑子到底是什么做的？

小锁真的不想惹哭佳佳的，可，事情还是向最糟糕的态势发展。

突然，童佳佳双手捂脸蹲下，崩溃地失声痛哭："你们不会理解，你们怎么会理解？我不甘心，我真的很不甘心，这么多年了，一句'性格不合'就抹杀一切？他林宴凭什么啊？我的青春，我人生最美好的时光，他拿什么赔？他连一面都不让我见，我……我真的以为也许他有不得已的苦衷，也许有必须隐瞒我的理由，我的林宴怎么可能会背叛我？他曾经说过即使是死了也不会背叛我，可，现在你们告诉我他有新欢了，你让我怎么接受？让我怎么甘心哪，小锁……我不相信，我要他当面告诉我！"

小锁深吸口气，也跟着蹲了下来，他没有宽慰的话，对现如今的佳佳来说，

宽慰的话只会让她更执迷不悟。

"那我告诉你事实，林宴就是有新欢了！他移情别恋了，你让他赔你青春，可是他也为这段感情付出了青春。我相信，在分手之前，他是真的爱你，但我也相信，分手之后，他是真的不爱你了。童佳佳，爱一个人不需要理由，同样，不爱一个人也不需要理由。"

佳佳抽泣地抬起泪眼，良久，嘴唇颤了颤："世界上任何人背叛我，我都能接受，可是林宴我接受不了，我不允许！感情的世界里一个人不爱了，独自没有理由地远走高飞，留下还爱的那个怎么办？"

"佳佳，你清醒点儿好不好？他已经走了，走得远远的，全世界都在往前走，只有你在原地踏步，现在你要做的是跑起来，赶上大家，而不是往后退。你爱的那个他已经不在了，现在的那个他你不会喜欢的！"原来那永远一腔热血往前冲的女孩竟然为了爱情也可以卑微到如此地步吗？陈小锁心里发凉。

"那个女的有多好？我也可以做到，你帮我告诉林宴，我改好不好？我不使小性子，再不无理取闹了好不好？"

"佳佳，无论那女的有多差，你变得有多好，林宴已经选择她了，你能不能别这样反反复复？都半年了，你还这个样子，我真看不起你！"小锁有些伤心，但更多的……竟然也是不甘！

"……"佳佳一怔，渐渐止住了哭泣，静默良久，轻声道，"我也看不起我自己，我以为我可以像电影里演的那样，三十三天就能恢复甚至脱胎换骨，可是不行，我不知道这样痛苦的日子要持续多长，三年？五年？十年？我不知道别人失恋要用什么方式多长时间抚平伤口，可我知道我自己半年时间根本不够，干的一系列蠢事也根本不够。无论我如何自我安慰，如何忙碌，我还是想他，发疯般想他……我甚至恨不得他得了绝症，我想我真是个心胸狭窄自私自利的人，可只要这样想我心里就会好受点儿，结果……人家不仅活得好好的，还另结新欢！你知道我有多恨吗？我有多恨他就有多忘不了他……就有多爱他！"

陈小锁脸色铁青，她说她恨他，有多恨就有多爱他！这个蠢女人笨女人傻女人！活该！活该跟个傻子被人甩！

"够了！童佳佳！你是眼睛瞎了吗？为什么你眼里只有林宴一个人？你清醒点儿好不好？这世上没有人会在原点一直等你！这句话是你五年前对我说的，今天我还给你！"

陈小锁是抚着胸口逃开的，他在佳佳身上看到自己有多愚蠢，竟然会对这样的女人动情！

佳佳蹲在地上，看着小锁仓皇逃开的背影，眼泪不停地流，自己终于成为以前自己最讨厌的人了：感情拿不起放不下，为了个人渣要死要活，人生除了林宴就没有追求了，终于成为一个只知道哭的废物。这不正是言情剧里自己最讨厌的角色吗？

可是，怎么办？全世界讨厌这样的她，连她自己也讨厌这样的她，宿命般，她还是成为这样的人了！什么道理她都懂，可最终还是成为这样的人了啊！

她也曾认真地想过干脆再将小锁追回来，哪天牵着小锁的手在路上偶遇林宴，她可以轻蔑地对他冷笑：不是只有他才能与她并肩走完人生路的，兜兜转转，还是最初的那个好。可一想到这仅仅是自己为了报复林宴而冒出的想法就惊出一身冷汗，所有人都可以成为报复林宴的工具，但陈小锁不行！

世界上最悲哀的事莫过于，明知道爱上个人渣，却还爱他多年。小锁，她眼睛没有瞎，只不过，爱已被掏空，她还有什么勇气再去爱？小锁说她天真地还会相信坚贞不渝的爱情，那若干年后，小锁是不是也会成为像林宴那样的人呢？

多年后，她不想谢谢他，赠她空欢喜！

当天色彻底暗下来时，佳佳才调整好情绪从小树林里走出来。

想了一个下午，偌大的校园，她竟然无处可去。

不知不觉来到了出租屋，佳佳猛然想起自己好像多日没有来这儿了，波波竟然也没主动来找她。记不起到底多久没见到波波了，那条鱼应该没事吧？

当她打开出租屋的门看到屋内的一切时，所有的担心愧疚统统化为乌有。

有谁能告诉她，这么短的时间内自己辛辛苦苦维持的小清新风格的爱屋为什么会变成这副模样？有谁能告诉她，这屋子是手榴弹原子弹核弹过境还是被外星人入侵啊？有没有搞错啊？

自己现在是置身垃圾堆还是难民集中营啊？

童佳佳有种眩晕的感觉，晕了就不要再醒过来吧，子啊，带她走吧。

刚刚因为林宴和陈小锁培养出来的悲愤情绪在看到眼前的一切后，渐渐消失直到一干二净。瞧，这就是人鱼的力量，真是摧枯拉朽般的破坏力！

虽说这段时间没怎么见到帛曳，但是佳佳还是隔三岔五地给他送些吃的和

换水，距离上次来这屋不是没几天吗？

而听见开门声跑出来的人鱼波波一看到佳佳，便尖叫一声又钻回了房间。

半晌，已经吐槽无力的佳佳就见那神经兮兮的人鱼波波提着一行李袋，径自与她擦肩而过后雄赳赳气昂昂地朝门口走去。

不过，在离门口越来越近时，他的脚步渐渐放慢，佳佳终于叹了口气："站住，你这是要去哪里啊？"

帛曳嘴角微弯，那本停顿下来的脚却依旧往前走，在手握紧门把时才转头道："这么明显的离家出走，你看不出来吗？"

佳佳耷拉着肩膀，静默，感觉身后一群乌鸦飞过……

"为什么？"好吧，在问完这三个字后佳佳就后悔了，因为人鱼波波已经放弃门把，抱着行李袋转身了，一副愤怒至极的模样走至她跟前。

"童佳佳，我抗议！自从上岸到现在，你根本没有给我最基本的鱼权！你对我不闻不问不养我就算了！你竟然无视我！还不管我的死活跟野男人私奔！还给我玩消失！我要对你提出严重抗议！你不道歉改正错误保证永不再犯我就永远不回来！"

他话还没说完呢，佳佳就"咚咚咚"地跑到门边给他开了门，并鞠躬比了个"请"的手势。

这一系列侮辱性的动作彻底惹恼了帛曳，他气得将行李袋狠狠扔在地上，跳起来朝佳佳冲去，在冲到她跟前时还顺便一甩屁股将门给合上，然后他便掐上了佳佳的脖子控诉道：

"童佳佳，你有没有良心？是谁救了你？是谁为了救你将保命的珠子让给你的？是谁辛辛苦苦打工赚钱给你花的？啊？现在珠子在你肚子里，你竟然要赶我走？你的良心被狗吃了吗？你想独吞我的珠子吗？"

帛曳的力道不重，但佳佳也已经被掐得死去活来好几回了，这鱼儿太能蹦跶了。佳佳拽住他掐在她脖子上的双手，往一旁堆满杂物的沙发上挪去，艰难道："不……不是你自己要走的吗？"

帛曳更气："我说要走你就让我走了？童佳佳你有没有良心啊？你的良心被狗吃了吗？"

这货能不能换句台词，等等，这句怎么这么耳熟啊？貌似自己在什么时候什么特殊的地点讲过……

"你……你先放手……"佳佳小脸已经涨得通红，这货手劲越来越大，完全是要掐死她的节奏啊！

"不放不放我就不放！"帛曳情绪很激动，佳佳危在旦夕还在思索，这鱼儿什么时候才能进化成功哟。五百岁？这是五百岁该有的生活态度吗亲？佳佳觉得自己快要窒息了，再也说不出话来了。

想着这半年来自己的悲惨遭遇，林宴的背叛，小锁失望离去的背影，被其他物种纠缠挑战自己的认知极限，最后自己竟然是惨死在一条鱼手上，佳佳忍不住哽咽，反正也挣不脱，干脆认命。

她垂下手，认命般被掐着，帛曳本就是吓唬她的，没想她竟然安静下来，不仅安静下来竟然还流泪了，他吓得忙松开手。佳佳顺势就蹲了下去，抱住头闷着哭，不要问她为什么又哭了，反正她就是又哭了。

帛曳吐了吐舌头，伸出一根手指头戳了戳佳佳的耳朵，不要问他为什么戳她的耳朵，反正就是戳了，而且不止戳一下，尼玛，戳上瘾了还！

"佳佳，我弄疼你了吗？"戳。

"……"没反应，脖子到现在还火辣辣地疼，你说疼不疼啊大哥？还有，你以为你戳钢板啊？那么大力？怕戳不破吗亲？很疼耶！

"谁叫你没良心。"继续戳。

"……"持续没反应。

"我用劲很轻的，不会吧你，这样身娇肉贵？"连续不断地戳。

"……"动了动，貌似有点儿反应了，好吧，佳佳是被身娇肉贵给雷到的，你才身娇，你整个种族都身娇！

"佳佳，据统计，女人越爱哭，智商就越低，而且好像还会短命哦。"

"……"

我去，你智商才低，你才短命！佳佳受不了了！她猛地抬头，那眼睛本就哭过一次红肿还没消透，这会儿又被惹哭，真真是惨不忍睹。

帛曳一见她这副表情，竟被吓得瘫软在地，还接连后退几步，尖叫道："呃……鬼……鬼啊！"

佳佳翻了个白眼，抹了把脸："你最近又看了什么电影？"

帛曳又往后退了退惶恐道："倩女幽魂之人间道、道道道。"

佳佳心里舒服点儿，既然是《倩女幽魂》那就原谅他吧，电影里的女鬼不要太漂亮哦。

帛曳似乎看出了佳佳的心思，忙道："你不要以为你长得像小倩或是小青哦，你的模样和黑山老妖还有姥姥比较贴近。"

随着一声惨叫，帛曳可怜兮兮地揉胳膊，佳佳下完"黑手"丧气道："你是不是也很讨厌这样的我？"

帛曳撇了撇嘴："其实吧……"

佳佳欣喜抬头望向他。

帛曳顿了顿："其实吧，你不这样也挺讨厌的！啊……佳佳你谋杀亲夫啊！"

"人鱼波波，你今天死定了！"佳佳随手将一手臂范围内的杂物统统朝帛曳丢去，帛曳尖叫着躲避。

"佳佳，你这样比刚才更讨鱼厌！"

激战一小时后，一人一鱼终于累趴。

佳佳这段时间虽饿习惯了，但也禁不住这长时间不进食，但她现在没心情做饭。在百般无奈及饥饿的驱使下，十指不沾阳春水、从来分不清盐巴味精的波波同学竟然进厨房拿起了锅铲……

世上终于有处地方，有个人可以让她肆无忌惮放荡不羁毫无负担地嬉闹……哦，不对，是条鱼，这种感觉还不错。

谁也没提这段时间对方的境况，佳佳吃着波波同学上贡的"怪味面"，第一口艰难下咽之余，在他期盼的小眼神的注视下还是坚持将一大碗面吃光连汤都不剩。

待她吃完后，波波端出一盘三鲜馅包子坐在她对面吃得津津有味，佳佳端着空碗望着眼前吃得正欢的人鱼波波，觉得自己就是个白痴！

饭后，帛曳提议一起看部开心的电影，因为他觉得佳佳看起来心事很重，怕她再郁闷下去会寻短见，看喜剧可以缓解下悲伤的情绪。

佳佳在翻白眼之余，默许了。

但在选片阶段又经历了番恶战，帛曳想看《我的失忆男友》而佳佳想看《我的野蛮女友》……但随着帛曳变身时间到来，人鱼形态的帛曳根本就不是化悲愤为力气的女壮士童佳佳的对手，结果自然是看《我的野蛮女友》啦！

但看着喜剧片也能哭得稀里哗啦的恐怕只有童佳佳了，她看着电影抹着泪，竟然还能时不时大声笑着，吓得帛曳潜到水底不敢浮出水面，错过很多精彩镜头，帛曳很郁闷。

"我也不想哭的，真的！"佳佳有些不好意思地又抽了张纸巾，"就是止不住，没事，哭干了，以后我就百毒不侵了！谁也别想让我再为他哭！是不是很怂？"

帛曳才浮出水面就听见她莫名其妙地来了这么一句，他摸摸鼻子哼哼道："不会哭的女孩是怪物。"

佳佳哽咽道："谢谢。"

帛曳沉入水下吐了几个泡泡后又浮出水面："老哭是废物。"

"滚蛋！"

帛曳遂又沉入水底，几秒后又浮出水面："佳佳，你什么时候能为我哭呢？"

"去死吧！"

"我说真的！"

"那我告诉你那一天绝不会到来。"

"谁知道呢？After all，tomorrow is another day！"这货竟然看了《乱世佳人》，品位不错嘛。

不会再哭了，谁哭谁是孙子！

话说那日，在童佳佳的逼迫下，人鱼波波陪她重复看了一整晚的《我的野蛮女友》，他这会儿闭着眼都能看到男主被女主整得倒霉的悲催样，并很不能理解人类的雄性怎么这样没有社会地位，在一段时间后，他自己也沦为这样的男主后，流下了辛酸的泪水。

可是以后的事情谁又说得清？无论今天多么糟糕，明天不又是崭新的一天？

自童佳佳在某日幡然醒悟后，终于恢复正常生活，又成为乐观向上，无论遇到再大的难题依然奋勇上前的好儿郎。

当然，面对食量越来越大的美男鱼，她有时还是会觉得苦难没有尽头，生活看不到希望，但养宠物就要有付出不是？这只能逼她更加积极地投入生活。

毕业论文终于有了眉目，征文的稿子也在如火如荼地创作，还有，童佳佳下定决心考研了，虽然时间所剩不多，但彦林大学比海岩大学好考很多，上线就能录取，以佳佳的成绩，拼一段时间应该不成问题。

任务如此繁重，童佳佳很忙，非常忙！

为了能更好地照顾波波，童佳佳搬到了出租屋，并趁波波不在家之际在出租屋中盛情款待了简灵和任洁雅。她目前还是以考研为主，毕竟毕业论文和征文都还是明年的事，而考研近在咫尺。

随着天气逐渐变冷，简灵和任洁雅在图书馆占不到位时，也会登门造访，

毕竟佳佳为了让波波能够在岸上坚强地活下去，家里的取暖设备那是相当齐备的，简灵一边吃着波波的零食一边吹着暖气，嘴里还不停地碎碎念："奢侈奢侈啊！"

任洁雅在一旁毫无悬念地点头附和："对啊对啊。"

这日，俩二货又来蹭暖气，蹭到天黑了还没走，佳佳在给她们做晚饭之余，忙给波波发了条短信让他再多打会儿工，代价是晚上去接他下班并陪他看部他最爱的电影。

她和波波的关系还是越少人知道的好，虽然八卦从未放弃她，但在没有确凿证据前，还是让人不大相信的，毕竟波波实在英俊得没有天理，对凡人佳佳，还是一边凉快去吧。

也有不少脑残粉欲追寻波波的隐私，但活了五百年的人鱼还是有点儿本事的，住处到现在都没有让人发现。

波波站在出租屋的门口收到短信，手已经欲拍门了，最后还是讪讪放下，叹了口气转身下楼。

简灵和任洁雅也是有分寸的人，蹭了一整天暖气还把口粮解决，知道晚上是佳佳的创作期，需要绝对的安静，也不再多打扰，一吃完饭就撤了。

佳佳松了口气，还没收拾饭桌呢就给波波打了电话，问清在哪儿后，火速出门接驾。

帛曳当然没再回去多干些活，当佳佳找到他时，他正蹲在图书馆旁边的小树林里瑟瑟发抖。

没错，真的是瑟瑟发抖！横行海底三千米，扬言要一口吃掉佳佳的美男鱼波波此刻正蹲在地上瑟瑟发抖！

"波波？"佳佳连忙奔过去，冻着了？还好她出门有多带一件他的外套出来。

佳佳忙撑开大衣将蹲在地上发抖的波波裹紧，有点儿不对劲，波波的样子不像是装出来的，他在发抖他在害怕！这是佳佳第一次看到这个样子的美男鱼，左耳上的珍珠耳钉反射着耀眼的光芒更衬得他的脸色苍白毫无血色。

她牵起他藏在衣袖下的手，好冰，佳佳认识到事态的严重性："波波，你怎么了？是不是需要珠子的能量？"

是她疏忽大意了，这段时间都在忙自己的事情，忽略了帛曳，帛曳上岸只为了取回珠子好返回深海，而自己这个忘恩负义的白眼狼竟然只顾自己伤春悲秋，真是没有良心啊童佳佳！而波波这段时间不仅没有逼她还回珠子，还在她最痛苦时陪着她疯闹，有他在的地方却成了她疗伤的避风港。

佳佳搂过这会儿看起来虚弱无比的少年，轻轻拍打他的后背，小声道："没事了没事了，我们回去，我们再试一遍，看看珠子能不能吸出来，我们回家，不怕！"

不知道为什么，哪怕是海底的第一次见面，他即使是在笑，佳佳也能从他眼里看出一种情绪，那种情绪很微妙，可佳佳就是能感受到，那种情绪叫——痛苦！

是百年孤寂的痛苦吗？还是更不为人知的痛苦？

所以，平常的嬉笑打骂佳佳都掌握一个度，让气氛永远保持在愉快范围内，波波也很给力，即使再生气受伤也把阳光美好的一面展现出来，俏皮得让人忍不住想要靠近他。怎么说呢，波波就像个炙热的光环，让人看到希望，忍不住靠近，可靠近了又能让人察觉到他身上隐隐深藏的痛苦，那种刻意隐忍无法用言语表达的痛苦让人不由自主地生出保护欲，想将他紧紧拥在怀中不让人伤害。

这种要命的吸引，让佳佳心甘情愿为他做很多事。

"蝴蝶……"

半晌，帛曳终于出声了，佳佳凑过脑袋想要听得更清楚："什么？蝴蝶，蝴蝶怎么了？"

"他来了，蝴蝶，我看到蝴蝶，是他来了。"帛曳身体颤得更加厉害，他紧紧地挨着佳佳，表情惶恐，一点儿也没有平日里的趾高气扬。

佳佳诧异："蝴蝶？这么冷的天，没有蝴蝶的。波波，你怕蝴蝶？'昆虫恐惧症'吗？"

忽然，帛曳猛地搂紧佳佳的脖子惊恐地看向前方，佳佳顺着他的眼光望去：我去，果然有蝴蝶。奇怪，这么冷的天也会有蝴蝶？她忙伸手将那欲飞过来的小昆虫拍飞，安抚道：

"没事，别怕，我把它打死了，别怕，我们回家。"这货果然有"昆虫恐惧症"！

佳佳安抚了波波好一会儿，他才肯起身跟她回家，波波紧紧地握着佳佳的手低着头走出小树林，才走出树林呢就被一群人围观了。

原来波波在小树林时就被人发现，不过他一副生人勿近的模样硬是让所有

人止步小树林外，直到佳佳出现。

　　这会儿佳佳牵着他的手走出来，几乎所有人都肯定了两人关系的不寻常。

　　佳佳眼皮一直跳，心中叹气，果然是纸包不住火，该来的还是要来，好不容易过了一段平平淡淡的日子，这会儿又不得安宁了。

12.

酒鬼亲过来

佳佳顶住压力，面无表情地牵着帛曳的手挤出人群："让一让，让一让，我哥哥生病了，请让我们出去。"

"哥哥？"

"她说是哥哥哎。"

"真的假的？一点儿都不像啊。"

"就是就是，看着也比她年轻啊。"

"骗人的吧？"

"也许是基因突变也说不定。"

……

童佳佳满脸黑线：尼玛，这条鱼五百岁我没喊他祖爷爷就不错了，哥哥怎么了？喊哥哥有错吗？什么基因突变？你才基因突变，你全家都基因突变！

正当他们快走出人群时，一个不合时宜的声音响了起来："佳佳，你怎么在这儿？"

"……"童佳佳彻底绝望了。

穆枝枝拉着陈小锁和一群话剧社的社员奔了过来。

"佳佳学姐，你跟波波是兄妹？"

"童佳佳，行啊，这么快又勾搭上一个。对了，你不是独生女吗？"穆枝枝真是唯恐天下不乱啊！

佳佳拍了拍额头，龇了下牙：真是倒霉啊！

她硬着头皮转过身子，挤出个笑容："呵呵，你们这是聚餐啊？"

陈小锁隐在人堆里没有吭声，看不清表情，但佳佳就是能感觉到他紧盯着她握着波波的手。自从上次谈崩后，他就再没和佳佳联系，而佳佳忙着考研，也没再去话剧社了，这还是多日来两人第一次见面。

穆枝枝就像抓着偷腥的猫，她微微一笑，转身望了小锁一眼后来到佳佳跟前，却是望着帛曳："呀，这不是那日英雄救……救美，一掌砸裂门板的帅哥吗？你们这是在……约会？"

佳佳瞟了一眼已经慢慢走出人堆的小锁，深吸一口气，微笑道："哈，枝枝你真是幽默啊，我跟我哥能约什么会啊？"

"哦？真的是你哥哥？"枝枝笑了一声，一脸意味深长。

正在这时，帛曳终于有了反应，他轻轻捏了捏佳佳的手臂，然后低头凑近佳佳耳边："还有半个小时要变身了。"

佳佳一惊，忙回握住他的手，又将披在他身上的外套紧了紧，然后转头对着话剧社的社员们道："一个远房表哥，不好意思，他现在身体不舒服，我们要先走了，改天请大家吃饭啊。"佳佳不敢看小锁，牵着帛曳就要绕过去。

但穆枝枝不肯轻易放过她，她后退一步又拦住佳佳："呀，有钱请客啦？那我们社长的门板和我陆学长的 iPhone 是不是也有钱赔了啊？"

佳佳呆住，这个……她不好意思地看了一眼人群里的小锁和陆柠，一时不知道该说什么好。

围观的人越来越多，不知从哪里又飞过来一只蝴蝶，波波再次受到惊吓地将佳佳拉进怀里，好似抱着她就能看不见蝴蝶似的。因为他这个动作，周围又掀起了一片哗然还夹杂着些许口哨声。

佳佳忙拍着他的后背轻声哄道："别怕，有我在呢，我们马上回家。"然后转身对着穆枝枝愤怒道，"我哥哥现在很不舒服，门板和手机的钱我会尽快还，请你让开。"

大概是波波的脸色太过于苍白，穆枝枝也觉得有些过意不去，不过，做哥哥的身体不舒服怎么会这样抱着妹妹呢？这也太不正常了吧？童佳佳现在连撒谎也不经过脑子了吗？

也许是佳佳的表情太过于骇人，她牵着波波的手走过之处，人群便自动散开，可还没走几步呢，波波却停住了脚步。

佳佳抬头望向他："怎么了？还有哪里不舒服？"佳佳真是心怀愧疚，这

127

段时间简灵和任洁雅时不时造访，波波经常被赶出去掩人耳目，这会儿他又因此在外面待了这么久，还犯病了，佳佳很难过。

波波握紧她的手低头问道："多少钱？"

"啊？"佳佳疑惑道。

"你欠他们多少钱？就是门板和手机。"

佳佳心算了下："大概……五六千块吧。"

才刚说完，波波便牵着佳佳转身走了回去。

"波波……"

他越过穆枝枝，径直走至陈小锁面前，然后伸出没有牵着佳佳的手往裤兜里掏了掏，竟掏出一沓钞票，冷冷道："这是六千块，手机和门板的钱，我妹妹现在不欠你们的了，请不要让那个女人再在佳佳面前说那些风凉话，我很不喜欢！"

不仅是穆枝枝，佳佳都惊呆了，人群里发出一阵起哄声："好酷""好帅""太霸气了"……

惊叹声此起彼伏，而人群里只有两个人依旧淡定，一个是有些玩味地旁观这场闹剧的陆柠，虽然他是债主之一，却是一副事不关己的模样；一个是依旧盯着佳佳的小锁，他面无表情，半晌，冷笑道："妹妹？"

佳佳被他盯得一脸不自在，默默低下了头。

帛曳将佳佳拉到身后，冷声道："佳佳说是我妹妹，那她就是我妹妹，钱你拿着，还有，暧昧不是你这样的人玩得起的。"

"波波！"佳佳忙抬头看向小锁，只见小锁脸色铁青地接过钱，似乎要说些什么，可最终一个字也没说。

帛曳仰了仰下巴，没再看任何人一眼，拉着佳佳走出人群。

直到回到出租屋，帛曳才松开佳佳的手，他一进屋就虚软地坐在了地上。

佳佳忙跟着蹲下："怎么了？我……我马上帮你换水，你快变身，待在水里会舒服点儿。"

"佳佳……"帛曳拉住佳佳的手臂，一把将她拉进怀里，"让我抱抱，好吗？"

"啊？"佳佳的脸霎时通红，刚才因为紧张没感觉，可这会儿孤男寡女地独处一室，这样相拥她还真有些适应不了。

"我没藏私房钱，那钱是今天老板给我结算的工资，你不要生气。"

佳佳一怔，有些心疼。其实这段时间都是帛曳外出打工挣钱，说是她养他，其实是他养他们俩。想到这里也没再挣扎，而是伸出双手轻轻环上他的后背，笑道："没生气呢，你不要生气才是，以后有朋友来玩，你也不用出去躲了，哥哥。"

"嗯。"帛曳感觉很累，在无比惊惧过后，现在是虚脱的累。

两人相拥很久，佳佳感觉到帛曳的头越来越沉，渐渐地，耳边竟然传来了平稳的呼吸声。

睡着了？等等，这是什么情况？

他不是马上要变身了吗？不能睡啊亲！佳佳拖不动一条睡熟的成年美男鱼啊！

所有的欢喜在耳边传来裤子爆裂声后皆消失殆尽，裤子……这会儿是冬天，这一裂毁多条啊！现在全身泛起的累感不爱的状况又是要闹哪样啊？才刚还了债务又要为他置办新装，这完全是穷死的节奏啊！

帛曳这次维持人鱼形态的时间超过了以往任何一次，这回已是距那晚过后的第五天正午，他依旧沉在水底没有任何动静，若不是那时不时冒出水面的泡泡昭示着他还活着，恐怕佳佳这会儿要给房间挂白布了。

到底发生什么事了？蝴蝶？人鱼怎么会怕蝴蝶？她百度了一上午，没有发现任何人鱼与蝴蝶结仇的传说，哪怕是寓言小故事。

应帛曳要求，房间里窗户关得严严实实并拉上了厚重的窗帘，要不是佳佳在天花板上贴满了会发光的"星星"，屋子里暗得几乎什么也看不见。

佳佳蹲在浴缸旁边，后背贴着缸壁，腿上放着笔记本电脑，身旁的专业参考书已经垒得有一尺来高，最顶上一本书上夹着一台小小的台灯，灯光很低调，正好够佳佳看电脑及时不时翻阅书籍。

为了安抚帛曳，佳佳花了几个晚上将房间布置得几乎与海底世界差不多，不仅天花板用尽心思，就连四周墙壁上都贴着会闪光的深海鱼类，浴缸四周还垂落着几根绑着的水草。为了这别出心裁的创意，佳佳这几天连论文都不写了，光顾着在淘宝与店主杀价，可尽管如此，帛曳还是不肯变成人形，只有在佳佳喂食时，他才肯偷偷钻出水面来。

在帛曳颓废了五天之后，佳佳终于觉得不能再让他这样继续下去。

这天晚上，佳佳哄了半天才使得帛曳吃下两个包子，小子成天躲在水底玩"厌世"，竟然连胃口也越来越小，佳佳很着急。

她自己草草吃过晚饭便趴在浴缸边沿，伸出根手指头划了划水面，看着一

圈一圈的涟漪荡漾出去后才缓缓开口："我不知道你在害怕什么，照理说你得了'昆虫恐惧症'吧，可为何你不怕蜜蜂螳螂之类的，却唯独害怕蝴蝶呢？难道你在蝴蝶面前栽过跟头？得了'蝴蝶恐惧症'？太不可思议了吧？栽了一个跟头就怕成这样可一点儿也不像我认识的美男鱼波波哟。"

水下没有回应，但冒出水面的泡泡在不断增多，这家伙应该有在听。

佳佳继续道："哪，跌倒了，就重新站起来，继续向前走，你老躲在水底是没用的，不就是一只小蝴蝶吗，我一手就能捏死它！"说到这里，佳佳眯了眯眼睛加重了语气，在划水的手伸进水里比了个捏死的动作。

在比了这个动作后，水下终于有了动静。

慢慢地，一个钴蓝色杂草般的脑袋从水底钻了出来，他甩了甩头，水珠溅出一片。佳佳尖叫一声，往后躲了躲，还不待她发飙呢，那厢美男鱼波波先开口了："那么你呢？"在昏暗的房间里，他的眼睛尤其闪亮，水盈盈的一双大眼眨巴眨巴，熠熠生辉。

"啊？"佳佳看得有些失神，一时有些不知所措。

"那个叫林什么的也是你过不去的一道坎吗？如果你害怕，我也可以一手……捏死他！"说完，帛曳也学着佳佳的样子比了个捏死的动作。

佳佳石化了。

我去，我捏死的是蝴蝶，你是捏死一个人好不好？做出这样轻而易举的表情是要闹哪样？这种要与人鱼谈心帮助他走出心底阴影的想法是离谱还是离谱啊？

"那……那不一样好不好？"佳佳有些赌气地背转身靠着浴缸壁坐在地上，怎么提到林宴了，不知道这是她的禁忌吗？

帛曳游至她身边，双手撑着缸壁，脑袋侧着趴在手臂上，伸出一根指头玩起佳佳的头发："有什么不一样？为什么每次提起他，你都要哭？"

佳佳躲了躲没躲开，遂只好认命地坐在原处由他弄。她现在心情很乱，本来是要安抚波波的，弄成这样，她也很需要安抚。

见她没有回应，帛曳继续道："你对我这么好，帮我做饭洗衣整理房间容忍我的小毛病每天逗我笑，还有这房间……佳佳，你是在掩饰什么？"

佳佳身子一怔，低下了头。

没错，她是想掩饰，掩饰她的不甘心。林宴不是嫌弃她任性吗？那她就磨平棱角；嫌她不会做饭不会洗衣不会打扫，那她就努力让自己变成宜家宜室的温室之花；嫌她……

她把未对林宴实现的一切全部付诸这条人鱼身上，倾心尽力地照顾他，向自己证明，不就是要个贤良淑德温柔可人的女朋友吗？她童佳佳也能做到！

帛曳换了一边侧趴："你是在弥补过去对那个人没做到的事吗？所以你才会对我这么好吧？"

"你胡说什么！"佳佳懊恼地欲起身，可帛曳将她按压回原地。

"你一开始做的饭菜真的很难吃，你洗的衣服也不干净，屋子里也不整洁，我一惹你不高兴你就炸毛……可是现在好多了，饭菜越来越可口，衣服我也很满意，这屋子布置得我也很喜欢，关键是，这五天来，你连陈小锁的电话都不接，就光陪我了，难道只是我在海底救过你一命吗？可你当初为何想尽办法打发我走，而且你以前经常消失不管我死活的。"帛曳有些自嘲，这替代品做久了还以为是正品呢。

"我……"佳佳欲辩解，却无从说起。

"你连你自己都安抚不了，如何安抚我？"帛曳轻轻鼻哼一声后一摆鱼尾又要沉入水底。

在他入水的那一刻，佳佳叹了口气，不知过了多久，缓缓开口道："没错，我以前是有公主病，我刁蛮任性脾气坏，不会做饭不会洗衣。两个人本来就是异地恋，每次见面我还跟他闹脾气，有的时候连衣服也是他帮我洗的。他训练那么累可每晚还要陪我发短信聊天到半夜，我睡不着他也不准睡，我睡着了他是否还睡得着我不管，他从未对我说过任何不满，我以为一切都是理所当然，他爱我我也爱他，这样就够了，这样就能一辈子。"

帛曳停了下来，拍了拍水面又游回佳佳身边。

过了会儿，佳佳自嘲地笑了笑："到现在我才知道自己错得有多离谱。他爱你时你是公主，他不爱你时，你的一切就成了包袱，你所有的言行举止在他眼里慢慢地就化身为巫婆的恶作剧，所有你觉得是浪漫的回忆变成了他不愿提起的噩梦。在分手前我们不停的争吵中，从他说的一切我就应该明白了。"

帛曳摇摆着鱼尾轻轻拍打水面静静地听着，他和佳佳一直不亲近除了人鱼殊途外，那就是谁也走不进谁的内心，这样不好，没感情，珠子怎么能那么轻易地取出？

"他说什么了？"

佳佳又低下头玩了玩手指头："他说他还记得四年前我生气当着朋友面让他滚的情景，他这辈子都不会忘记，可是……可是当时他一个字也没对我说过，第二天还给我买早餐带我去游乐场。"

"佳佳，看不出来，你以前比现在更让人讨厌啊。"

佳佳转头白了他一眼继续道："不止这些，所有过去不开心的事情他都记得，有些细节连我都忘了可他都还记得。我以为不愉快的事情只要两个人和好就会烟消云散，可不是这样的，愉快开心的事情笑过就忘，但是痛苦伤心的事像是淬了毒的苹果在你胃里心里生根发芽，等待爆发的那一刻，毒发身亡！"

帛曳哼唧了一声，幽幽道："你那样任性是个男人都受不了。"

佳佳苦笑："他只记得我的不好，怎么就不念着我的好呢？"

帛曳摸摸鼻子没有反驳，这女人虽然诸多毛病，但有时候还是蛮……蛮可爱的，再说，那男的跟她谈了五年肯定是她身上有吸引他之处吧。

"他记得我让他滚，怎么就不记得我是为什么让他滚呢？他记得为了见我坐了三十几个小时的火车，怎么就不记得我为了给他惊喜也坐了三十几个小时的火车，为了省钱，买的还是硬座呢？他记得如何包容我无数次的任性，怎么就不记得我无数次的妥协呢？不是只有他一个人辛苦，为了这段感情，我也在努力打工，我也有付出……"

帛曳也随之叹了口气，他没谈过恋爱，迄今为止还没遇到过一条雌性美人鱼，不能理解愚蠢人类的爱情观。

"我想他是因为遇到一条让他记得所有好的雌性美人鱼，哦，不，人类了吧？"

"是吗？因为有了对比吗？爱情开始之初看到的都是美好，而爱情走到尽头，看到的都是丑陋，他用新人的美好对比旧人的丑陋，是我的可悲还是他的可恶呢？"

"佳佳……"

"我没事，我以为不想起就是遗忘，却不知他一直在从来没走远，不过，我会学着放下，时间可能很久，但总有放下的一天。小锁说得对，我爱的是过去的他，现在的他我不爱！你看，今晚你提起他，我不就没哭吗？"

佳佳又自嘲地苦笑了声，转身望向帛曳："好了，我说完了，该你了，你又怎么了呢？海底没有蝴蝶啊，那你是上岸以后才怕蝴蝶的？蝴蝶过敏吗？"

帛曳本盯着她雪白的脖颈出神，她猛一回头，他慌忙别过目光，眼神躲闪，有些不好意思地往水里缩了缩，良久，道："我才不怕蝴蝶呢！"

佳佳笑："不怕？那我刚踩死了一只，给你看看。"

"不要！童佳佳，你敢！"帛曳立马沉入水底。

"哈哈，好啦，这么冷的天哪里有蝴蝶啊，骗你的啦！快出来，告诉我为什么怕？以后姐保护你！"

过了好一会儿，帛曳才浮出水面，慢吞吞道："也不是怕，我能克服的，不就是蝴蝶嘛，有什么了不起！还以为我是当年的……"帛曳顿了下支支吾吾地转移话题，"好啦，你这女人怎么这么啰唆啊！都告诉你我没事了！别烦我啦！"

佳佳显然不满意这个答案："那你还躲了这么多天不肯见人？也不出去打工，都没钱吃饭啦！"

帛曳翻了个白眼：愚蠢的女人眼里就只有钱！

"你懂什么，我这是在修养身心，保存实力，蓄势待发。"他抬头看了一眼挂在墙上的时钟，道，"还要再两个小时就好了。"

"啥？"敢情这货这几天躲水里装忧郁是在闭关修炼？尼玛啊，那她担心个屁啊，还为此和他来了一场直面内心的交谈！时光可以倒转吗亲？好想找个地缝躲起来啊！

佳佳很郁闷，她的心事还从未这样赤裸裸地对人提起过，更不用说一条鱼了。

当那再也不愿意触及的伤口血淋淋地向人展示时，还是会心痛。

她一郁闷就记起很多往事，一记起往事，心情就更加郁闷……在不断升级的郁闷中，她论文写不下，征文不想写，复习更是全无兴趣。在静坐良久后，她"咚咚咚"地跑到客厅，不知捣鼓了什么，又"哗啦"一声开了阳台的门，"砰"一声是阳台门合上的声音，然后，室内一片安静。

帛曳被这一关门声吓得连吐五个泡泡，还有十分钟就能变身了，那货在干什么呢？

"佳佳，给我拿条毛巾。"

"……"没应答。

"童佳佳，给我拿条毛巾，时间快到了！"

"……"

等等，刚才那声音……尼玛，那货去阳台？去阳台能干吗啊？不会想不开

吧？他也没说什么啊？这么脆弱？

在短短的十分钟内，帛曳的想象力已经神游外太空，越想越离谱，越想越担心，很多电影的画面从他脑海里闪过……终于在变身成功后，他也来不及注意身子是否擦干，随便找了条大毛巾裹着重要部位，连平时最重要的舒适棉拖都没穿就奔向了阳台。

"童佳佳，你别乱来啊，不就是一个男……"

当帛曳冲进阳台看不到佳佳的人后，彻底慌乱了，他终于体会到电影里主角演内心戏时心痛的感觉，终于感受到何为脚上像灌了铅般重、心跳如擂鼓、脑袋一片空白是什么滋味，他缓缓走至栏杆处，朝着八楼外的楼底下喊道……

"童佳佳，你这个蠢货！"他闭着眼朝楼底下大喊一声，鼻子有些酸。不能怪帛曳如此激动，那家伙有前科的，当初在船上时也是这样，那么大的浪，她站在栏杆外，望着湛蓝的海底，心如死灰的表情他永远也忘不了。什么事啊姑娘？什么事不能好好说啊姑娘？

帛曳切实感到心痛，这感觉很奇妙，有多少年没感觉到了？这个女人！这个脆弱不堪的愚蠢人类！

就当帛曳伤心欲绝、泫然欲泣、脑补佳佳各种死法惨状时，身后传来了道战战兢兢的声音："那个……"

帛曳本虚弱地靠在栏杆上的身影猛地一僵后，忙睁开了眼往下望："咦……"楼底下没人，不，没死人！

佳佳蹲坐在阳台的角落处，望着还在往楼底下张望的某裸男鱼，一时茫然不已：这是为什么呢？不科学啊！这么冷的天围着条破毛巾往楼下撕心裂肺地喊她的名字，好像她跳楼死了一样？等等，这家伙不会以为她想不开跳楼了吧？

"我说那个……"

帛曳侧了侧耳朵，终于发现声源来自后方后，猛地回头，待看清坐在昏暗处的佳佳后，先是激动得狂喜，但，很快就变了脸色，龇牙咧嘴地朝佳佳冲了过来，边冲边叫道："童佳佳，你是哑巴吗？没听到我在喊你吗？你吭一声会死吗？"

帛曳扶住佳佳的肩膀大力摇晃，佳佳刚灌进肚子里的酒快被晃得吐出来，这货"咆哮马"附体吗？

"你……你不会以为我要跳楼吧？"说完这句，佳佳还打了个酒嗝。

"……"帛曳停止摇晃，呆愣了下后颓然坐在地上。

"不会吧你？你鱼脑子里整天在想些什么啊？你最近在看什么乱七八糟的电影啊？想象力也太丰富了吧？谁演的？以后他的片不准看了！"

"……"帛曳还在发呆。

良久，佳佳小心翼翼问道："你……你在担心我？"

"谁担心你！"终于有了反应，脸颊上泛起的淡淡红晕在月光的映衬下更加引人注目，佳佳一时竟看呆。

帛曳四下望了望，看见了地上空着的几个酒瓶，皱眉，他冷着张脸望向佳佳："你喝酒了？电影里面一个女人独自喝酒就代表她伤心，佳佳，你……"

佳佳晃了晃脑袋，被冷风一吹，稍微清醒了点儿，她没理会帛曳，而是手掌撑地爬了起来，还没等帛曳把话说完，就越过帛曳朝屋内走去。

帛曳本就懊恼刚才的失态，这会儿被如此无视，那火气更是不打一处来，他愤怒地朝佳佳喊道："童佳佳，你有良心吗？你的良心被狗吃了吗？我这样关心你，你就这样……"

在看到抱着一堆东西折返的佳佳后，帛曳立马住嘴，不知该说什么好。

佳佳叹了口气，怎么又是这句啊？走至他身边蹲下，边为他披上厚厚的大衣边道："你下次数落我的时候能不能换一句台词啊哥们？脚抬起来，鞋都不穿了你？"

帛曳嘟着嘴，虽然语气还是不好，但眉眼已经完全舒展开，隐隐还露出笑意。

"我乐意不穿。"

"哟，谁说他的'玉足'多么脆弱不堪的？咦，对了，你变身怎么直接变成成人了呢？"

帛曳翻了个白眼："我在水里泡了五天五夜，没有那么虚弱，不用过渡！大惊小怪！"他环顾了下四周，岔开了话题，"你喝什么酒？"

佳佳笑着坐在他旁边，提起一瓶："高度啤酒，冰的，在大冷天喝忒过瘾，你喝不喝？对了，你酒量怎么样？人鱼能喝酒吗？"

起初帛曳还不以为然，喝酒这样的小事有什么难的，看见佳佳示威似的开了第三瓶又灌了口后，终于伸手要喝了。

"人类的啤酒？我没喝过，让我尝尝。"

"第一次喝啊？那就喝一点点儿好了。"佳佳忙将一边的空瓶拾起，倒了一点儿进去。

帛曳很不屑地推开那瓶侮辱他鱼格的"空"酒瓶，直接接过佳佳手里刚开只喝过一口的啤酒，朝佳佳抿唇笑了声后潇洒地仰头豪灌起来，太小看他人鱼大人的酒量了！

好 Man 啊！So 帅啊！佳佳忍不住飙英文啊！太酷了有没有，月光下，一俊俏得让人不忍直视的男子高举酒瓶优雅地喝酒……

当然，这种犯花痴的喜悦在半个小时后将荡然无存，如果佳佳能够有一次穿越的机会，她一定会穿越回波波高举酒瓶的前一刻，真的，这绝对不是浪费穿越机会啊！

人鱼喝酒后的结果……太惨了啊，比在雪地里卖卫生巾的小男孩还要惨一万倍啊有没有？

有谁能告诉她，人鱼的酒量为什么会差成这样？还有，谁说的可以从一个人的酒品看出一个人的人品？那同理，鱼品是不是也能看出来啊？波波同学，你的鱼品就是你的酒品的话，那请你负一亿分滚出地球吧！

"佳佳，我想唱歌！我想飞得很高……"已经喝高了的美男鱼波波此刻正趴在栏杆处对着楼下狂唱。

我去，你以为你是天使啊？你只能在海底里游好不好？还飞？一句六个字的歌词，六个都不在调上是要闹哪样啊？变种的美男鱼吗？美男鱼中的音痴吗？美男鱼的声音不是天籁吗？唱的歌不是都能魅惑人心吗？那有谁能告诉他这发出指甲刮黑板噪音的是什么物种啊？童佳佳仰天长啸！

佳佳已经吐槽无力了，她已经尽力了，真的，什么方法都用尽了都不能阻止这货发酒疯啊有没有？

"佳佳，今天据说是世界接吻日哟，来，亲一下。"
世界接吻日已经过去快半年了好不好？别搞笑了亲！

"不要，你漫画看太多了吧？"佳佳满脸黑线，距刚才的脱衣舞、破锣嗓子高歌、和对楼阿姨对骂后，这会儿又来漫画情景再现吗？佳佳已经完全萎靡不振了，她前前后后安顿了波波十次不止啊有没有，甚至用绳子将他绑在床上啊有没有？可这货依旧热爱阳台啊！露天癖啊，形象大毁啊。如果让树人大学那群迷恋他的花痴看到他这副样子，应该会集体跳长江以谢天下啊！

妈呀，明天邻居们向房东投诉……一想到这情景，佳佳就立马想去死啊，看来要搬家了。

"那我去亲别人。"

这货果然将魔爪从电影伸向漫画界了啊有没有？情节完全雷同抄袭啊！

波波又跑回屋内，正当他准备打开大门时，被冲出来的佳佳拦下："别人也不许！"

佳佳靠在门背后，她身高只到波波的肩膀，这会儿缩在他臂弯下，小小一团，但说话时义正词严，表达的意思只有一个：谁也不许亲！

"佳佳……你那天穿着我最喜欢的那件 T 恤从浴室出来时真的好美，波波很满意……真的很满意……"

"……"

亲，发酒疯就跳脱衣舞唱歌已经很 Low 了好不好？你喝酒调戏良家妇女是要闹哪样啊？

"你就当我们练习取珠子吧。"说完，那该死的酒鬼就俯下了身子朝她嘴唇亲吻过来！

嗷，她还没答应亲呢，我去，被一条鱼调戏了啊，这不是在取珠子啊亲，还练习，练尼玛啊！人鱼殊途啊！醒醒吧人鱼大人！她现在要是将这条鱼宰了，要不要承担刑事责任吃牢饭啊？算不算正当防卫啊？

这一晚在让人鱼沾酒后就过得异常混乱，最后，佳佳是靠自己摆在门边的一双铆钉靴子脱身的。

当波波捂着额头应声倒下的那刻，佳佳打从心底油然而生的快感真是太变态了！

13.

生活比小说更狗血

第二天早上，帛曳是闻着菜香味起床的，他头痛欲裂，身体跟撕裂般酸痛，口干舌燥，开口欲唤佳佳，张了半天嘴却硬是一个字也没发出来。他揉着眼睛下床，奇怪，自己怎么没在水里？昨晚发生什么事了？自己怎么好像被一百个人打过一样浑身疼痛？

　　额头好疼，呃……竟然有块疤？他皱眉，到底发生什么事了？他抚着额头，缓步挪向香味飘来的地方——厨房。

　　"佳佳……"嗓子沙哑得几乎发不了声，他无奈上前拉了拉佳佳的衣服，佳佳转头朝他微笑，他指了指自己的嗓子用口型告诉她，"我说不出话。"

　　佳佳依旧微笑，顺便递给他一杯水。

　　帛曳很欣慰，佳佳这人类真不错。

　　他边喝水边探头看看佳佳在做什么菜，真香哪，手艺渐长啊。

　　等等，锅里是什么？鱼？帛曳擦了擦眼睛惊呆了，他是吃海产品，但鱼类还是不吃的啊！佳佳今天怎么做鱼了啊？他忙环顾下四周，看看还有没有其他菜，可环顾后美男鱼波波彻底吓傻了。

　　盆子、盘子、大碗头、不锈钢锅子、砧板上……全是鱼啊，各种鱼啊，血淋淋的鱼啊……简直就是太凶残了啊有没有？童佳佳！最毒妇人心啊！一大早让他看碎尸恐怖片啊？

　　他放下杯子，手还忍不住发抖，佳佳似是得到感应般转身依旧对他微

139

笑："我一大早就出门买菜啦，买了十几条鱼呢，你看看，满意吗？很高兴告诉你，接下来三天我们的主菜只有鱼哦。"

"……"波波的鱼生里第一次感到绝望，这女人是不是有病忘吃药了啊？在一条鱼面前给他说吃鱼？

"安啦，你不要担心，我会变着口味做的啦，你看看，我正在下载鱼的十种做法呢。"说完，佳佳晃了晃手机接着道，"口水鱼、水煮鱼、酸菜鱼、煎鱼、海蒸鱼、炸鳕鱼、糖醋鱼、红烧鱼、花椒鱼片、清蒸黄瓜鱼，对了，你想吃什么别的口味还可以补充哦。"

"为什么？"波波已经吐槽无力了，他指了指鱼再指了指自己用口型对佳佳说了句。

佳佳耸肩："没为什么，你失忆了吗？昨晚说好的啊，连吃三天鱼，你答应的啊。"

"昨晚？"波波捏了捏嗓子，试了很久，终于发出了声音，但那声音真比指甲刮玻璃还难听，至此，佳佳再也不相信传说了，童话里果然都是骗人的！

佳佳做无辜状，忙点头："嗯嗯，就昨晚，你围着个毛巾跑到阳台看见我在喝酒……"

"昨晚……酒……"波波使劲回忆，脸上的表情瞬息万变，三十秒后，本就土黄色睡眠不足的脸霎时惨白，连左耳上闪闪发亮的珍珠耳钉都瞬间暗淡无光……真相要不要这样令人绝望啊？

五秒过后，波波记起所有的事情了，他痛苦地抱头蹲下，好想回深海再也不上岸啊，鱼脸都给他丢尽了啊有没有？这辈子都不用见人了，连鱼都不要再见了啊！

佳佳看着痛苦蹲地的人鱼儿，冷笑一声："还没完呢，如果你不想大冬天搬家的话，等会儿跟着我把这一堆点心送给前后左右四栋楼的邻居赔礼道歉去！"

不要啊，他不要出门啊！

惨痛的教训告诉我们，千万别耍帅猎奇哦，耍帅害死鱼哦！

自从那日在众人面前认了人鱼做哥后，佳佳再度成为学校风云人物，二人牵手的照片不仅在校内 BBS 上疯传，竟然还红到校外去了，当然校外红的人只有波波而已。反正名声什么的已烂到谷底，佳佳干脆破罐破摔，在学校里也公然和波波出双入对，相信的人永远会信，不信的人再怎么解释也不会信，当然除了那些知情人士之外。

波波的颜让所有女生都妒忌佳佳，无论是妹妹还是女友，能跟他如此亲密，据说还同居，就够让疯狂粉丝崩溃了。

而这五天来，二人同时消失在众人视线中，更是让人浮想联翩。

但所有与佳佳关系匪浅的人都对其住址守口如瓶，就连于晓之流这回也很给力地站在了佳佳这边，有些不可思议，但她确实这样做了。

当这天晚上佳佳带着波波上学校食堂吃饭时，更是将事件推上了高潮，对这日的情形，食堂打菜大妈和她的小伙伴们都惊呆了！

芙蓉餐厅爆满啊有没有，大妈们真的好想高唱《法海你不懂爱》啊有没有？连菜汤都卖光了，好开心好有成就感啊！

那些假借吃饭，眼光老往佳佳那桌瞅的也太明显了好吧？一顿饭吃下来，佳佳吃得是心惊胆战，波波那家伙却无比惬意，不愧是"金牌销售员"啊，边抛媚眼边给自己卖的东西打广告啊有没有？人才啊，比《大腕》还能植入广告啊，等等，这招估计就是从《大腕》里学来的。

佳佳本不想带波波吃饭的，但这条人鱼实在太挑剔了，没人伺候就吃不下饭的"王子病"到底是谁惯出来的啊？佳佳很想掀桌啊，整顿饭下来，她完全化身为小女奴啊，这不科学啊，它才是她的宠物好不好？主人怎么可以被宠物牵着鼻子走呢？

陈小锁踏进食堂看到的第一幕就是佳佳端着碗汤慢慢吹凉后，小心翼翼地推到她对面那个男人面前的情景，这场面真恶心得叫人想吐，没错，小锁同学当下就吐了！

连饭也不吃，鼻哼一声后就出了食堂，顺带还绊倒了张椅子。陆柠跟在他身后，有些诧异地看了看远处后了然，他微微一笑，也转身跟了出去。

陆柠在N大学习主要是为了将来打理家族企业做准备的，他还有一个计划，就是网罗树人大学经济类人才，毕竟对公司来说他是"空降兵"，他多年志不在此，公司里没有一个亲信。所谓一朝天子一朝臣，他也得培植几个自己人才行，既然在全国著名的经济院校就读，那就学习事业两不误呗，在学校里网罗人才回公司也不错。

而陈小锁是他要网罗的第一人，无论从专业还是管理角度来看，这个男

人都是不错的人选。当然，他能不放那么多时间在话剧社的话就更好不过了，但是有个旁的兴趣也不错，他陆柠不也没放弃美术吗？对小锁，陆柠还是决定再考查考查。

一顿饭吃得"鸭梨山大"，佳佳送走"波神"后拖着疲惫的步伐去了话剧社，今天是话剧社开例会的日子。

当她到话剧社时，社员们都已到齐，陈小锁坐在首位皱眉看了看表，表情冷若冰霜。

佳佳吓得赶紧找了个偏僻的位置坐下。

小锁深吸一口气，收回对佳佳的厌恶眼光，开始主持会议。

"今天公布圣诞话剧演出名单，这次剧本采用小婉的《东游记》，名单我这里念一下，待会儿各自领剧本看看，我们走一下场。穆枝枝出演……"

佳佳躲在角落，眼观鼻，鼻观心，有些无所事事。剧本又落选了？不过这也没什么，演员名单里也没她？她根本就没时间演出，这段时间要忙的事情太多了，重心还是放在考研上，一切都得给考研让道。

她根本就没在听会议内容，其实这种会她本可以不参加的，她现在属于半退社状态，都大四了谁还像大学新人一样对什么都充满激情啊，只不过小锁来了条短信让她务必到就是了。

"好了，佳佳，你有什么意见吗？"小锁意味深长地看向佳佳。

"佳佳学姐……"

佳佳猛地抬头，就见全屋子的人都在看她，脸霎时通红，支支吾吾道："没……没意见。"

小锁眉头松开："既然没意见，那就这么定了，枝枝演女一，你演女二吧，毕竟是你自己的剧本，如果枝枝演得不到位，你多帮忙带一下戏。"

佳佳满眼疑惑，不是说圣诞演出吗？什么女一女二？演出名单不是没有她吗？

"什么女一女二？"佳佳左右看了看。

小锁再度皱眉："就是青春征文大赛的情景剧，第一轮海选已经完毕，第二轮'情景剧再现'的比赛日子在下学期开学初，你赶紧将台词给大家发一发，好彩排，时间可不多。再说，现在圣诞会演也很重要，又是期末考的，大家都没太多空闲时间。"

嗡嗡嗡——佳佳那种要命的耳鸣毛病又犯了，陈小锁在说什么？好好笑哦，真当她童佳佳是软柿子吗？可以这样任人拿捏？

"我有意见。"佳佳霍地站起，她的剧本凭什么演员不能她来定？

众人皆望向她，陈小锁往后靠在椅子上，打断她的话："你刚才当着全社的面说你没意见的。"

佳佳抬了抬头不卑不亢道："我刚才没听清楚，我现在有意见，演员名单我自己定，如果不让我自己定，我退赛！"说完，她深深望了小锁一眼后，拿起包包出了会议室。

室内一片哗然。

月明星疏，岁月静好。如果没有这一切乱七八糟的事，快乐地恋爱，安静地分手，独自走过一段阴霾的日子，她的人生还会安定地继续，可是现在，自从一条人鱼出现，生活被彻底打乱。

还来不及伤心就已经要被生活折磨得抓狂了。

当童佳佳身心俱疲地回到出租屋看见像被十个装甲师开着坦克碾过的屋子时，她只想对人生竖起一根中指。她发誓：如果上天再给她一次和人鱼相逢的机会，她一定扭头就走！

"波波！"佳佳觉得人生没有希望，永远看不到尽头啊！

她气急败坏地冲进波波的房间，挽起袖子伸手进浴缸里一通好搅："你这渣鱼，快给我滚出来！"

搅了半天，水里还是一点儿动静都没有。

渐渐地，佳佳觉得有些不对劲，她干脆脱了外套，将两边的袖子都挽起，再次将手伸进浴缸摸索："波波，你在吗？波波？"

没人？佳佳心里一惊，站起身环顾四周，不对！

不对劲！

"波波！别玩了，你在哪里？"佳佳第一反应是冲进厨房，没人？卫生间、阳台……都没有人。

终于，佳佳发现哪里不对劲了，以前波波捣蛋也把家里弄乱过，可不至于像今天这般……好像……好像刚经历过血雨腥风的战场，不要以为佳佳的描述有多夸张，我去！这被劈成两截的沙发，墙上多出来的几个穿墙洞，碎成渣的饭桌，被肢解的椅子……

尼玛，这不用血雨腥风来形容都对不起童佳佳这个年度十佳写手的名号啊！

到底发生什么事了啊？波波……波波现在怎么了？还有，她要如何跟房东解释这墙上的洞啊，哦买噶，佳佳觉得人生算是走到尽头了！

佳佳脑子很乱，一时还不能接受这不能用常理解释的非人类破坏力，待冷静下来才感到后怕。她哆嗦着检查了下四周，忽地，她似发现什么朝客厅墙角某处跌跌撞撞奔去。

蓝色的血迹！波波……波波出事了！

佳佳震惊地跌坐在地上，横行海底三千米的人鱼小霸王，时不时露出尖牙张牙舞爪、力大无比的怪力少年，怎么会出事？这是遇到怎样的对手让他负伤了？他上岸不是只为了取回人鱼珠子吗？怎么还有仇家？

佳佳思绪混乱，这时，一阵急促的敲门声打破了室内的沉寂。

佳佳缓过神，忙爬起身，临到门口自整了下形容，深吸一口气，还算镇定地打开一条门缝。

“佳佳，你们家怎么回事啊？噼里啪啦的，波波怎么了，刚才看到他往楼下跑还把我的菜篮子撞翻了呢，没出什么事吧？”

是隔壁的孙婶，平常很照顾他们，经常给波波塞吃的。

佳佳忙闪出门并快速将门关上不让孙婶看见室内惨状，她有些急迫道：“没事，波波把电视砸坏了，孙婶，你几时看到波波冲下楼的啊？”

“电视砸坏啦？哎哟，这臭小子还真能折腾啊，难怪呢，刚才那动静我还以为煤气爆炸了呢，家里没事……”

“孙婶，咱先别聊这个，你刚才说看到波波跑下楼，是什么时候？就他一个人吗？”

门已关严实，孙婶看不清屋子里的状况，她只好收起八卦的心思，认真回答起佳佳的问题：“就他一个啊，十分钟……不，应该十五分钟之前吧，我看他慌里慌张地冲下楼，哪，脸色苍白怪吓人的，是不是身体不舒服自己上医院……哎，佳佳……佳佳，你去哪里呀？我刚在市场给你捎了几个洋葱……”

“孙婶，谢谢你啦，我去找波波，回来再上你家拿。”童佳佳心急如焚地边跑边喊道，乱了分寸的帛曳，她还真没见过，出事了！她的直觉告诉她，出大事了！

十五分钟！以帛曳的速度，到底可以跑多远？不知道，说实话，除了他每天离不开水、贪吃外佳佳对波波一点儿都不了解。

佳佳站在车水马龙的街道旁，一时不知该往哪个方向追，这段时间波波的反常让她很担心，相处大半年，即使养条狗也有感情啊，何况是世界上最后一条美男鱼，珍贵稀有物种啊！

"波波……波波……"佳佳闭眼狠狠跺了跺脚，死马当活马医了，波波和人打架闹得动静如此之大，肯定要找人烟稀少的地方，这片人烟稀少的地方也只有树人大学后山那块儿了。

思及此，佳佳忙转身朝学校后山方向跑去。

十一月的天，跑步带动的风有些割人脸，佳佳捂着耳朵呼着气往前跑，似乎和谁擦肩而过，似乎有人在身后喊她，可她都听不见，满脑子都是帛曳前几天失魂落魄躲在角落的样子。

不知跑了多久，终于来到后山，此时已是晚上九点多，刚才还高挂天边的明月不知何时躲进了云层。冬天的后山连热恋的情侣都不愿意来，风太大了，树影斑驳，阴森森的有些恐怖。

耳边是"呼呼"的风声，童佳佳捂着小腹气喘吁吁。她抹了抹额前的汗，环顾四周，一派平静。糟糕，不会是找错了地儿白跑一趟了吧？

她喘得厉害，站不住干脆蹲下来，揉了揉脚踝。刚才跑得急崴了一下，停下脚步才发觉疼得厉害。正在她懊恼之际，远处山坳里忽地传来一阵巨响，童佳佳被惊得站了起来！

也不管自己脚伤有多疼就朝传来那声巨响的地方奔去。

风在山间呼啸着四处流窜，远处的声音夹杂着山间各种奇怪的声响一阵接一阵传来，像野兽的咆哮。

"波波！"

佳佳踩着山间碎石，攀着枝蔓朝深山中走去。

"轰"又是一声巨响，不远处霎时闪出一道奇异的亮光，佳佳的心一下提到嗓子眼，说不害怕是不可能的，除了知道帛曳是条美男鱼外，她对他一无所知，在人类有限的知识里，她根本无从去了解他。

那一刻，说实话，佳佳脑海里闪过"逃"的念头，可，大概是人类的劣根性所驱使，害怕之余她还是毅然前往一探究竟。好奇害死猫，人类对未知新奇事物的好奇心往往是悲剧的开始。

当佳佳终于越过重重障碍，历尽千辛万苦来到事故地时，她彻底惊呆了。

如果说落海巧遇美人鱼是她人生智商接受范围的极限的话，那眼前的情景……

尼玛，彻底吓尿了，这是要吓 shi 全人类的节奏吗？

不远处，一道耀眼的亮光下那扑闪着一对蝶翼飘浮在半空的人形家伙到底是神马怪物啊！哥斯拉吗？哦买噶！那一刻，佳佳很不争气地被吓晕了过去。

故事发展到这里，女主被吓晕，通常的剧情应该会出现一个英雄般的男主从天而降撕心裂肺地呼喊她的名字并将她紧紧搂在怀里万分懊悔……然后，奋起秒杀敌军！

但是，生活远比小说狗血一万倍。

很好，童佳佳同学的命运依旧欢快地朝炮灰的方向蹦跶，她悄无声息地晕倒恰如她悄无声息地来，甚至连惊呼都来不及就直接吓晕了过去。

缠斗的两人，哦，是否是人有待商榷，缠斗的两物根本没注意到这边有一位急需关怀的少女需要帮助啊喂！

不知过了多久，佳佳是被一阵剧烈的地震般的摇晃晃醒的，她脑子还在短路中，试图挣扎起身，可还不待她睁开眼呢，又是一道亮光和一声巨响传来，她便重新趴下再不敢动半分了。

尼玛啊，给她点儿时间接受这……事实行吗？不要这样对待一个有着正确世界观的纯情少女好不好？

有谁能告诉她，战场离她越来越近是要闹哪样啊？光亮越来越刺眼，震动越来越明显，这是要作死的节奏吗？

佳佳在极短的时间内认清了现实，再自我蒙蔽只能等死。她哆嗦着身子朝一旁的小树丛里挪了挪，试图在危险降临前将自己藏起来，心里默念：看不见我，你们都看不见我……

可惜，老天爷就是不想让她好过啊有没有。

少年，人生若只如初见可好？

就差一步了啊，就差一步就能躲进小树丛，再伺机不动声色地溜之大吉啊有没有？再也不好奇了，再也不大发慈悲管那条鱼的死活了，救命啊！妈妈！

可是，悲剧的赢家童佳佳同学没有那么幸运，在一声巨响后，她被一不明物击中压趴了。

被压住的刹那，仿佛时光回转，回到记忆里校园墙头上从天而降的陈小锁，光芒万丈，不得好死啊！

佳佳和小锁的初识也是这么一压啊，这人生第二压的小概率事件犹如被雷劈的概率竟然又被佳佳撞上了。

"要死啊……"在挤出这么几个字后，佳佳同学彻底晕了过去。

"佳佳，佳佳，童佳佳……"

谁在叫她？谁？好吵，左脸好疼，谁一直拍她的脸，还老是一边，肯定肿了，冰块，快拿冰块来敷脸，不对，不仅是脸，全身都似散架了般疼，谁能帮帮她，佳佳感觉自己身处重重迷雾，看不到前路也绝了回头路，脑子很重很重……

直到眼皮被谁强行扒开，一道刺眼的亮光对准她的瞳孔不停地晃，慢慢地，迷雾退散，童佳佳被逼醒了，直觉告诉她，此刻她再不醒过来，身旁的人会用更加惨绝人寰的手段对付她！

迷迷糊糊间听到有人在说话。

"杀了她！"

"滚蛋！"

"我说杀了她！"

"够了，昔拉，你杀的人还不够多吗？"

"帛曳，你在走钢丝。"

"除了钢丝，我还有什么路可以走？你告诉我！"波波？怎么这么暴躁？佳佳头痛欲裂，脑子愈加清醒，却如临门一脚怎么也不能完全醒过来。

"她看到我了，必须死！"

"你刚才输了，以后别管我的事。"

周身忽地变得异常冷，佳佳哆嗦了下，不过片刻，似是两人的对峙一方获胜般，温度又慢慢回升。

"哼，我不会输的。"一声陌生的不屑声。

可紧接着，"砰"一声巨响，重物倒地声传来，紧接着似乎是那个熟悉的欠扁的声音嘟哝了句："嘁，都二十一世纪了，还以为自己是战神啊！连我一拳都吃不住！"

"波……波波……"

"佳佳？佳佳，你醒醒。"

童佳佳挣扎着睁开眼睛，还没怎么着呢，就被一热情的拥抱搂个满怀，一

147

声比怀抱更热烈的声音如魔音穿耳惊得她起一身鸡皮疙瘩。

佳佳皱了皱眉头，努力让自己镇定，别去管已经散架又再次被他热情的拥抱搂错位的骨架，她勉强抬头看了一眼身前的人，就见美男鱼波波一把鼻涕一把眼泪地开始干号："佳佳啊，你可算是醒了，急死我吓死我了啊，你要是再不醒来，我就要给你做人工呼吸了，你们人类不都是这样抢救的吗？"

人工呼吸……尼玛啊，就你们刚才那副尊容，也敢自称人类吗？如果童佳佳有力气的话，一定会撒腿暴走啊有没有？

她张了张嘴，试图说话，结果嘟哝了半天硬是没发出半个音节，完了，这回真完了，被非人类压废了。

"佳佳，你说什么？"帛曳凑近她嘴边想听得更清楚一点。

佳佳很着急啊，帛曳后面那个"不明物"已经苏醒，他站在帛曳身后，一身黑色劲装，身后依旧扑闪着诡异的蝶翼，眼睛是血红色，眼尾稍稍往上翘着，眯着眼，一副地狱修罗模样恶狠狠地盯着他们。他慢腾腾地抬起右手，如果是正常人类的话，尼玛不就是只右手嘛，大不了就是黄金右手抑或咸猪手之类的，可谁告诉她，那缓慢抬高的右手正上方为什么会升起一簇小火苗，而且随着他手抬起的速度，火苗还愈燃愈旺是几个意思？

童佳佳发不出声，一是由于身体目前状况不允许，二是发自内心的恐惧啊，她的世界观在认识人鱼帛曳后一次又一次地被刷新啊有没有！

她内心焦急，唯一能灵活控制的只有眼珠了，佳佳瞪着帛曳待帛曳望向她后开始死命地转眼珠示意他身后的危险。

帛曳诧异地望着佳佳道："佳佳，你的眼睛怎么了？干吗一直翻白眼？"

世上最悲哀的事情就是拥抱在一起的两人毫无默契啊！在那簇火焰投向他们时，佳佳绝望地闭上眼睛，这是要在她面前烤全鱼吗啊喂！

"佳佳，别怕，有我在，任何人都别想伤害你。"似是感觉到佳佳的恐惧，帛曳莞尔，亲昵地刮了刮她的鼻子，轻轻将她搂进怀里，那一刹，温柔得叫佳佳只想哭。

曾经也有个男孩对她说过这句话，很平常的一句话再次听到佳佳还是会心痛。

原来，冷漠如人鱼也有这样感动得让人为之奋不顾身的冲动。

说实话，拼尽力气扑倒帛曳为他挡住火焰的那一刻，佳佳有些后悔，她甚至想不起自己这么做的理由。感动吗？经历了这么多事，她早已过了"圣母"

的年纪，可为什么，那一刻，当有人对她说"别怕，有我在，任何人都别想伤害你"时，还是义无反顾地脑残了一把？

"佳佳？"帛曳早已觉察到身后的动静，哼，就凭现在的昔拉也想做他的对手？等那货病好再说吧！但他猜到了过程没猜到结局。

万万没想到！

没想到眼前这个他根本不屑一顾的人类竟然有这般勇气，没有人，从来没有人为了他帛曳可以这样不顾一切！心中那冷漠如冰霜的心有那么一丝暖化的迹象。

"佳佳！"帛曳被佳佳扑倒猛然意识到什么，待他出手相护时还是晚了一步。

这回的童佳佳是着着实实睡了个长觉，虽然不安稳，但贵在长啊。

一天一夜算不算长？再睡下去，抓狂的美男鱼估计要报警了。

不过睡着的感觉真好啊，见鬼的非人类统统消失吧！

14.

蝴蝶恐惧症

"水……"佳佳缓缓睁开眼睛，还没来得及适应光线呢就被眼前近在咫尺的人脸给吓了一大跳。

"佳佳！你终于醒了！太棒了！你想吃什么我给你做啊。"

佳佳往后缩了缩，无法直视眼前那鼻青脸肿的"猪头脸"，看来那一战很惨烈啊，嗷，噩梦，不要再想起。不过，她没死？那就是安全没事了？她清了清嗓子，庆幸自己没哑透，遂继续道："水，我要喝水。"

"哦哦，好的，你等一下。"才说完呢，波波就奔了出去。

环顾四周，再压了压身下厚实的床垫，很好，她总算是回家了，不是在做梦，只不过，她怎么不在自己房间里？望着房子中间的浴缸，她睡在波波的房间？她记得金钱比较宽裕之后已经将隔壁的房间整理出来了啊，自己好像没有失忆吧？

屋子已经被收拾得……还算干净，但，当记忆恢复，想到那如核弹过境的客厅……佳佳觉得头又开始疼了。

很快，还不待她继续头疼，那厢端水的人鱼就回来了。

"佳佳，快喝。"帛曳有些紧张地望着佳佳，似是想确定她有无恢复又有些不好意思试探。

佳佳动了动手，没什么劲，那平日里傲娇的人鱼大人立马心领神会地将水杯递至她嘴边。佳佳刚想张嘴，那杯水又被移开，佳佳翻了个白眼，鱼啊，你这又闹的哪一出啊？

"等等，烫，我给你吹吹。"

"……"鱼儿转性了？佳佳感到很惶恐。

"张嘴。"

"哦……哦哦……"佳佳诚惶诚恐啊，美男鱼上岸后第一次伺候她，如此紧张是要闹哪样啊。

"佳佳，你想吃什么？我去给你准备。"波波边看着佳佳喝水边戳在一旁道，一副小乖乖模样。虽然那张脸实在不敢恭维，这货不会还不知道这张尊容能吓死一个地球的人类吧？可为何，即使如此，佳佳心底还是感到一丝甜蜜呢？难道被压后审美观也变了？还是自己缺爱太久了？

佳佳被盯得有些不好意思，她默默低下头，小声道："随便。"

"我可不会做'随便'这道菜！"

"噗……"当听到这句陌生又仿佛在哪儿听过的声音后，佳佳循声望去，一看那站在门边的人后，刚喝进嘴里的水又全数喷了出来。

"呀，佳佳，你没事吧？昔拉，你吓到佳佳了，出去！"帛曳忙回头瞪了那人一眼。

"哼！没用的人类！"说完这句话后，门边那同样被揍得鼻青脸肿的家伙，正穿着她粉色的哆啦A梦围裙，傲慢地一甩手上的锅铲转身离开，身后的蝶翼还在嚣张地扑扇。

"嗷……"佳佳凌乱了，这特么的是哪类物种啊？佳佳吓得立马钻进被子里瑟瑟发抖。

"昔拉，你能不能遮一下你的翅膀！吓着佳佳了！"波波吐了口气后转身安抚佳佳道，"不用怕，那家伙现在病着呢，翅膀短时间内很难收住，就他目前的状态根本没杀伤力，你别怕，再不济，还有我呢！"

"'希拉'？你……你朋友？"什么怪名字？怎么这么古怪？干脆叫"拉稀"好了！刚才打得不可开交，现在又称兄道弟？有没有搞错啊？不过波波的安抚还是挺管用的，待佳佳平静下来后也觉得没什么，再强大不也得围着围裙下厨房吗？自从遇鱼不淑后，她世界观已碎，接受下限一致被刷新，"淡定帝"这名号不给她都对不起这个词！

"嗯，你叫他昔拉，就好了，亲切点儿可以叫他昔昔或者拉拉……"

"……"原以为"波波"这名字已经够天怒人怨了，万万没想到啊，这世上还有比"波波"更难听的名字！非"拉拉"莫属啊！哦买噶，童佳佳，快给全天下叫"拉拉"的人类及非人类道歉！

佳佳晃了晃脑袋，让自己稍微清醒点儿，但依旧心有余悸。昨晚那山崩地裂的"战事"把她给吓坏了，这个物种不简单哪，当然，能打赢他的美男鱼波波也不简单，看来有事瞒着她。

她探出个脑袋问道："你说他……病了？"

"嗯哪！"波波为她掖好被子，又指了指水杯询问她还要不要喝。

佳佳摇了摇头，继续问道："什么病？"

波波耸了耸肩："神格分裂吧，按照你们人类的话来说应该叫'人格分裂'。"

"神格分裂？"啥意思？神经病的意思？

"嗯，人格分裂，也就是神经病的意思！"波波依旧不屑。

"……"童佳佳再度凌乱。

"安啦，当然，不可否认，当他恢复成昔拉原本那暴虐成性的性格时是有那么一点儿天下无敌的派头，但大概是他坏事做太多了，心理素质又差，导致神经病了，现在他心底两股力量在争斗已经整得他筋疲力尽了。放心，他现在很弱，你看，他现在连我都打不过，想当年，他可是……"说到这里，波波突然不说话了，眨巴眨巴眼睛躲闪着。

"可是什么？"佳佳已经坐直身子竖起耳朵认真听了，可惜这家伙完全不想再做小伙伴了，留下个"可是"就再没后话了。

"没什么可是，虽然他现在很弱，但依旧很危险，你最好不要离他太近。"波波放下杯子继续道，"当然，他也不可能让你靠近他，他不仅有神经病，还有严重的洁癖！他是不会让你靠近他的。哪，从今以后你要跟我同一个房间了，隔壁的房间暂时借给他住。"

"什么？"她可没同意！在连他是什么物种都没搞清楚之前，要和他同住一个屋檐下，想想都要颤抖三天不止啊。

"当然不会让他白住啦，他也会去打工赚钱啦。"

"不行！"童佳佳坚决反对，既然是个危险人物，还是敬而远之为好。

"佳佳，不会让他住久的，待他病情好转就让他滚蛋，好嘛好嘛。"人鱼儿卖起萌来真是不要本钱啊。

童佳佳这辈子最大的软肋就是被美少年撒娇啊，只可惜美少年刚被揍成猪头，毫无杀伤力。

佳佳皱着眉忍住恶心悄悄低下头，简直无法直视啊，拜托，人鱼先生能不能先去照照镜子再撒娇啊！

"万一他病好了你又不在我身边怎么办？再……再说了，他是什么物种我都不知道呢。"

波波愣怔了一下道："放心，我不会让你落单的，他……"

佳佳猛地抬头望向他："我们家只负担得起一个浴缸养一条鱼！多余的就做菜装盘！"

波波星星眼地别扭道："矮油，知道你疼我，但你的占有欲也不要这么强嘛，大不了让他睡澡……"盆还没说出口呢，佳佳又道："再说，别告诉我他也是美男鱼，没有哪条美男鱼有翅膀的！"

波波咽了咽口水，摸了摸鼻子，半晌道："他……他其实是只蝴蝶……"

"……"童佳佳骨灰级石化当场。

尼玛！美男鱼已经够匪夷所思了！妖精吗？好歹也来个狐狸或者兔子什么的比较正常好吧？竟然是蝴蝶！噢，电视剧都不爱演蝴蝶精啊！童佳佳深深感受到了来自这个世界的恶意。

等等，波波不是害怕蝴蝶吗？

这会儿要收留一只蝴蝶，相亲相爱一家人般是几个意思？

"蝴蝶？"佳佳诧异问道。

波波转了转眼珠子后，坚定道："嗯，他就是蝴蝶！"

"你不是有蝴蝶恐惧症吗？"

"啊哈，没事啦，只要他不现出原形就好了呀，安啦，拉拉他有洁癖，很勤劳的，又爱做饭，以后咱们家里搞卫生做饭什么的他全包了，这样多个保姆有什么不好的呢？"

波波话才刚说完呢，房间门就被人一脚踢开，随之而来的是一声怒吼："你才是拉拉，你们两个都是拉拉！还有，你说谁是保姆呢？"好吧，拉拉恼羞成怒了！听墙角真不是好习惯啊！

"哎哟，昔拉，你的火爆脾气真该收敛收敛了，你再这样下去还是放弃治疗的好，再控制不住自己的情绪，任何治疗都是无效的。"波波抚了抚额头，站直身子挡在那只蝴蝶前面。

好吧，猪头脸对猪头脸，真是天生一对，简直无法直视。

"嗷，我的门我的墙壁！"佳佳这回真的是想放弃治疗了，我拿什么面对你，我的房东大人啊！

"没事没事啦，忘了告诉你。昔拉他还是个机械狂人木工狂人水电工狂人……总之，这世上的事情还没有能难倒他的……"

听到帛曳这样描述自己，傲慢的蝴蝶大人嘴角微微翘起，依旧是一副趾高气扬的派头冷哼一声："哼，愚蠢的人类！"

"啊哈哈，佳佳，这是他的口头禅，他不是在说你哦，他在说人类。"

"呃……"难道她童佳佳不是人类吗我摔！不过，同样是非人类，差距怎么这么大呢？一个是饭来张口，衣来伸手的软饭王；一个是家务能手技术神，啧啧，看来是自己捡错物种了啊。

"你说他能将我们家复原？"佳佳再次表示质疑。

"没问题的啦，昔拉，你说是不是？"波波用手肘拱了拱身旁的人道。

但蝴蝶大人依旧一副高高在上的样子："这种小事还要确定，帛曳，你真是越来越跟人类一样蠢了。"

"呃……"这回轮到波波石化了。

能干这么多活啊？佳佳开始认真思考起来："让我考虑考虑。"

"佳佳，你平常完全可以无视他的，他就借住在这里，绝对不会打扰我们的。"

"什么打扰我们啊，一边去。"

"再说了，我变身人鱼时很脆弱的，没人保护你，我不放心。"

"……"谁保护谁啊？

最后，佳佳还是勉为其难地同意了蝴蝶精的入住，一是因为波波的死缠烂打；二嘛，她确实想弄清楚这两个非人类到底在搞什么鬼，他们在自己眼皮子底下似乎可以踏实点儿，人类最怕的就是未知而又无法预知的事情发生。

事实证明，昔拉还真是有点儿本事的，除了易怒狂躁洁癖傲慢冷漠鄙视人类外似乎还是有些优点的，比如每天将屋子收拾得整整齐齐、干干净净，饭菜做得香喷美味无比，就连那被砸坏的墙壁和家具也一一修好……

简直就成神了！

时间过得很快，圣诞会演马上就要到来，佳佳自上回和小锁彻底闹掰后，

两人冷战到现在，就算路上正面碰头双方也都是目不斜视地擦肩而过。

这段时间，佳佳成天把自己关在家里复习功课兼赶稿子，她已经做了最坏的打算，若是因为穆枝枝没有参演的关系而错过这次征赛，她就放弃，没什么好可惜的，道不同不相为谋。

这日傍晚，看了一整天书的佳佳难得在阳台上舒活筋骨等待开饭。她边拉筋边透过玻璃门看室内的景象，就见那依旧围着她的粉色机器猫围裙的男子从厨房到客厅间来回忙碌。他有强迫症，桌上碗筷要摆得一丝不苟，饭菜要色香味俱全，才能安静地坐下来进食，所以，活得很辛苦吧，佳佳不免感叹道。

而另一厢，因为脸伤未愈提早下班回来等饭吃的"软饭王"波波……这会儿却正跷着二郎腿抱着手提电脑在看最近热播的《爸爸去哪儿》，笑得花枝乱颤，佳佳不忍直视，撇撇嘴，"哎哟"一声不禁再次感叹：同样是非人类，这差距可不是一点两点能丈量得清楚的。

不过，有句话波波倒是没有骗她，那叫昔拉的非人类还真如空气般存在，除了吃饭时间能见到他，平日里都是悄无声息地存在，就连搞卫生都是不动声响的，平常也不屑与佳佳交流，不是日子过得太惬意，佳佳甚至以为自己家里不过多了个机器人保姆而已。

待吃过晚饭，伺候完波波那磨人的家伙，佳佳才得以开电脑赶稿子。

白天波波上班，她能安静地在房间里复习考研，晚上波波回来，闹得要死，根本看不了书，所以她只好把稿子挪到晚上来写。而波波自恃为家里唯一一个赚钱的家伙，在家里越来越娇气，昔拉只管做饭和打扫，对波波的种种变态要求视而不见，只有苦命的佳佳熬不过他只得俯首甘为孺子牛。

这不，以帮忙刷鱼尾为代价，那家伙才肯将耳塞戴上看电脑。

晚上八点整，佳佳甩了甩酸麻的手臂，打开文档开始写作。

可耐不住波波一会儿要递水一会儿要吃夜宵一会儿又跟个好奇宝宝般问佳佳在做什么的折磨，已经濒临崩溃，这是要作死的节奏吗！

他让她同他一间屋子就是为了更好地奴役她吧？很想掀浴缸啊有没有！

正在懊恼之际，佳佳那许久没有动静的手机终于体现它的价值了。

铃声响起的那一刻，波波随即拔掉了耳塞，回头就来了一句："谁啊？"

敢情这家伙根本没在看电视，这是在时刻关注佳佳的一举一动啊？

佳佳看了看来电显示，支支吾吾地说了声："是小锁。"

"哦。"波波转回身子，静默了一会儿后再次转头看向佳佳，佳佳被看得不好意思，拿起手机就出了房间门。

　　她一到客厅，那本在客厅看电视的昔拉便鼻哼一声进了房间，佳佳撇撇嘴，嘟哝了句："神经病。"后接听了电话。

　　"喂。"

　　"……"电话那头没有出声。

　　"喂，小锁吗？"

　　"哼！"半晌，那头终于出声了，却与那难搞的昔拉一样不屑。

　　佳佳翻了个白眼，心里默默把陈小锁划归为神经病行列，哼什么哼，莫名其妙，这些人都有王子病。

　　"有事吗？"

　　"是不是没事就不能找你，没事你就再也不理我了？"陈小锁真的是被这个蠢女人气疯了！

　　"呃……"佳佳一时无语，好像是他不理她在先吧，一次小卖部偶遇，她曾试图跟他和好，是他一副转得二五八万似的扭头就走的！

　　"你稿子写得怎么样了？"

　　佳佳心里略惊，这是妥协了吗？

　　"进度不错，应该能按时完成。"

　　"嗯，行，那没事了。"

　　"啊？就这样？"佳佳狐疑地问了句。

　　"你还有话对我说吗？"电话那头的小锁语气明显比刚才快活起来。

　　"啊？没……没有呢。"面对小锁，佳佳还是有些紧张，好久没和人类接触了，都快忘了自己也是个人类，望了望房间门的方向，佳佳叹了口气。

　　"哦。"声音有些失落。

　　"没什么事我就先挂了。"既然小锁主动打电话，她也不再闹别扭了，这么多年的老朋友，这段时间还跟小破孩一样老闹矛盾，怪幼稚的。

　　"等等，佳佳……"

　　"啥？"佳佳握着手机的手紧了几分。

　　"你……"小锁顿了下后道，"圣诞会演你会来吧？"

　　原来是这事啊，吓了佳佳一跳，本来打算不去的，但最近也宅太久了，再说，

既然小锁都开口了，她当然要去。

"会。"佳佳回答得蛮快。

小锁放心下来，又恢复往日的嚣张语气："那我给你留位了，不准迟到。"

"哦。"

"等等……你先别挂。"

"嗯？"还有事？如此婆婆妈妈，可不像陈小锁的行事作风。

"佳佳……"又是几秒的停顿，小锁才开口道，"佳佳，我们再也不吵架了好不好？"

小锁突然来了这么一句，佳佳的小心肝有那么一刻竟紧张得快停止跳动，她深吸一口气，道："好。"

"嗯，那再见。"陈小锁什么时候变得如此深沉了？

电话挂断后，佳佳长舒一口气，什么时候开始和小锁说话都要小心翼翼了？

佳佳叹了口气，双手环胸坐在沙发上发呆，还没待她理清个头绪呢，房间里的那位却不消停了。

"童佳佳！童佳佳，你过来！"

得，波爷又找事了，佳佳看了看墙上的挂钟，眼看都快九点了，今夜又是一事无成，想着就来气。

她垂头丧气地进屋，没好气道："又有啥事啊？"

"我的鱼尾你根本没刷干净。"

"拜托，都刷了几遍了，你也不怕鱼鳞掉光哦。"佳佳筋疲力尽地趴在浴缸边沿，一手搅着缸里恒温的水，一手漫不经心地敲打着浴缸壁，明显在走神。

"童佳佳，你知道鱼尾对一条'美人鱼'有多重要吗？我让你给我刷鱼尾，你知道你担负的是什么使命吗？"帛曳见她那满不在乎的模样有些抓狂。

"哦。"佳佳无心与他聊天，她现在心里很乱。

"童佳佳，你……你给我听好了，作为二十一世纪最后一条美男鱼，鱼尾就……就相当于我的命根子！"

"哦。"佳佳顿了一下后猛地坐直了身子，"你说相当于你的什么？"

波波见佳佳终于有了反应，有些不好意思地沉入水里，露出一双水汪汪的眼睛，含羞带怯道："命根子……"

由于嘴巴在水里，说话时还伴随着吐泡泡的"咕噜咕噜"声。

童佳佳脸颊瞬间滚烫，一下站了起来，惊恐道："你说什么？"

乱了乱了，这个世界乱套了。

但有人还嫌不够乱啊有没有，出门喝水的拉拉大人路过他俩的房间还来凑热闹，他端着杯热水，倚靠在门边，双腿悠闲地交叉，已经消肿的脸，五官如刀刻般精致。此时，他薄唇微抿，嗤笑一声，望着房里的一人一鱼道："据说鱼尾还算其次，若你碰过他人形时的脚，那就中奖了。"

童佳佳疑惑地望向昔拉："什么意思？中什么奖？"

昔拉耸了耸肩道："你不会碰过了吧？那你可惨了，你可得负责这条鱼的终身了。"

"你说什么？"佳佳难以置信啊有没有？波波的足她何止是碰过啊，还踩躏过啊。

"你不会不知道人鱼最脆弱的就是他化成人形时的足吧？那可比命根子还重要，哦，对了，忘了告诉你，作为本世纪地球最后一条美男鱼，帛曳他的敏感地带很保守，就是他的足，那可不是随便什么人都能碰的哦，若你碰了，他会有不正常反应的。"

"……"晴天霹雳啊。

浴缸里的美男鱼波波此时已经害臊得彻底沉入水底了。

佳佳欲哭无泪。

昔拉见效果已起到，又抿了口水，幽幽道："时候不早了，早点儿休息吧，两位。"

昔拉丢下颗重磅炸弹后若无其事地转身走开，留下个完美的背影，但佳佳此刻根本无从欣赏，她满脑子都充斥着一句话，那就是"负责这条鱼的终身"。

我天，波波今年已经五百岁了，终身……无法想象啊！

佳佳脑海里这句话的配图画面是自己已经白发苍苍老得没牙了还得苦逼地给那年轻貌美的美少年波波刷鱼尾……

简直无法想象啊，太恐怖了啊！异物种相恋什么的太不靠谱了啊！简直就是神话啊！

由于昔拉一语道破天机，佳佳再也不肯帮波波刷鱼尾了。

这让美男鱼很郁闷，他郁闷起来不是人，好吧，错了，他郁闷起来就不是鱼了。

成天阴阳怪气地跟佳佳说话，什么"讨了便宜还卖乖啊""想吃霸王餐啊""吃完豆腐一抹当没事人啊"等诸如此类，佳佳神烦。

为了堵住波波的嘴，最后，佳佳终于妥协，不以"吃豆腐"为目的地刷鱼尾还是可以有的，波波哼哼了几声但还是没说什么，从此，佳佳每日多了一样活计，那就是帮波波刷鱼尾。

以前不知道"天机"时那条鱼还没这么爱干净，可自道破之后反而天天都有这方面的需求，这让佳佳无比尴尬和苦恼。

圣诞会演很快就到了，佳佳闭关多日，也想着今夜好好 Happy 一下，吃过晚饭就在家认真拾掇起自己来。

因为是圣诞夜，波波今晚加班，他现在名气可大了，就连打工店里的老板都得将他像小祖宗般供着，有他在，生意爆棚啊有没有，今晚圣诞夜，老板更是不会放过这么好的捞钱机会。

波波没回家，佳佳轻松很多，打扮完毕，哼着小曲就出门了。临出门前本打算向昔拉报备一下去处，可昔拉大人一副"愚蠢的人类别靠近我的表情"令她打消了念头。

佳佳早早来到校科报大厅，大厅内已人满为患，看来这次的圣诞会演很有人气嘛，小锁这话剧社是越办越成功了。

看着手里的座位号，嗯，不错，全场最佳。

身边还留着个空位不知是谁，应该不是小锁，他是话剧总导演，此刻应该在后台才对。

佳佳才放好包包坐下，就有几个熟悉的同学还有学弟学妹过来打招呼。

多日不见的舍友也一一前来报到，简灵那个没轻没重的一拍她后脑勺就嚷嚷开了："好你个见色忘义的，也不回宿舍看看，考研复习得怎么样了啊？"

佳佳揉着后脑勺龇牙咧嘴："疼死了，还行……"吧还没说完呢，后脑勺又遭到一击。

任洁雅从简灵身后跳出来："是啊是啊，你毕业论文写得怎么样了？"

"小雅，你能不能别啥都学简灵，很疼哎，你们怎么也来看话剧了？"

"陈社长送的票你不知道啊？我们全宿舍每个人都有，对了，什么时候把你'哥哥'介绍给我认识啊。"一谈到波波，任洁雅就满眼冒桃花，"最好是有他的照片，你知道他最近有多红吗？一张照片卖到三百块了，你捡到金砖了佳佳！"

佳佳惊讶："真的假的？这么值钱？"

她们几个聒噪得正起劲，那厢出现了个人。

"呀，陈社长今天从幕后走到台前啦？"简灵那大嗓门。

"小锁？"佳佳也有些惊诧，看着跟在他身后的于晓对她点头微笑，她也礼貌地回以笑容。

"快开始了，大家回到座位上坐吧。"小锁一发话，大伙儿就散了。

和她们打过招呼，佳佳也安分地坐了下来。

小锁没有离开，在佳佳身边的位置坐了下来。

佳佳诧异地转头看他，他微微一笑道："我也需要以观众的眼光来看下自己的作品，不然怎么会有进步？"

佳佳莞尔："行啊，陈小锁，几日不见，成长很快嘛！"

"你就贫吧你！"小锁没好气地白了佳佳一眼。

"哟，这还是第一次啊，咱俩这样坐在台下看演出，不容易啊这么多年。"佳佳调笑道。

听她这么一说，小锁转过头来定定地望向她，看得佳佳一时不知说什么好，讪讪地住了嘴。

小锁望了许久，久到佳佳快"把持"不住了才轻咳一声转回头，半晌，缓缓道："若是下次我约你看电影，你会出来吗？"

"啊？"佳佳明显受到了不小的惊吓。

小锁转回头继续望着她："我是认真的，童佳佳，如果我约你，你会出来吗？"

"你说什么？"

佳佳有些晃神，她不是无知少女，小锁这是……这是要追她的节奏吗？陈小锁？如果不是她自作多情的话，那满怀期待的眼神里为什么她看到了笃定？

天哪！陈小锁，那个从天而降的陈小锁不会是喜欢她吧？

"你待会儿认真看，看完我有话和你说。"

还不待佳佳有所反应，小锁就朝她比了个"嘘"的姿势，话剧开始了。

话剧虽然开始了，可坐在刚说完那番话的小锁同学身旁，童佳佳彻底不淡定了！

说实话，一个半小时的话剧，佳佳愣是一句台词也没听进去。

小锁说他有话对她说？佳佳想到这句话，小脸蛋在漆黑的电影院也能烫得泛着红光。

虽然陈小锁曾经发誓，就是喜欢一条鱼也不会喜欢她童佳佳，她童佳佳也

铭记即使全世界的男人她都可以惦记，唯陈小锁不行，但，当那张触碰不得的玻璃纸一旦撕破，一切又都不一样了。

话剧散场，本欲起身离开的佳佳被陈小锁拉了回来，手握上的那一刻就再没有放开过。

本还想上前打招呼的各位同学看到小锁大爷的眼神都识趣地离开。拜影剧院散场时的混乱所赐，应该没有人注意到凳子下紧握的双手。

即使如话剧主要演员都不敢上前打扰，更何况于晓之流也只得眼巴巴恨得牙痒痒地离开。

童佳佳由最初的小心肝火箭发射般狂奔至科报厅曲终人散，内心已平复了不少。

小锁握上她的手的那一刻，她竟没有放开。

"咳咳……"小锁貌似也有些紧张，他将另一只手置于嘴边轻咳一声，道，"那个，我有事和你说，你先别插话。"

"……"拜托，所有人都知道他要跟她说话，有屁快放啊，快要 Hold 不住了啊！亲，她连气都不敢大喘，早已丧失语言功能了好吧？

"咳咳……那个……"锁爷忽然觉得有些不自信起来，但狠了狠心还是出口道，"你觉得穆枝枝今晚表现怎么样？"

15.

你是她什么人

　　"你说啥？"佳佳不可思议地转头望向陈小锁，搞这么大阵势就是为了说这事？

　　那一刻，说不失落是骗人的。全世界都知道陈小锁他今晚举动异常，她童佳佳没有当场挣脱离开已经是下了大决心的好吧？可……竟然又是说这个？穆枝枝穆枝枝，又是穆枝枝！够了！

　　佳佳很生气，关于穆枝枝的事情，不要说她误以为小锁今晚跟她告白是因为他对她或许有对其他女生不一样的情愫，就是作为普通朋友，都已经谈崩了两次的事为什么还要一直过界？

　　"你先别急，听我说。"小锁见佳佳反应如此也有些急，他忙拉过佳佳欲挣脱的手道，"枝枝她最近一段时间很努力，她的进步是有目共睹的。今晚这场演出她真的很用心，我觉得你不能对她有偏见，撇开所有的不说，无论是她的外在形象还是她现在的实力都是你戏里女主角的不二人选。有她的加盟，你的新戏一定会加分的，再说，她还能帮到你进入总决赛，佳佳……"

　　童佳佳用力甩开小锁的手，眼里满满的失望，一字一句道："我宁愿退赛！"

　　陈小锁不似前几次的淡定，仔细观察就可以发现平常转上天的陈社长今晚很紧张，紧张得有些手足无措。

　　"佳佳！你不要任性，我……"

　　"行了，小锁，不要再说了，再说下去，我们恐怕连朋友也做不了了。"

　　不能怪佳佳嘴毒，陈小锁这作的，就是不想再做小伙伴了嘛，让全世界误会，一再打破她的底线。

童佳佳今晚之所以赴约，之所以没有在陈小锁握住她的手的第一时间挣脱其实真的是下了大决心的！

最近和波波相处久了，莫名地有种很不好的感觉让她心底发慌，那要不得的感觉比林宴的抛弃还让人恐慌。

人鱼波波五百岁了还是少年模样，若佳佳五百岁，那还不知道是撒在哪儿的一堆土，她要趁那小火苗在还没有燃烧得旺盛前赶紧扑灭，迫不得已，只好使出陈小锁这个撒手锏了。

毕竟人类之间的爱恨情仇再不靠谱也比异物种之间的恩恩怨怨来得叫人安心些。

"佳佳，你听我说。"小锁今晚是真心紧张啊，半天还没进入主题他真的很恼火啊。

"没什么好说的了，家里还有小孩等我回去呢，那……那就这样吧。"佳佳站起身就要离开。

"佳佳！童佳佳！"陈小锁气恼得要抓狂了，他狂乱地扫了扫头发，咬了咬牙豁出去道，

"童佳佳，你给我站住！"

佳佳顿了一下后不仅没站住，反而疾步而逃。

得，这么多年了，佳佳何曾这样忤逆过他？即使她还和林宴好着的时候最多也是工于心计地与他周旋，这会儿连应付都懒得应付了吗？

"童佳佳，你再敢往前走一步我明天就当着全世界的面向你告白！"

"咣当"一声，童佳佳同学在听到陈小锁这句话后摔了个四脚朝天。

陈小锁见着童佳佳的反应，不知为何，紧绷了一整晚的紧张心情忽地放松了下来。

他轻哼一声，恢复以往的不羁状，几步上前欲拉起摔在地上企图爬起在听到他的脚步声后再次摔在地上的蠢女人，可那女人就是那样笨啊，怎么会连平地都能摔，还一摔不起呢？

"德行！摔疼了没？摔哪里了？"好不容易将她拉起，可那蠢到爆的女人竟不敢和他对视，拿着个破包遮着脸你以为你是大明星见不得光啊！

"没……没疼……"佳佳拿包遮着脸鸵鸟般哆嗦地站在一旁不敢转身。

"我去，童佳佳！你再这样扭扭捏捏试试，看我……我不……"小锁看着她那怂样就气不打一处来，火爆脾气一上来差点儿又口不择言了。

哪哪，就这火爆脾气，若真不和他熟识绝对会被他那小白脸的艺术家气质骗昏不可，还好大家知根知底啊。本来都打算使出陈小锁这个撒手锏的，可不知为何，当事情朝着自己想要的方向发生时，佳佳又情怯了！

"我……我不是故意的。"继续鸵鸟，老天爷啊，她错了她真的知错了，小锁大爷真不是普通人玩得动的啊。

"你不是故意的什么啊不是故意的。"陈小锁很不爽，童佳佳这个反应是几个意思？

"你……你别开玩笑了。"佳佳将包包拿下，还是不敢看他。

"你……"陈小锁扫了下头发，原地左转一圈右转一圈，一副恨铁不成钢的模样。

佳佳又往门边退了退一副惧怕的表情，陈小锁看到更加抓狂："童佳佳，你觉得我拿这个开玩笑好笑吗？啊？"我去，告白什么的太没劲了，那蠢女人还敢走在他前面，童佳佳你是想死还是不想活？上次欲告白失败，这次只许成功不许失败！他陈小锁就不信了，凭他玉树临风英俊潇洒绝代风华人见人爱花见花开之貌还拿不下这个笨女人！

说完，他再不看佳佳一眼，竟径直从她身边走过率先出了科报厅。

佳佳愣在当场，一时不知该跟上还是干脆原地石化好了。

小锁走了几步见身后没动静停下脚步烦躁道："童佳佳，我数三下，你再不跟上，我就……你就试试看！"

"哦哦。"得到指示，尼玛，感觉人生都有了希望啊，童佳佳拎着包包就跟了上去，瞧这奴性。

"哼！"得，小锁大爷气场回来了，又开始趾高气扬了。

"小锁，锁爷，锁……"好吧，被陈小锁一吼，佳佳的气场也回来了，她屁颠屁颠跟在后面就像以往任何一次一样百般讨好道，"我们这是上哪儿去啊？"

陈小锁冷笑一声："一男一女深更半夜还能干吗？"

"纳尼？"不会是要开房吧？这也太快了吧？童佳佳很忐忑啊。

陈小锁回望一眼那纠结的小脸叹了口气："排了一天的戏，晚饭都没来得及吃呢，当然是去消夜啦。"

童佳佳如释重负："哦哦。"

"你这女人成天脑子里都在想些什么啊？"

"没……没想什么啊。"

"你想吃什么？"

"我……我不饿。"

"让你说你就说，今天就去吃你喜欢吃的。"

"可我真的不饿。"

"……"小锁忍无可忍，停步转头瞪她，这不解风情的女人真是神烦。

佳佳吞了吞口水，往后缩了缩，艰难地挤出一个笑容道："饿……哎呀，不知怎么搞的，突然间好饿啊。"

陈小锁满意地点了点头，孺子可教也。

夜色漫漫，两人走在静谧的校园里，陈小锁自我感觉非常良好啊有没有？

本来小锁欲去烧烤摊大吃一顿，但佳佳想喝粥，小锁为讨佳人欢心遂改变了主意。难得啊，多少年了啊，小锁大爷竟然纡尊降贵地配合她的口味了，佳佳捧着粥碗热泪盈眶啊有没有？

小锁看着佳佳捧着粥碗的呆样，没好气道："不就粥嘛，有那么好喝吗？给爷来一口。"

佳佳撇撇嘴，心道：你自己不是也有一碗，有手有脚的作什么啊作。

但不得已啊，佳佳不喂，小锁就微张着嘴僵持，这大晚上的大伙都看着呢，佳佳很想找条地缝钻进去啊有没有？

他是什么时候学到波波这一招的？这是陈小锁吗是吗是吗？童佳佳的世界观首次被人类小锁刷新！这事波波对她做感觉天经地义，可为嘛小锁做就这么别扭呢？

佳佳低头快速舀起一勺粥塞他嘴里。

"烫。"

"吹吹。"得，童佳佳这德行真是没救了。

喂完一口，佳佳就鸵鸟状地低头猛吃，假装自己不存在。

小锁也不急，耐心看着她快速喝粥，独自搅着自己碗里的粥酝酿了半天道："我们结婚吧？"

"噗……"佳佳一口气没上来，抬起头又不敢朝小锁的方向喷，只好转头吐了一地，吐完后还一直咳嗽，"咳咳咳……你说什么？"

小锁朝一旁黑脸的服务员赔着笑脸道歉后，又叹了口气："佳佳，你能不

能淡定点儿？"

"我？"这一晚上陈小锁有一出没一出的、说出来的话一惊一乍的，能淡定得了才怪。

"最近不是有个很热门的节目叫什么《我们结婚吧》？"

"……"我天，神经病啊吓死姐了啊，陈小锁真是疯了今晚！

小锁低头又搅了搅碗里的粥："两个没有感情的人在一起像新婚夫妇般生活，我觉得那节目挺有意思的。"

"啥？"什么意思啊，小锁啊，你有什么话就直说吧，今晚忘了吃药了吗？不要放弃治疗啊亲！佳佳要疯了。

"那不是有对很红的叫什么维尼……夫妇吗？"

"哦。"佳佳都没心思吃饭了。

"我……"小锁顿了一下，放低了声音道，"我觉得挺好，要不……"小锁不敢看佳佳了，低着头看碗里的粥弱弱道，"要不，我们也试试？"

哐当——得，佳佳又摔了。

"童佳佳，你丢不丢人啊？小儿麻痹还是怎的？一晚上一直摔？"小锁眉头深锁啊，至于吗，不就是想追她吗？她这晚上的反应真是伤人心啊！

佳佳艰难地从地上爬起，尼玛，这是得有多大的勇气才敢接受小锁同学这样直白的追求方式啊？

"不是……我说，小锁啊，咱能不开玩笑吗？一晚上你整得我心情跟过山车似的，吓死我了啊。"

"童佳佳，我最后说一遍：我没有在开玩笑！"

"……"佳佳呆住。

"喏，从现在开始吧，认真点儿行吗？童佳佳！"

"那个……"佳佳弱弱地举手，"认真做什么啊？"

陈小锁抚额，静默半晌，佳佳等得心慌慌。

半天他才嘟哝了句："还不快给我喂饭。"

"……"佳佳很想掀桌啊有没有？有这样泡妞的吗锁爷？谁要给你喂饭啊神经病！

正在气氛僵持不下时，一声电话铃声救了佳佳一命。

小锁接起电话，背过头，也没见他说些啥，就"嗯嗯"了几声挂了电话。

佳佳已经拎起包包准备走了，今晚信息量太大太猛，她需要时间好好地捋一捋，陈小锁喜欢她？开什么国际玩笑。

可还没待她出口道别呢，付完账的小锁就伸手牵起她的手走出粥铺了。

我去！尼玛！这是什么节奏！才说要追，还没搞清状况呢就牵手？这也发展得太快了吧？而且就小锁的方向，根本不是她出租屋的方向嘛！

童佳佳边试图挣脱边焦急道："不是……小锁，这是上哪儿去啊？这么晚了，我……我得回去啊。"

小锁没给她挣脱的机会："晚上润仔他们在大富豪开了包厢庆功呢，就等我们了。"

"什么？"

"为庆祝圣诞会演圆满结束，今晚社团活动，你也是社团的一员，必须参加！"

就这样，佳佳被拉到了 KTV。

她久未在话剧社露面，大伙怪想她的，这番出现，又是和老大一起，学校里关于他俩的传闻本就多，今晚两人排排坐，散场那会儿可是上百双眼睛看到那浓烈的奸情啊。

佳佳才出现呢，整个包厢就沸腾了，大伙热烈地起哄着，更有甚者已经脱了外套站在沙发上大喊"嫂子"了。

佳佳红着脸躲在小锁后面戳他的腰侧嘀咕道："快说句话呀，让他们别瞎说。"

小锁伸出双手比了个下压姿势，全场安静了下来。

他回头看了一眼低头害羞的佳佳再转头清了清嗓子道："大家今晚吃好喝好，我以个人名义请客！"

得，不但不解释，还要以个人名义请客，这是要欲盖弥彰冤魂不散六月飘雪的节奏吗？

小锁话才说完呢，大伙的呼应声就进入了另一个巅峰，佳佳倒地。

无论她如何解释大伙已经认定了他俩的关系，她闹不过大伙的热情只得留下唱歌，被众人以"恭喜"的名义敬酒不断。

待一番"轰炸"过后，佳佳已经微醺，小锁本欲护她，没想自身难保，被重点"攻击"。

而这会儿佳佳才得了空观察了一下四周，社里主要成员都来了，新进的柯

浅也来了，他身边坐着穆枝枝正亲昵地为他递水果。

原来是真转移目标了啊，不然就刚才小锁那架势，穆大小姐还不撕了她？

还在愣神之际，又一个师妹来敬酒，敬完后顺便问了下佳佳现在几点了，她手机没电了。

佳佳这才记起手机一事，赶忙翻开包包查看，刚才为了响应小锁认真看演出，一早手机就被关了静音，这会儿一看，艾玛，糟糕，完蛋了，怎么就十一点半了呢？还有，这三十八个未接电话四十一条短信是要作死的节奏吗？

波波不会发短信，短信内容一律用表情表达，整个心路历程一目了然，由一开始卖萌开心地发金币符号到略微愤怒到完全失控，尼玛啊，佳佳为毛有种毛骨悚然的感觉，这感觉令她颤了一下忽地站了起来，在喜气洋洋的包厢里略显突兀，连被包围的陈小锁都注意到她了。

波波圣诞夜加班前跟她约好的，让她去接他下班。他上岸后没有过过热闹的节日，佳佳也答应了要陪他好好逛逛清秋市的，为此昨日他还特意多泡了半天的水，这样可以让他维持成人状态到十二点，这会儿已经十一点半了！

哦买噶，本来算得好好的，看完话剧九点，刚好去接他下班，怎么就给忘了呢？

佳佳心急如焚地拿着手机冲出包厢去回电话，这会儿波波应该是人鱼形态在家泡水，反正事已至此，也只能这样了，回头再好好哄哄他。

电话才拨就接通了。

"喂，波……"

"佳佳，你在哪里？你是不是死了啊？"

"……"头顶一群乌鸦飞过。

尼玛，五岁稚童带着哭音问她是不是死了这要怎么破？

"佳佳，你死了以后，波波可怎么办？"得，真哭。

"停，停停，谁死了啊？我这不好好的吗？你别哭啊。"

电话那头是哽咽的声音："你……你失约波波还夜不归宿难道还觉得有活路吗？佳佳，你死得好惨啊。"说完还打了个哭嗝。

"……"童佳佳石化当场。

"你现在在哪儿？和谁在一起？"

"我不是死了吗？"

"如果你还想重生，马上报上地址。"

"我……我在外面。"佳佳看了看包厢的方向，里头正热闹呢，估计一时半会儿还走不了。

"外面？现在几点了！昔拉说像你这样夜不归宿的女孩在你们国家是要浸猪笼的！"

本来还对美男鱼心存愧疚的，这番对话下来，佳佳决定唱会儿歌再回家。

"你在家里好好看片休息，我过一会儿再回来。"

"童佳佳你当我好欺负吗？你这个大骗子！"

"好好好，今晚是我的错，可现在都这个点了，平安夜都快过了，再说你现在也不方便出来啊，要不明天晚上我再好好补偿你？"

"骗子！佳佳是个大骗子！"

佳佳把手机和耳朵隔开一个距离，要命，稚童波波的声音真是太尖厉、智商真是太不可思议了！

"你到底要怎么样嘛？"

"在哪里？"

"好啦好啦，在'大富豪'唱歌呢。"晕，告诉他在哪儿也无济于事啊，他那副样子，等等，五岁稚童？按道理说这个点是他最虚弱的时候，无法维持人类形态啊。怎么回事？

"哼，你等着，童佳佳！"

"喂……喂，你怎么不泡水啊？"话还没说完呢，电话那头就挂断了。

佳佳觉得很无奈，美男鱼什么的心思真是难琢磨。

佳佳挂了电话回了包厢，小锁朝她挥挥手，她坐了过去。

"给谁打电话呢？"

"哦，波波他儿子，小孩子肚子饿了，他爸爸又不会做饭。"佳佳硬着头皮编故事。

一听波波的名字，小锁脸就黑了。

"佳佳。"

"啊？"佳佳拿了块西瓜咬了一口回应道。

"佳佳，我们给他们父子俩另外租间房子吧？你们孤男寡女住一块儿影响不好。"

"噗……咳咳……"佳佳噎着了，小锁忙给她递了杯水。

"或者，你搬回宿舍住？"陈小锁继续苦口婆心。

"啊哈哈，那个，波波每天都要打工，小孩没人带，人家好歹是我的救命恩人，多帮衬点儿是应该的。"

"那你晚上回宿舍住嘛。"

"呃……这个……"

"社长、学姐，你们的歌到啦，唱起来吧！"在佳佳支支吾吾之际，众人已经一窝蜂地拥了过来，不一会儿两人手上就被塞了话筒。

"啥歌啊？我没点歌啊。"佳佳一头雾水。

再说了，让陈小锁唱歌？那还不如让他裸奔来得痛快吧？反正自认识到现在任何场合佳佳皆没听过小锁唱过。

众人给他们点的是任贤齐和徐怀钰的那首《水晶》，佳佳唱歌有些走调，但贵在声音好听，勉强压着拍子唱歌倒是能唬唬人，至于小锁……她确实不知道他能唱。

但深藏不露的小锁大人今晚就是来刷新大伙世界观的，尼玛，一开嗓就全场安静了，声音婉转悠扬，略带沙哑的男中音如暖暖的海风般温柔地在你耳畔萦绕，早已不再是少年时尖细的变嗓期了。

长相迷人已经够天怒人怨了，唱歌还好听，那深情的小眼神和着歌词朝你温柔一瞥，心肝儿都在打战啊。

佳佳被小锁望着，不自在地盯着屏幕跟着合唱。

"我和你的爱情，好像水晶，没有负担秘密，干净又透明……"

一曲终了，大家还在回味。以往唱K，小锁同志何曾纡尊降贵高歌过？今晚真是给了天大的面子啊，佳佳的心已经彻底凌乱了。

为今晚小锁的异常为两人合唱的歌词为他那最后的情深一瞥……

陈小锁的情意再明显不过地表达开来，在场的诸位，几家欢喜几家愁啊。

但还是祝福的多，众人很给面子地开始起哄："在一起！在一起！在一起……"全场气氛攀上今晚的高潮，一时起哄鼓掌声绵绵不止，却在这时，包厢的门被猛地推开。

一风霜满面的男子怒气冲冲地踏了进来，众人还在逗乐，没注意到他，男子环视室内一圈，锁定目标，径自穿越人群，拉起被围在最中间的女子之手就要强行带走。

佳佳刚被闹得想钻地缝，又被人强拉起身，踉跄地差点儿摔倒。

帛曳才拉起佳佳就被人挡了道。

陈小锁的脸色不比他好看到哪里去，他瞟了一眼帛曳后便盯着他身后的佳佳："你这是要跟他上哪儿去？"

突如其来的状况令在场众人慢慢安静下来，这……玩的是哪出啊？

佳佳喝了点儿酒又被闹得头晕，还没看清拉她的是谁呢，这一安静下来仔细一看，我天，波波怎么来了？还有，都几点了，他怎么还能维持人形？而且还是成人形状。

"她跟我去哪儿你管得着吗？你是她什么人？"波波不屑回道。

16.

二王一后

陈小锁微眯着双眼，盯着眼前和他一般高的男子，袖下的手已握成拳。早就看他不顺眼了，仗着救佳佳一命就敢一而再再而三地当他的面带走她！真当他陈小锁是吃素的？若是个普通男子也就罢了，不就多个竞争对手嘛，他陈小锁也没在怕，可尼玛，就冲他带着个拖油瓶他就不答应！以为佳佳没人要啊？随随便便都敢来追啊！那不是鄙视他陈小锁大爷的眼光吗？

两人剑拔弩张之势一触即发，佳佳如冷水浇头完全被吓得清醒过来。

她忙将波波拉到身后站在两人之间调和道："别冲动别冲动，大家唱歌唱歌，没事哈，我……我哥他没来过KTV，也想凑凑热闹，小锁，小锁别这样，来的都是客嘛，给我个面子，坐坐……唱歌唱歌，我再和你唱一首，你要唱什么？艾玛，小锁你唱歌真是太好听了，再唱一首……"

佳佳朝众人使了使眼色，大家立马会意，忙跟着起哄："再来一首！再来一首！"

波波被佳佳硬拉着找了处位置坐好，往他嘴里塞了几块牛肉干以示安抚后，拿起话筒拉过陈小锁去点歌了。一场闹剧总算暂时化解了，但暴风雨前的世界总是太过于平静的，平静的表面下在酝酿一场更大的风暴。

同学们很给力地为他们点了一首《美丽的神话》，陈小锁气还没消呢，但奈何手里被塞了话筒，屏幕上也亮起了字幕，身旁还有心上人一脸卖萌地讨好，罢了罢了，先唱一首再说吧。

而被安置在角落塞了一嘴牛肉干的美男鱼没那么容易罢了，他双手交叉环胸阴沉着张脸，如果能忽略他因为嚼牛肉干而不停大幅度蠕动的右脸颊，这造型还真真符合酷帅狂霸转炸天的气质。佳佳唱歌之余斜眼偷偷望去，哎哟，简

直无法斜视啊，这样扭曲着脸目露凶光，似是要将她同她身边之人剥皮拆骨入腹的人鱼儿还真是难得一见啊，除了在海里撕碎鲨鱼那一刻露过这副表情外……思及此，佳佳打了个寒战，赶紧回头看屏幕唱歌。

场面被控制住，那些见美男鱼后连魂都丢了的社团女同胞彻底疯魔了，各种不怕死地靠近频频献殷勤。原本全场陶醉在小锁社长的歌声里的人刹那间就倒戈了一半，人鱼波波的美色哟咋就这么不科学呢，明明是扭曲着嚼牛肉干的脸嘛，哪里来的美感啊！佳佳很想摔话筒啊！身旁唱歌的男神已经被场内气氛气得走调两次了，再这样下去，她待会儿还怎么圆场啊。

艾玛，疯狂的人类，果然是异物种相吸啊！人兽什么的真是重口味啊！

一首歌唱得佳佳是心惊胆战，还好，场内还有几个有点儿眼力见的同学，歌曲一结束，立马切歌，得，接下来几首都是小锁和佳佳的合唱。在还没想到对策之前，能拖一秒是一秒了。

唱着唱着，小锁的心情渐渐平复，本似一头随时要爆发的么毛小狼崽，这会儿因为佳佳讨好地陪唱好几曲而慢慢平息怒火。

哼，再帅有什么用，佳佳还不是只站在他身边！一想到这里，小锁心底竟冒出一点儿小喜悦！

他这可算是顺毛了，可那厢美男鱼可没那么容易消停，随着时间的推移，佳佳连个斜视都没赏给他，人鱼波波彻底怒了！

不知过了几首歌的时间，他忽地站起身子，推开有意无意挤在他身边的男男女女，上前几步就到了点唱机旁。热闹的包厢一下变得诡异的安静，只剩音响里传来悠悠扬扬的歌声，连一直旁观幸灾乐祸的柯浅也不免被他的气势吓得往旁挪了挪。

就连陈小锁都被吸引了目光，唯有佳佳破罐破摔般沉浸在自己的歌声里没有注意到波波的举动。

波波看了一会儿那屏幕构造后，就挤开傻坐在一旁的同学坐了下去，只见他修长的手指在屏幕上上下下点了几下后，便毫不犹豫地点了屏幕下方的一个按钮。

很好，随着他这根手指触及屏幕后，音乐戛然而止，全场肃静。

佳佳这才回神，可还不待她有所反应，波波就已经走至他们跟前，一把抢过陈小锁手上的话筒，挤开他道："不就是唱歌嘛，谁不会，一边儿去。"

"……"陈小锁还有些难以置信，切歌？这世上还有活着的物种敢切他的歌？他不是在做梦吧？

"给爷停下！"从小到大，陈小锁哪里受过这气，何况还是在自己的地盘，忍无可忍无须再忍。他撩起袖子就要扑上去干架，这回佳佳总算是回魂了，她几步冲上去拦抱住欲化身为狼再有可能被条鱼打成肉泥的挚友。

"小锁，小锁，等等，给我个面子，让他唱，我啥都答应你，你别冲动！"佳佳是埋着头贴着他的胸说的，那会儿音乐刚刚响起，人鱼很会制造气氛。当然，这也跟他庞大的粉丝团有关，也许同学们也不想把事情闹大，见佳佳上去安抚社长，大伙也就起哄着鼓掌让波波唱了。

所以佳佳的话只有陈小锁听得到，爱情的力量有多大？呵呵，这力量是铁！这力量是钢，比钢还强比铁还硬，这不，连武力值爆棚的夵毛小狼崽都给制伏了！

美人投怀送抱，小锁同学自然消受了，顺势将她搂在怀里，低头凑到她耳边道："你说真的？"

佳佳连忙点头："嗯嗯。"

不知大家有没有过这种感受，就是心底留着块种满花海的地，本因土不肥雨不丰而枯萎惨不忍睹，可一刹那如拨开云雾般遍地花开，璀璨夺目，小锁此刻的心情就是如此。

虽然心花怒放，嘴上却还故意翘气地哼哼，环着佳佳的手也不肯松开，直至听到那厢话筒里传出"歌声"后……

只听"唧"一声刺耳魔音传来，原本热闹的包厢瞬间安静，随后在一连串调不成调音不成音的歌声里，众人皆整齐划一地捂住了自己的双耳。

小锁本想着好不容易佳人在怀，能忍则忍，可是没法忍啊我摔，这货唱的不是歌，是生命啊，还是别人的生命啊！

一首歌才唱两句就将情敌的攻势化解，也只有我们的美男鱼波波了。

很快，捂着耳朵也无济于事了，波波不唱大家还不知道这包厢音响效果这么好，那一句句撕心裂肺的号叫无孔不入地寻找缝隙钻入他们的世界，蹂躏他们的耳朵、心、肝、胆、脾、肺……

第一个吐的人跑了出去，紧接着第二个、第三个……

佳佳是在一片开门关门声中清醒过来的，清醒过来的她脑海里的第一个想法就是冲出去呕吐……

但她的手才放在门把上就被人摁住，包厢安静了那么一会会儿。

"佳佳，我唱得真有那么难听吗？"

波波很受伤，身为二十一世纪最后一条美男鱼沦落陆地被人欺不算，还没有美妙的歌喉！简直叫人心疼得天怒人怨啊！

波波在唱到第二句时就注意到周遭的情况了，但他还不死心，直到连佳佳都忍不住落跑时，那满心的委屈失落油然而生。

他往左挪了几步，伸出手轻轻地拽着佳佳的一片衣角，屏幕上的光衬着他雾气蒙蒙的一双眼，委委屈屈地瞟向佳佳，就像被人遗弃的小犬，说不尽的可怜样，再加上今晚的失约种种，佳佳的心都疼化了。

恨铁不成钢哪，童佳佳这毫无立场可言的骑墙派，美颜控的走狗，色字头上一把刀，一失言成千古恨哪！

童佳佳被迷得神魂颠倒，那欲踏出的步子收了回来，面对眼前的绝色违心地摇了摇头，无比认真道："怎么会呢？简直就是天籁！"

此话一出，全场绝倒，来不及奔出门的当场吐了出来，因为在得了佳佳的肯定后，人鱼波波就彻底陶醉在了自己的歌声里……

音痴最悲哀的是不知道自己是音痴！

世界如此美好，你却如此暴躁，这样不好……陈小锁吸气再呼气再吸气，为拯救众社员终于挺胸而出切歌了。

但还没完，波波因为太投入，好吧，或许是伴奏旋律什么的根本就不在他的字典里，被切歌还不自觉的音痴波波继续高歌……

一时，没有了伴奏的人鱼歌声刹那间响彻包厢，冲出墙体，扩散至整个KTV……

也许是歌声太过于惊悚，不得已，在KTV老板派了服务员出马下，费尽口舌，波波才义愤填膺地摔了话筒，独自坐在一边生起闷气来。原本围绕在他周围的蜂蜂蝶蝶因为刚才那首太过于震撼的歌曲一时竟不敢上前叨扰。

波波落寞地坐在角落，越发可怜。

奔出门外躲避魔音的社员们陆续回来，为了缓解尴尬，大伙争着互相敬酒，好似刚才发生的一幕根本没发生过。

佳佳望着在角落里黯然神伤的美男鱼，欣慰地笑了。若干天前的那晚记忆犹新啊，很想叉腰仰天大笑有没有，终于有人同她一起欣赏到了二十一世纪最后一条美男鱼的美妙"歌喉"了，她不再是一个人了有没有？

收起幸灾乐祸的心情，本着人道主义精神，佳佳决定用人类宽广的胸怀温暖受伤的美男鱼。为了消除波波带来的恶劣影响，众人一口气给刚被封"神"的陈社长点了五首歌，大家都需要洗耳。小锁撇撇嘴没说什么，拿起话筒唱了起来。

"喂。"佳佳坐到波波身边，用手肘拱了拱还在伤心的美男鱼道，"其实……也没有那么糟啦！"

波波立马抬头，晶亮的一双眼期待地望向佳佳。

佳佳一窒，忙咳了一声："只要不唱歌，你的声音还是蛮好听的啦。"

"……"人鱼要哭了。

"咳咳。"佳佳别开头，嘴角神经质地抽了抽，再次违心地说了句不怕天打雷劈的话，

"伴奏走调了，你才唱不好的。"没错，都是伴奏的错！词曲作者的错！话筒的错！音响的错！液晶显示屏的错！沙发的错！人类的错！这个世界的错……总之，宝贝人鱼波波没有错！

波波本还欣喜期待的表情瞬间垮塌下来，再也紧绷不起来了。

佳佳忙为他倒了杯茶水："别泄气嘛，你听听小锁唱的，他以前读高中那会儿唱得比你还差一万倍呢，现在不也成歌神了吗？我们人类有一句话是这么说的。"佳佳思索了一会儿道，

"只要工夫深，铁杵磨成针！"

波波抬头略蒙："……"

"就是……就是先天不足，只要后天够努力，音痴也能变歌神的意思！贵在坚持不懈持之以恒！"一说完这句话，佳佳就后悔了，如果波波将她的话当真，每天练歌怎么办啊？我摔！

但是，人鱼的思维你永远也别猜啊亲！异物种沟通什么的真的需要耐性啊亲！

"唉！"波波叹了口气，佳佳的心提到了嗓子眼。他看了一眼佳佳后道："后天我答应了三个老板的促销活动，没有时间练歌啊。"

"……"尼玛，"后天不足"是这样解释的吗？

佳佳默默将波波手中的水杯拿了回来，悲壮地抿了口后开始专心地听小锁唱歌。

三首歌后，大伙似乎终于缓回了劲，那些不甘寂寞的花花草草又开始前赴后继地黏了过来。

可能因为刚才波波唱歌时他们太不捧场，这会儿良心发现的大伙纷纷端起酒杯来谢罪了。

唱歌已经够让佳佳操心了，这会儿竟然还敢上酒？想起前几日波波醉酒一幕，佳佳死了的心都有！

一杯酒端至波波跟前，因为情绪低落，波波没在意地接了过来，碰了碰杯子就要一干而尽！

"等等！"佳佳手疾眼快地抢了过来，赔着笑对敬酒的同学道，"他不会喝酒，我替他喝，我替！"说完，也不待其他人的反应就端起杯子豪爽地喝干。

波波抬眼望她，嘴唇动了动，终究没说什么，继续低头玩手指装忧郁。

一杯接着一杯，佳佳如同波波最忠实的酒保，兵来将挡水来土掩，没一会儿就喝了大半圈，原本在一旁唱歌的陈小锁也不淡定了。

什么玩意啊，一个大老爷们还让女的替他挡酒！还有，童佳佳是什么意思！当着他的面红杏出墙（小锁同学已经自动地被佳佳男友附体了）？反了天了！

越看越脑，越想越气，小锁同学摔话筒了！

他将话筒扔给别的想唱歌想疯了又不好意思抢社长话筒的同学，自个儿倒了两大杯啤酒挤开人群来到了波波身前，沉着脸道："是个爷们就喝了这杯！"

佳佳惯性地接过那杯子："我替我替。"

她不吭声还好，这一出口，小锁彻底怒了，他抢过佳佳的杯子吼道："童佳佳，你这是替我喝还是替他喝呀？这杯酒你敢替他喝试试！"

"……"佳佳抖了三抖，有些孬了，可是……波波喝醉的话遭罪的还是自己啊有没有？而且，如果她没记错的话，美男鱼波波喝酒好像会变身啊有没有！童佳佳，为了今晚的幸福坚强点儿啊！她默默给自己打气，狠狠心还是欲上前抢杯子。

可是，就在此刻，一直卖弄演技玩忧郁的美男鱼小王子却先她一步夺过酒杯，开口说了句话，在全场还没反应过来前，仰头喝尽了手上的一大杯酒。

"我喝了这杯酒，你以后就别再纠缠佳佳了！"
佳佳："……"

小锁："……"

全场："……"

得，乱了，乱了，这世界彻底乱套了，陈小锁遭遇了前所未有的危机感！被一个带着拖油瓶的小白脸当众挑衅了！

"你说什么？我%……&*……"陈小锁心中的怒火熊熊燃烧啊，这货是想死还是不想活啊！他凭什么说这话，这不要脸的混账东西，锁爷的火爆脾气是出了名的，被当众接连"打脸"那还了得！怒火已经到了临界点，也来不及细想，几步上前就是要狠狠打一场。

可我们的童佳佳同学在波波豪气地喝掉一大杯高度啤酒后，彻底"斯巴达"了，还不等陈小锁爆发呢，她自个就先爆发了，脑海里浮现的是波波当场衣服裤子爆裂变身人鱼的场景……难以想象啊！

"波波！"佳佳抢在小锁前一把搂住已经立即起酒精反应的某鱼，哦，不对，不能说搂，应该说是拖拽。

她一边尴尬地对周遭的人赔笑脸，一边拽着波波往包厢门口走，抱歉道："不好意思各位，我突然想起家里的水龙头没关，大家别管我，吃好玩好啊！"

"什么水龙头没关？昔拉在家，没事……"波波打了个酒嗝，脸颊升起一团红晕，眼神迷离，就着佳佳拖拽的动作整个人顺势扑在了她背上，双手搂着她的脖子，头埋在脖颈处轻轻地来回磨蹭，说不出的腻歪。

佳佳扯着他的手臂，呼吸困难："勒死我了你，放手……"

"不勒不勒……吹吹，吹吹。"那货果然松了松手劲，还真不要脸地呼气了，周遭众人都脸红了。

瞧这宠溺来宠溺去的，怎么看都是在调情啊我撵！陈小锁同学的小宇宙彻底爆发了，他一甩手，几步上前就将佳佳拉离了怀抱，顺势将还在借酒疯撒娇装痴的小白脸用力往后推去。

波波醉酒无力，这一推竟被推至墙角，又无支撑点，就那样轻松地摔在了地上，"砰"一声撞墙了，众人皆倒吸了口凉气，那后脑勺撞得可疼吧？瞧那声音，啧啧，幸好没撞着脸，不然那等花容月貌就可惜了。

完了，佳佳脑海里生出的第一感觉就是：完蛋了啊！这种局面要怎么破？

从小到大头回桃花这么旺啊，自从和林宴分手后，这……这吸引异性还有异物种的速度也太匪夷所思了吧？

在"大战"爆发之前，佳佳做出了有生以来最出格最果断最亮瞎众人狗眼

的举动！这对众人来说也很匪夷所思好不好？

早知道二人有奸情，但要不要这样明显啊，男神又倒了一个啊，不过，帅气导演和美女大作家什么的摆在一起怎么就那么般配呢！

佳佳在情急之下作出的举动就是，以迅雷不及掩耳之势弹跳起身，强搂过欲上前继续拼个你死我活的小锁大爷的脖子，"吧唧"一个响亮的吻印在人右脸蛋上，然后凑到他耳畔，姿势暧昧得要爆表，以两人才能听到的声音道："穆枝枝的事我同意了！今晚就此打住，我先把波波带走了，他儿子还在家嗷嗷待哺呢，有什么事明天再说！"

说完，也不管已经集体扑街的众人或泪光闪闪或嫉妒羡慕或如释重负或幸灾乐祸或祝福星星眼的注视，也不知哪里来的神力，瞬间化为怪力女汉子，几步上前，一把扯起还坐在地上迷迷糊糊的波波，半拖半拉地就出了包厢。

事情发生得太突然，陈小锁这货完全不在状况，幸福来得太快，毫无真实感啊有没有，刚才她亲的是左脸还是右脸来着？童佳佳刚才亲他了？嗷闹！还让不让人活啊！

全场已经由呆愣渐渐变成窃窃私语，可咱们的社长大人哟，还站在原处摸着脸傻笑，包厢里闪烁的灯光照在他脸上，滑稽得像个小丑，可是看起来那么满足。

等他清醒过来时，佳佳已经拖着波波消失了，高兴过了头的小锁不禁皱了皱眉。

目睹全程而不发一言站在柯浅身边的穆枝枝终于有了一丝表情，她轻轻叹了口气，柯浅回头望去时，竟看到了一丝苦笑。

原以为这女孩是只骄傲得永不低头的孔雀，没想到竟然也有无奈得像只豁达的小麋鹿般的时候，柯浅有些诧异，对枝枝有了些改观。

佳佳好不容易将波波拖出KTV，已经累得满头大汗。

她这厢已经是累得身心俱疲了，那厢还在状况外的美男鱼却还在发酒疯。

"你亲他！我都看见了！童佳佳！你不要脸！"波波不愿再往前走，竟耍赖地蹲在地上开始呜咽。

"……"佳佳使劲欲拉他起来，可根本拉不动。

"你竟然亲他！还当着我的面亲他！童佳佳你无耻！呜呜……"得，还真哭上了，可为啥没有一滴眼泪呢？

"一个Kiss能化解一场战争，那不是还有得赚？"佳佳见着他那赖皮样觉得好笑，蹲下戳了戳还在假哭的包子脸，没错，不知是酒精过敏还是怎的，这会儿波波的脸蛋又红又肿，好像胖头鱼。

可能是因为避开了众人的视线，这会儿已把美男鱼拖至人迹罕至的小巷子里，神经紧绷了一个晚上的佳佳有些放松下来。

"童佳佳，你无耻你不要脸你这个卖弄风骚的好色之徒！"波波被戳脸很不爽，他喝了酒，浑身燥热，很想大吼大叫，很想跳舞，很想奔跑，很想跳到海里绕着太平洋游个一百圈，很想高歌一曲，很想指着眼前女人的鼻子痛痛快快地大骂一场！想他堂堂地球上唯一一条快濒临绝种的美男鱼，巴巴地来到陆地，竟然看上这么一只水性杨花的雌性人类，就恨自己有眼无珠！

"……"哟，竟学会用成语了，果然是个聪明的异物种啊！可是……无耻不要脸卖弄风骚好色之徒？这是在骂她还是在骂她还是在骂她啊？她童佳佳跟他什么关系，要和别人怎么着干他啥事啊？这条鱼管得也太多了吧？再说，刚才情急之下做出的举动还不是为了救他！这条养不熟的白眼鱼！童佳佳翻了个白眼无动于衷。

见佳佳一脸不知悔改的样子，波波更是气红了眼，不仅是眼红，脸也越来越红，越来越肿，隐隐约约头顶似乎还冒着烟，难道这就是传说中的"死鱼眼"和"气得冒烟"？佳佳有点儿不淡定，脑海里迅速掠过上回波波喝醉时的情景，没啊，没冒烟啊，现在这是什么情况？

还不待佳佳疑惑，波波已经猛地站了起来，居高临下指着她的鼻子大吼道："人类！你刷了我的鱼尾，还抱过我的足，今天不仅放我小鸟，刚才竟还敢当着我的面亲别的人类！你真是下流！下贱！下三烂！"

"……"小鸟？放他鸽子的意思吧？还有，这粗口爆得有点儿多了哈，都上哪儿学的啊？被他一口气骂了这么多，童佳佳竟有点儿心虚起来，这为了隐瞒波波的人鱼身份和小锁搞暧昧好像……确实不妥！

可是她今晚也不是一时冲动对小锁做出那些事的，小锁对她的心意已经再明显不过了。从剧场看话剧到KTV对她的照顾或明示或暗示的告白都慌了她的阵脚，近段时间为忘记林宴而对波波产生越来越深的依赖更是让她乱了阵脚。

在对比波波和小锁，怎么看也是身为人类的小锁来得靠谱啊！

所以佳佳刚才一狠心，下了决定，做出了连她也不敢想的举动，但在跳起来亲上去的那一刻，佳佳是抱着一丝侥幸的，若小锁今晚所做的一切不是开玩笑，

那她也不再封闭自己的内心，认真一回！

就算前路坎坷，头破血流也要试一试。

想要义无反顾地再次尝试爱情的甜美，时间和移情别恋是治疗情伤的良药。可她和小锁想要进一步发展，这条美男鱼确实是个棘手的障碍，有他在一日，她和小锁之间就会有道无形的间隙，很有可能因为这条美男鱼，她和小锁的爱情在还没开始时就夭折，说不定还得赔上这么多年的友情。

可是，美男鱼波波又不是自己想要赶走就能赶走的，毕竟人家的珠子还在自己肚子里，要不，告诉小锁真相？

不行，一想到帛曳对待海底生物的狠劲，她就不敢冒这个险，万一秘密暴露，帛曳恼羞成怒杀人灭口怎么办？还有，小锁知道了会不会将美男鱼的事泄露出去？这样对波波也不安全。

知道二十一世纪末最后一条美男鱼秘密什么的真是个沉重的负担啊！童佳佳有生以来第一次感到这么空前的纠结和绝望！

那种不管不顾想要披荆斩棘再爱一场的勇气瞬间消失得干净，没错，迫于美男鱼的威胁和一条鱼不清不楚的情况下又和小锁暧昧不清，她果然是个水性杨花卖弄风骚下流下贱下三烂的愚蠢人类！

顿时，佳佳觉得无比气馁，她叹了口气垂下了头，没错，她确实如此不堪，林宴走了，小锁也会看不起他，最终，眼前这条美男鱼也会离她而去。

见佳佳没回应，波波更加气恼，但身体的不适让他无法再度发飙，他感到很不舒服，不仅是越来越肿的脸挤得他五官难受，而且浑身都在发烫，温度越来越高，全身好像下一秒就要爆炸般，这种烤全鱼的节奏要怎么破啊？

水，好需要水！

"佳佳……"波波难耐地扯了扯束缚在脖子上的领口，全身都在渴望水源，不行了，即将爆裂的感觉从脚底往上四窜至五经八脉，他无助地唤着眼前女孩的名字，自己最脆弱的一刻竟然最依赖的是这个脆弱的人类……突然感觉鱼生好绝望。

佳佳还在自我检讨，自责懊悔一蹶不振，没有发觉波波的异常。

17.

纠结的人生很需要解释

"水……佳佳……"波波已经站立不稳，摇摇欲坠。

"没错！"佳佳一拍额头似是终于走出了死胡同想通了般，"我就是个一事无成的废物！我不配得到小锁的青睐！"

得，想了这么久就得出这么个结论？但凡帛曳此刻还有一丝力气也必将她一把撕碎，这个愚蠢的人类！

"佳佳……"我去，他都快难受死了好不好，她就不能抬头看看他吗？先前为了个人类跳海跳楼现在又为了个人类弃他不顾，名叫"童佳佳"的人类你够了！

"好！明天开始我就好好复习功课创作专栏在没弄清楚自己的感情前再不胡思乱想朝三暮四了！"童佳佳猛地站起身子像是宣誓般伸出一个拳头信誓旦旦道。

当四目相对时，她才发现波波的异常。

"波波你怎么了？"佳佳上前扶住已经摇摇晃晃的波波。

"帮……帮帮我。"没法子，在最脆弱的时刻，他还真离不开这傻傻的人类，说完这句话，波波就再也发不出声了，嘴巴也被挤得变形了。

波波眯瞪着张细长鱼眼，虽然已经肿胀得看不清眼睛的位置，但佳佳就是能感觉到他朝她翻了个死鱼眼。

脸已经肿得挤开了五官，波波已经无法发声，扭曲的五官让佳佳无法直视，她稍微移开了目光，但又觉得这样的紧要关头还"颜控"真是有点儿不善良，遂又赶紧转回头焦急地想着解决方法，心里还是忍不住偷偷吐槽：这要是让波波的"粉丝团"看到他这个样子，不知道要有多少"粉丝"为自己喜欢这么个怪物而羞愤自杀了。

这酒精过敏也太诡异了吧？佳佳脑海里迅速勾画起此刻所在地的周遭地图，忽然灵光一闪：有了！来不及细想，佳佳拖着还没变身的美男鱼出了巷子。

人在危急时刻的潜力是无穷的，佳佳这孩子尤甚，别看她平日里软软糯糯毫无主见，被林宴被陈小锁甚至被美男鱼波波搓扁揉圆牵着鼻子走，但关键时刻，还是会爆发小宇宙的。

从小巷出来，只用了七分钟，在美男鱼变身的最后一刻，佳佳顺利地将他带进了间温泉会馆，并顶住各方压力要了间独立包间的小池。

美男鱼离不开水，不要说它今天已经很不正常地在午夜维持成人模样，就是在灌了一大杯啤酒后不可思议地变形就已经够惊悚了，佳佳唯一能做的就是将他带到有水的地方。

一接触到水，波波那沉重混浊的呼吸终于有了些好转，身上的肿胀也舒缓了许多，水下的长腿慢慢合并渐渐变成条漂亮的金色鱼尾。

还好在入水前将外套什么的全部扒了，不然待会儿还得给他找衣服去，这种变身就要买新衣的节奏是要破产的节奏吗？

累得满头大汗的佳佳这会儿瘫软在温泉池子旁，感觉不会再爱了。

波波沉在池子里半天没有反应，要不是那从池底微微漾起的水纹，佳佳觉得他是不是挂了也不一定。

太安静了，安静得有些不正常，佳佳还是有些担心，她起身弯腰趴在池边小声唤了声：

"波波，现在感觉如何？"

"……"

"波波，你没事吧？"佳佳皱了皱眉。

"……"池底冒出了一个泡泡。

"波波，你别吓我。"佳佳感到不安。

"……"

"波波！"不会是死了吧？

佳佳已经站起身，脱了外套挽起袖子，伸手进池子里搅了搅，没动静。

佳佳有些急，正准备再往下探时，入水的手掌忽地被双手掌握住，似乎意识到什么，佳佳赶忙往后仰去，却来不及了，美男鱼在水下的力气那可是连吃

187

菠菜的大力水手都不及的啊。

"扑通"一声，佳佳光荣落水了。

在水里"垂死"挣扎了几下后，她就被顺利地拉到了水下。温泉水很温暖，没有什么不适，但是，很快，氧气就不够了，佳佳还在奋力挣扎，尼玛，变身又酒精中毒变形的美男鱼真是不可理喻啊，这是要杀了她还是杀了她啊？回想起刚才波波因为她的忽视而恼羞成怒的场景，佳佳有种：完了，今晚要栽在这里的错觉。

不知是不是因为肚子里有人鱼珠子的关系，几分钟过去，佳佳在水底竟然能够自由呼吸、清晰视物，力气竟然也比在陆地上大起来，几乎能与波波势均力敌。

待她慢慢适应水底的环境后，也弄清了波波的意图，他不惜一切代价地欲将脑袋凑过来，目的好像就是她的唇。这是几个意思？报复她亲了小锁的脸颊吗？

等等，望着波波依旧变形扭曲的脸蛋和斑斑点点红痕的上半身，此刻他正试图一边用一只手压制佳佳，一边用另一只手时不时地挠着身上的红斑，佳佳猛然意识到什么。

他没有珠子！他说过美男鱼的珠子很重要！

追寻珠子，求生的本能，意识到这点，佳佳逐渐放弃抵抗，波波顺势将她拉进怀里，迫不及待地朝她的唇亲吻下去。

佳佳起先是瞪着一双大眼，但随着亲吻愈加热烈，慢慢地闭上了眼睛。

波波的情绪似乎越来越激动，不知何时，舌头已经伸进来不停地邀请纠缠。佳佳略微感到不适微微挣扎了下就被更紧地搂抱着，后脑勺被摁着容不得她退后半分，好霸道的美男鱼！

罢了罢了，如果这次能够顺利将珠子吸回去就不和他计较了，以后人珠两清，谁也不欠谁，再也没有关系了！这样，所有的纠结不安都没必要了。

思及此，心一安，佳佳便彻底地放松下来。感觉到佳佳的放松，帛曳缓缓睁开眼睛，眼前的女孩毫无戒备地闭着眼睛缩在他的怀里。

她柔软的黑色长发缠绕着他的身体，终日紧锁的眉头终于彻底舒展，弯成一道好看的弧度。她的眼睛很大很亮，眼角无论何时都微微往上翘着总有些不可一世小骄傲的感觉，可惜现在闭上了。鼻子不算太挺，却娇小可爱别有一番风味，还有她的唇，不厚不薄，唇色淡红，湿润柔软，最要命的还是嘴里那不安分的小舌头，像只小泥鳅一样狡猾，纠缠得紧了它会躲。不搭理它了，它反而来缠……

不知别人的喜好如何，反正帛曳觉得很满意，她是那样弱小，似乎他一使劲就能将她轻松撕裂，是谁给她的勇气让她这样信任他的？

似乎感觉到帛曳不专心，佳佳竟然主动伸手搂住了他的后背，帛曳身子轻微地僵了一下。

难道伸手回应还不够？真是异物种鸿沟不可逾越啊，佳佳觉得得卖力地让他吸出珠子才行，遂主动将唇贴了上去，帛曳又是一个轻微的颤抖后缓缓闭上了双眼，渐渐地，挑逗、纠缠、难分难舍……

一切似乎背离了初衷，无论是佳佳还是帛曳，谁也预料不到那微妙的情绪变化，渐渐地，佳佳被轻轻推到了池壁上，两人慢慢浮出水面。帛曳将她困在池壁与自己的臂弯里，激烈地拥吻，不知是温泉的水太过于炙热还是气氛太过于火爆，佳佳觉得自己似是中暑了般，整个人浮躁得不行，不够，多少都不够，干渴，发自心底的干渴……

由最初的被动变成主动回应，暧昧的唇舌纠缠舔吻声在静谧的包房里荡漾萦绕……

不知过了多久，两人已经分开换气多次又情不自禁地再次贴紧吻上，谁也没有主动喊停，吸取人鱼珠子的事似是被抛到了脑后，谁也不提。

眼前的美男鱼容貌恢复，细碎的短发滴着晶莹的水珠，长睫微颤，坚挺的鼻尖时不时轻轻磨蹭她的鼻尖，有些小调皮。只要佳佳稍微往后退一退，他就会不高兴地轻哼，尖尖的牙齿轻咬她的舌尖以示惩罚，然后更加用力地吸着她的舌舔着她的唇。身上的红斑已经消散，耳尖兴奋得颤抖，所有的一切皆昭显他此刻浓烈的情欲。

佳佳缓缓睁开眼睛，眼前看到的就是这些。她一时有些恍惚，她这是怎么了？怎会舍不得拒绝这令人战栗得如罂粟般叫人上瘾的感觉？这感觉就像毒品，一沾上便万劫不复，沾不得，万万沾不得！

如此这番下来，珠子依旧安分地躺在肚子里无动于衷，这样卖力回应了，还不行吗？

在帛曳欲将手伸进她的里衣时，佳佳抢先一步狠掐了自己大腿一把，让自己迅速清醒过来，再猛地推开眼前的男子，一鼓作气翻身上岸。

佳佳是行动派，做事讲究个快、准、狠，绝不拖泥带水，帛曳一个不注意竟被她挣脱了。

终于分开，两人皆靠在一旁喘气。

帛曳泡在池里，捂着胸口，本还有些懵懂的双眼慢慢清明，他一动不动地注视着岸上的佳佳，他不能理解，她明明也动了情，怎么能瞬间又好似什么也不曾发生般全身而退？

嫌弃他？我去，愚蠢的人类有什么资格嫌弃他？想他堂堂二十一世纪最后一条美男鱼赏个吻给她，她不是应该感恩戴德地跪舔他的鱼尾吗？浑蛋！

佳佳感觉到那专注的目光，她微微侧低着头，脸颊的红晕还没有消退，在深吸一口气后，问道："你现在感觉怎么样？可不可以变身？要不要向昔拉求救？"灵力已经吸得够多了吧？佳佳权当刚才是为了吸收珠子的灵力才会出现反常，有没有搞错？她怎么会对一条鱼动情？

帛曳没有应答，佳佳也不想再说话，毕竟刚才发生的事情连她自己也有点儿难以消化。

良久，当佳佳以为这气氛就要如此僵持一整晚时，帛曳终于出声了。

他轻轻鼻哼了一声，甩了甩鱼尾，漫不经心道："向昔拉求救？那你还不如祈祷你们人类的那什么神仙显灵来得有效。"

"……"纳尼，那只蝴蝶精这么转？吃她的住她的用她的竟然连过来充当一下搬运工都不行吗？佳佳有些难以置信，但帛曳似乎不像是骗人，联想昔拉平日里要么就是默不作声要么就是阴阳怪气的古怪性子，不免打了个寒战，这家伙还真有可能做出忘恩负义的事情来，不免有些泄气。

帛曳看着佳佳眼底几种情绪直白的变化，有些叹气，自己怎么选了这么个不争气的人类呢？真是要了鱼命啊！

"刚才吸了不少灵力，再过半个小时应该就能恢复，但如果要化成成人，那估计要久一点儿。"

"真哒？那恢复成五岁就行了，我抱你回家啊。"知道他没事，佳佳立即原地满血复活，只要不要让她独自将这么一大条美男鱼抱回家，情绪又有些雀跃起来。还有，这温泉可是按时间收费的，恢复稚童只需要半个小时，完全在规定的时间内嘛，不要加钱了！

"……"唉，这货可不可以不这么白目啊，帛曳很苦恼，人类的智商真是个病啊，请不要放弃治疗啊。他轻轻咳了一声，眼睛将佳佳从头到脚"扫描"了个遍再次叹了口气。

"快快，你专心恢复，我不打扰你了。"佳佳赶忙催促。

帛曳望了她一眼道："你觉得你这身衣服能在半个小时内干透吗？"

"……"

"还是你要这样'湿身'抱着我回家？"

"……"那可怎么办啊？

"唉，等我恢复成人再说吧。"

"可是钱不够啊。"佳佳蹲墙角画圈圈，她可不想跟个落水鬼一样走在大街上。这个点了，商店都关门了，昔拉又帮不了忙，三更半夜，和自己所谓的"哥哥"在密闭包厢里泡温泉，这事搁哪儿都是头版头条。谁也帮不了她，即使这包厢的温度够高，一整晚也不能将她的衣服烘干，可是一整晚的钱她哪里够，再说了，白天才出去那更是让人浮想联翩好不？

"把衣服脱了。"

"什么？"佳佳赶忙揪紧了胸前的衣服惊悚地望着池子里的美男鱼，一副良家妇女不可侵犯的模样，真是越看越讨厌。

"不想生病的话就把衣服脱了。"

"哦。"

"先把我的衣服穿上。"

"哦哦。"

"哼，你病了谁照顾我？"

"……"

"对了，全脱，一件也不许留。"

"……"然后呢？

帛曳翻了个白眼，没有再理她，缓缓沉入水底，愚蠢的人类，还是眼不见为净好。

见帛曳沉入水底，佳佳也渐渐放松下来，这一放松才感到身上的不适。冬天穿的衣服本来就多，刚才泡在温泉里不觉得冷，此刻暴露在空气里，水早已失温，湿漉漉地黏着肉，真是各种不舒服，才想着呢她就应景地打了个喷嚏。

"哈秋！"

水底一下冒出几个泡泡，佳佳赶紧脱衣服："我在脱衣服，你别出来。"

一阵窸窸窣窣的声音完毕，佳佳已经裹着自己的大衣缩在了墙角，内里真空……还好刚才下水前脱了外套，还好今天出门带了件长款羽绒外套，拉链一拉，全部部位都遮住了，独独露出双小巧白嫩的足。

也不知道帛曳要泡多久才够，神经紧绷了一整晚，体力心力都已到了极限，在小锁和波波之间周旋还真是让人心力交瘁。虽然两方目前都还跟她没啥关系，可莫名地怎么会有脚踏两只船的感觉？水性杨花什么的真是累感不爱啊。

也许是身体的自我放松也许是包房内的温度刚刚好，缩在墙角的佳佳竟然慢慢地昏睡过去！没错！大家没有看错！

三更半夜孤男寡女还"湿身"的情况下，童佳佳这货竟然睡着了，不仅睡着了，还睡得可死。波波本想来个赤裸的出水芙蓉造型勾引下这愚蠢的人类的，没想到人根本没有反应，直到他穿戴整齐走至她跟前，她依旧没有察觉，波波不得已轻甩了她两巴掌，结果，这货……依旧没有反应！这太没戒心太不科学了吧？真是太小看他美男鱼了好不好？

波波低头酝酿对这藐视他二十一世纪最后一条美男鱼身份的雌性人类的憎恶情绪，却猛然间瞄到了她露在衣服外面的双足，好吧，那一刻，波波是被电到了。

这还真是一双完美的足啊，小巧白嫩肉而不肥……好想亲一亲啊有没有？霎时，波波觉得有些口干舌燥浑身燥热脚底麻痒呼吸困难，就连耳尖也忍不住轻颤！

哼！真是不要脸，又想勾引他，他才不会上当。

不过，既然她睡着了，看看应该也没事吧？那就看一眼。

她睡得跟猪一样，摸摸应该没事吧？那就摸一下吧。

摸着真不过瘾啊，这双足真漂亮，跟自己的有的一拼呢，那就捏捏吧，看看质感如何。

哟，质感也很不错呢，果然是他帛曳选中的人哪！还是有优点的嘛，不会一无是处。

要是能亲一亲就好了！等等！我去！差点儿上当掉陷阱里去了！真是有心计的人类啊，还好自己清醒得快，不然就真的被她勾引了！哼！愚蠢的人类，这样就想让他上钩吗？他可不是吃素的！

佳佳醒来时，其实是吓了一大跳的，怎么说呢，四周一片漆黑，自己在移动……

好吧，她是裹在两件羽绒服里被人抱着走的，虽然里面什么也没穿，但一点儿也不觉得冷，特别是脚边传来的热度，真心觉得有些别扭。她被折成一个有些高难度的弯度，抱着她的人一手搂着她的腰，头正好枕在他的手臂上，而另一只本应该搂着她大腿的手却是更靠下地抱着她的小腿，手掌上还包着她的足，温暖的掌心紧密地包裹着她的双足，拇指和食指还时不时地挠挠她的脚底……麻痒暧昧。

这是什么癖好？好变态啊有没有？可是她不能醒过来，若清醒过来遇到这事还真不知道该如何面对，既然不能醒，那就继续睡吧。

不知过了多久，佳佳越颠越清醒，僵得实在难受，瑟缩地动了动，她一动，抱着她的人就将她的身子往上托了托，抱得更紧了些，不仅如此，还低下头用脸蛋蹭了蹭佳佳装睡的脸，似是要安抚睡得不安分的她，佳佳身子更僵了。

帛曳的脸颊被冻得冰冷。圣诞夜，大冷的天，深更半夜，无人的街头，寒风刺骨，佳佳依偎的怀抱很温暖，透过羽绒服的缝隙，上方精致的脸冰霜满面却时不时不知想起什么好笑的事似的，撇撇嘴，嘴角微微翘起，晶亮的一双眼睛弯成一道月牙，笑得像只小狐狸，看得让人也忍不住和他一般欢喜。

如初见时般，掉入深海绝望悲凉的童佳佳就是被这样一个笑容折服，好像只要追随着他就能到达希望的彼端。

为什么自己会心甘情愿为他鞍前马后，低声下气地照顾他，不仅仅是体内有他的珠子，还是觉得这条鱼好像有种说不出的魔力般，引得人亲近追随。

蠢鱼！

佳佳稍微翻了个身子，闭上眼睛，不知不觉竟又睡了过去。

回到家，帛曳无视端着杯水倚靠在厨房门边一脸诧异地盯着他们的昔拉，直接搂抱着怀里睡得不省人事的女孩进了房间，一进房间就顺势勾脚将门带上，"咔嚓"一声，得，人还落锁了。

昔拉若有所思地看着那扇紧闭的房门，几秒后释然，轻笑了一声，叹了口气回了自己房间。

好笑地看着怀里的人类，唉，还真是没心没肺哪，帛曳小心翼翼地将她放在床上，解开自己的羽绒服，本欲伸手再解开她的羽绒服，但似是想到什么，

还是没有动手，而是拉过一旁的棉被将她盖紧，顺手将她被子四周掖紧才如释重负地松了口气。

他已至极限，手握成拳置于嘴边压抑地轻咳几声，今晚本来就勉强化身为人，又喝了酒，虽吸了珠子的灵气强行恢复人形，却耗尽了他的心脉，这会儿两人安全到家，他是再也撑不住了。

怎么会一时逞能喝了那酒呢？望着床上睡得香甜的人类女孩，帛曳心里不免有些鄙视自己，不会到头来竹篮打水一场空吧？这吃着锅里的想着碗里的家伙！哼，还真敢玩弄人鱼的感情啊？走着瞧吧，童佳佳！

童佳佳是被热醒的，她浑身冒汗，黏糊糊的不晓得多难受，想翻个身子还不得劲，身子好像被什么紧紧地包裹住，真是要命！

头天晚上她也喝了不少酒，又落了水，整个人昏昏沉沉的，有些失忆，大概是睡得实在太久了，肚子饿得咕咕叫。波波怎么也不叫她起床啊？真是的，这条蠢鱼，人家养宠物都是主人的心肝宝贝，她倒好，养了条白眼鱼！

"波波？"她迷迷糊糊睁开眼睛，搓了搓脸，总算稍微清醒了点儿。咦，难怪翻身困难，自己竟然是穿着羽绒服睡觉，而且自己身上还被一床被子牢牢地捆着，像个卧倒的春卷。

她蹬了蹬腿，将被子踢松，又唤了一声："波波，几点了？"嗓子沙哑，说话时牵动着喉咙，老疼了，终于坐了起来，废了半条小命。

她摸了摸自己的额头，好像热得有点儿不正常。

掀开被子，正欲脱了羽绒外套，却一股凉风刮过，内里真空的感觉已经非常明显地刺激了她的大脑，猛地记起了昨晚的一幕幕……待完全恢复记忆，脑子已经完全清醒了！

我去，这是要世界末日的节奏吗？

自己不仅借着酒胆当着众人的面亲了陈小锁还对他许下承诺，然后又跟波波搅在一起，深度湿吻？噢，NO！

怎么看两边都是绝境啊，这要怎么破啊？不过，如果小锁是认真的，她敢不敢再往前走一步接受他呢？她配吗？

童佳佳揪着头发苦恼地又朝床上倒去。

好想到一个谁也不认识她的地方躲上一年半载啊，Hold 不住啊老天爷！

这厢童佳佳还在期期艾艾，那厢陈小锁是喜忧参半。

喜的是他和佳佳之间的感情终于有了进展，佳佳不仅当众亲了他，还答应无论他让她做什么她都答应，喊，小样，就会甜言蜜语，第一个要求当然是让她做他女朋友啦。当年就是自己晚了一步，被林宴那小子捷足先登，本以为此生都没希望了，结果却还真的守得云开见月明，心里真是欢喜啊。

忧的是佳佳亲完他后竟抛下他当众和奸夫离开，而且到目前为止，奸夫还和她同住一个屋檐下，童佳佳这是耍他还是耍他呢？脚踏两条船？应该不可能，就是借给她十万个狗胆，她也不敢！可是，真是叫人恼火啊，准女友撇下他，深更半夜照顾另一名醉酒男子离开，真是开什么天大的国际玩笑！

陈小锁很纠结，他纠结了一整天，话剧社也没去，同学邀他去打球也没答应，整个人无精打采地窝在宿舍里，看着桌上的手机发呆。

好样的童佳佳，都一整天了，竟然连个电话短信甚至是口讯也没带给他！

这时，手机忽地闪了一下，一条短信，小锁连忙解锁查看，心跳加快，急得差点儿把手机摔了，可是一看发件人，他还真想把手机摔了。

穆枝枝找他能有什么好事。他站起身，气愤地将手机扔到床上，深吸几口气后又不得不捡起手机，短信也懒得回，直接回拨了过去。

18.

命运般的错过

"喂，有什么事？"小锁来到电脑前，默默地开 QQ，默默地点开佳佳的 QQ 头像，早在几个月前就对她设置隐身可见了，可这死丫头愣是没主动给他发过一条信息！

　　不知那头说了什么，小锁音量稍微提高了几度："都和你说了没问题了，我和她说好了，你演女一号。"

　　又是几秒停顿。

　　小锁已经有些不耐烦了："没事，她不敢！你放心，明天剧本就到你手上，我现在有事，先挂了。"

　　说完也不等对方回话就挂了电话，再次将手机扔回床上。

　　QQ、微信、微博、邮箱、手机……那死丫头跟消失了一样。

　　要不，他给她打过去？

　　可，凭什么啊？明明是她先亲的他！童佳佳，要是以后还敢这样的态度，你就死定了！小锁愤愤地想着，最后还是捡起了床上的手机给佳佳发了条短信。

　　"今晚七点半人民影剧院门口见。"

　　发了一条又觉不妥，再补了一条：

　　"敢迟到一秒试试！"

　　说完便将手机静音扔在一角，眼不见为净。

　　发完短信看了看时间，才四点半，早知道就约她出来吃晚饭了，吃完饭直接去电影院不是挺好？可，正常人接到他锁爷邀请看电影的短信但凡有点儿眼力见的不是都应该主动约他吃晚饭吗？童佳佳这个蠢女人笨女人真是朽木不可

雕!

哼，敢一天不联系他，才不请她吃饭呢！

瞧瞧，我们义薄云天的陈大社长一天的心路历程就是如此，反反复复自言自语纠纠结结，救命，这货绝对不是陈小锁这货不是，这果断是深井冰的节奏啊！

佳佳老躲在床上也不是一回事啊，她饿得两眼发黑，求生的本能让她不得不暂时放弃隐居山里的念想，出门寻找人间烟火，在路过浴缸时还是没忍住，拨了拨水面，探头轻声问道：

"波波，你饿不饿？要不要给你带点儿东西？"别装了，泡泡吐得太频繁了，时不时摆动鱼尾泛起的涟漪存在感不要太强哦，还敢跟她玩自闭，她没脸见人窝被窝里，他又是为何躲水底啊？鱼类的思维你永远也别猜啊！

"……"还是没有回应，佳佳心里"咯噔"一下，不会出事了吧？

"波波？你哪里不舒服？"她划了划水面问道。

还是没反应，正当佳佳心急地欲伸手入水试探时，水底才终于有了反应，慢慢地一颗湿漉漉的小脑袋探出了水面，他眯着眼睛朝佳佳摇了摇头，糯糯道："不想吃。"说完也不管佳佳什么反应便又沉入水底去了。

佳佳挠了挠后脑勺，一时不知该如何回应。

有点儿反常，大胃王波波竟然有不想吃东西的一天？

想起昨晚两人相拥热吻，她不禁打了个寒战，抖了一下赶忙离开浴缸出了房间。或许昨晚波波喝醉了不记得发生什么事了也不一定，毕竟他昨晚酒精中毒成那样，今天也没提昨晚的事，照他往常的性子，铁定要大闹着争取福利了，这会儿如此乖巧安静，嗯，应该失忆了！

思及此，佳佳吁了口气，放松了下来，现在解决掉肚子问题，再搞定陈小锁就万事大吉了。对了，说不定昨晚小锁也喝高失忆了不一定，大家都喝很多，会不会当她昨晚的行为是开玩笑啊？哈哈哈，如果是这样，那就真的阿弥陀佛了！

想到以上可能，童佳佳已经彻底卸下负担了，她这种自我保护自欺欺人屏障一旦开启就自动脑补成真，心情好了，鼻子好像也没那么塞了，喉咙好像也没那么痛了。

遂拿了换洗衣服哼着小调出了房间，路过客厅看见窝在沙发里看电视的昔拉时，还好心情地打了声招呼："早啊！"

昔拉看了看墙上挂着的时钟，北京时间十八点三十五分，早？哼，果然是愚蠢的人类不解释！

佳佳无视昔拉的鄙视，继续哼着小调进了浴室。

昔拉就是一摆设兼免费大厨，摸清了他的性子，佳佳也不再怕他了，打开热水器洗澡时，就着哗啦啦的水声忍不住高歌起来："我爱洗澡好多泡泡……我想飞得很高……"她混沌的脑袋在接触热水后更加混沌，跑调都跑到二里地去了还不自觉，嗓子破了也要唱的精神是跟波波学的吧？真是歌神都要望其项背了！

昔拉皱眉望着浴室的方向，受不住地塞了两团棉花进耳朵，真是不是一家人不进一家门，帛曳在他们那里是出了名的破锣嗓子，怎么找了个人类也是这副德行？真是造孽！

佳佳的好心情真的没维持多久，因为洗完澡仅在厨房翻出一根火腿肠充饥的她忽然想起手机还没充电，昨晚就是因为手机误事，可不能再犯浑了。她忙插上电源，开机一看，果然有两条短信。

得！看过短信内容后，佳佳最后一口火腿肠还来不及吞下呢，就火急火燎地回房翻出一件大衣，又冲进客厅翻出电吹风吹头发。昔拉正在客厅看纪录片《人类的起源》，身旁愚蠢的人类单脚穿了一只鞋在他面前跳来跳去，真的很影响观影情绪。在他发飙之前，那似是被口中食物呛到的蠢笨女人就直面着他后又觉得不妥地转向一边猛咳起来，边咳还边捶胸顿足，像极了电视里的类人猿……

昔拉看了看屏幕再瞥了一眼咳得不省人事的佳佳，嘴角抽了抽，原来如此啊，没有进化完全，难怪这么蠢笨！

她咳个没完，情急之下端起桌上唯一的水杯，也没发觉什么异样便一股脑喝了下去，气总算顺了不少，喝完还不怕死地对本窝在沙发上这会儿已经僵直了身子化身黑面神的昔拉大人说道："波波他好像有点儿奇怪，你们不是朋友吗？你去看看他，我出去一会儿，让他别找我，晚上给他带消夜哈。"

说完，自动屏蔽黑面神已然动怒发飙的手势，又单脚跳出了门。

"咣当"一声，大门在昔拉出手之前紧紧地关上了，佳佳靠着门板吐出一口气，拍了拍胸脯："好险！"

尼玛，在自己家喝杯水还搞得像穿越火线般惊险刺激也唯有她童佳佳了！

昔拉抬起的手慢慢收回，心里默念：帛曳最好是不要出什么岔子，不然，总有一天他肯定会捏爆这愚蠢的人类。真是太可恶了，这死女人竟敢喝他喝过

的杯子！嗷，这杯子果断不能再用！不对，这杯子果断要在地球上消失！碎碎念完，随手一捏，杯子瞬间灰飞烟灭。

好吧，我们的昔拉大人才是真正的"深井冰"啊有没有？他有严重的强迫症！而且最重要的是，他已经放——弃——治——疗——了！

但是！还没完！就在杯子灰飞烟灭的那一刻，佳佳正好偷偷开门进来看到这一幕，瞬间就被吓呆在当场整个"斯巴达"了。

早知道他不是人类而且武力值很强大了，但是，可不可以不要随便在普通人类面前刷新世界观啊？随手捏碎杯子，哦，不，是随手让杯子尸骨无存什么的真是太惊悚了好不好？

昔拉听见响声循声望去，看到了佳佳，眼睛眯了眯，手又抬了起来。

佳佳忙双手护头叫道："我是回来拿鞋的，我什么也没看到！"说完，捡起地上的另一只鞋子以迅雷不及掩耳之势窜了出去。

她这会儿是真的被吓傻了，妈呀，波波这朋友到底是什么来头啊？蝴蝶不是都很弱小的吗？杀戮气味这么重到底是哪座山头的大哥啊！波波的朋友这么牛，波波应该也差不到哪里去，幸好幸好，自己没有激怒过他，不然怎么死的都不知道啊。

和陈小锁周旋顶多就赔上感情，和波波周旋赔上的可是小命啊！以后可得对他好一点儿啊，但谈恋爱什么的异物种之间还是没可能的吧，怎么看也是小锁更有安全感啊。

想到陈小锁，佳佳心里某处柔软了下来，今晚是小锁多年来首次约她看电影，这是约会吗？怎么感觉春天提早到来了呢？什么乱七八糟的，胡思乱想什么劲，一回神，佳佳忙拍了下自己的后脑勺，马不停蹄地奔下楼，朝电影院方向跑去。

既然对小锁许下了承诺，就要对自己的言行负责，再说，说实话，佳佳确实不讨厌小锁，至于喜欢……什么叫喜欢？她当初那么喜欢小锁结果小锁看不上她，林宴那么喜欢她最终还不是抛弃她？经林宴这一遭，佳佳不敢说一朝被蛇咬十年怕井绳，但也差不多闻爱散胆了！

但，每个人都应该为自己的行为埋单，这是她做人的起码原则。

幸好及时看到短信啊，不然今晚又得坏事了，真是不幸中的万幸啊。

待赶到电影院门口时，离开演还有五分钟，佳佳在看到时间后被昔拉恐吓过的坏心情变好了许多，没有迟到还来得及。

为了向小锁示好，以防万一，佳佳赶紧去买了两张票后寻了处安静的地方拨响了小锁的手机。

　　小锁呢？他其实早就到了，因为今晚的电影很热门，口碑不错，且隔壁的话剧院在搞艺展，电影院门口这条街是人山人海。在他遍寻周围都找不到童佳佳后就确定她没提前来等他了，而他像个傻子似的，特意去理发店弄了头发还精挑细选地挑了套有型的冬衣出门，提前半个小时就到了电影院。

　　想着昨晚佳佳拉着帛曳头也不回地走了的绝情背影，又记起今天自己一整天像个蠢货般守着个手机在家待着的情景，这会儿他踌躇满志地来却像个愣头青一样待在电影院门口左等右盼，叫什么事啊？小锁心里的怨气越来越甚，佳佳昨晚……不会是和他开玩笑的吧？耍他？以往不用说提前半个小时了，每次自己找她有事，她还不是乖巧地早早候着，按佳佳的性子这会儿应该买好电影票和零食可怜巴巴地站在电影院最显眼处等他才对，然后见他出现再觍着脸来翻他的钱包报销，这样的小宠溺想着就幸福。等的人怎么就成了自己呢？小锁很不甘心！

　　在开演前的最后五分钟，手机铃声终于响起，他心里颤了一下，接起了电话，因为前面负面情绪的积累，心里说不出的别扭。

　　那头是喘着粗气的女孩声音："小锁？我到了，你在哪里啊？"

　　哼，刚到的吧？喘成这样？还有五分钟就开演了，真是没心情，一个电话一条短信也没，是不是舍不得家里那位啊？真是不爽啊。

　　停顿半晌，那厢已经有些焦急："小锁，小锁，你在哪里啊？电影快开始了，你不会还没到吧？"

　　"……"喊，你以为我是你？不到最后一秒不出现，心里说不出的别扭，就像拧着一股劲发泄不出来，堵得慌。小锁觉得佳佳对他似乎不像以前那么好了，佳佳对他没感觉了？

　　"小锁？你听得见吗？你是不是买的人民影剧院的票啊？还是说你在市电影院？我现在过来找你？"佳佳急得额头都冒出了点点汗珠。

　　终于，别扭的小锁大爷出声了："我和你开玩笑的呢，童佳佳你不会真的去电影院等我了吧？"

　　"你说什么？别闹了，小锁。"佳佳觉得自己耳朵出了问题。

　　"开玩笑啊，你昨晚不是当着众人的面拉着那小白脸走了吗？"

　　陈小锁指天发誓，当时他的脑子铁定是被驴踢了所以才会冒出那么一句杀千刀的话，可是说出去的话就是泼出去的水啊，刚说完他就后悔了有没有？他

不过是想逗逗佳佳，谁让她自从遇上那带着拖油瓶的小白脸后就一而再再而三地忽视他，对他越来越疏远了呢！他这不是被刺激得昏了头了吗？

可是再后悔也没有用！这世上没有后悔药，每个人都要为自己的言行负责！

"……"佳佳听小锁这么一说，心里一紧，握着手机的手松了松，眉头死锁，她抬头不死心地左右看了看，人太多了，她什么也看不见，被周围的人推搡着往前走，周围很吵，她的世界却很安静。小锁刚才说什么来着？开玩笑？他在同她开玩笑？闹半天，当她好不容易下定决心走出林宴带给她的阴影，逃出人鱼的世界，想要接受他时，他却在同她开玩笑？呵呵，有没有搞错童佳佳，林宴当初那样对她好的人都背叛她，何况从一开始就不待见她童佳佳的少年陈小锁呢？

也是，自己是哪根葱啊，最近因为一个小锁一个波波，就敢当自己的春天到了啊？连林宴都不要她了，她还不清醒自以为是地认为全世界喜欢她都不要理由啊？是啊，小锁不是还扯着她照过镜子吗？像她这样的姑娘，有谁会看上啊？

对面缓缓开过一辆小车，这么拥挤的街道还开车进来，真是傻，可为何，车窗里倒映的她孤孤单单的身影看起来更傻呢？

佳佳忽然很想笑，于是她就笑了，只不过她是仰头笑的，因为有什么东西从眼里流了出来，淌过的痕迹像道抹不掉的悲伤。她吸了吸鼻子，深吸一口气再吐出，换上轻松的语气道：

"啊哈，是吗？哎哟，巧了，我也是同你开玩笑呢，我刚和波波到这附近吃晚饭来着，忽然想起你的短信就顺带过来看看你是不是在等我看电影。没事啊，我真没事，咱俩谁跟谁啊，玩笑而已，这年头谁还开不起啊？哎呀，不说了不说了，我得过去给波波付账呢，那家伙又没带钱包，挂了啊，拜拜。"

"佳佳！童佳佳！"小锁突然意识到什么，玩笑好像开大了！忙要插嘴阻止佳佳说下去，可是佳佳似乎被打通了任督二脉般，一下嘴巴利索得跟华少似的，一大段话说下来不带喘不带歇，最后还来个笑声结尾，"啪"地挂了手机。

"胆儿肥啊！"小锁赶紧回拨过去，关机？这死丫头竟然敢挂他电话还关机？照她话里的意思，不管几句真几句假，就冲着刚才电话那头传来的喇叭声就确定她人就在电影院附近，就在他周围！陈小锁拍了自己后脑勺一把，环顾四周，骂了一声，"这都整的什么事！"

"佳佳！童佳佳！"他拨开人群开始寻找，看不见她就喊！自己真的是神经病啊，都最后关头临门一脚了，怎么就犯浑了呢！

童佳佳握着手里的电影票，本是绝望地准备逆向而行回家睡觉的，可咬咬唇又不死心，当机立断，转身朝电影院走去！买都买了，面子没了，可不能面子里子都没了！

她童佳佳什么都没了，爱人、朋友，甚至连自己剧本里的女主角都没了，难道连自尊心都要掉得一干二净吗？逞强一下假装自己很勇敢，很不在乎！玩笑而已嘛，又不是没开过。

单身怎么了？没人爱怎么了？一个人，也能活得很精彩！

她挂了电话关掉手机，捏着电影票进电影院准备看电影去了。

喜剧？说不定看完后会有好心情！

小锁将电影院门口找了个遍，没人，到处都没人！童佳佳那家伙不会是真的在耍他吧？就这么点儿时间，她能躲到哪里去？屁大点儿的地方！

一想到佳佳说的话有可能是真的，小锁心如死灰！

就这样了？他们俩？

电影已经开场，小锁一手捏着两张电影票，一手提着一袋子零食蹲在电影院门口，他已经将电影院周围四五条街都跑了一遍了，所有的小饭店小吃铺都寻了遍，还是找不到佳佳！他和她就这么没缘分？五年前没缘分，五年后还是没缘分？

小锁有点儿想不通，不就是一句玩笑吗？给他一分钟，不对，给他三秒钟他就能解释清楚啊，可是，为什么，总是不对呢？他和佳佳两个人就是撞不到一块儿，以前是林宴，现在是那个叫波波的小白脸。

他吐出口气，掏出刚在对面小卖部买的烟，抽了起来。他老早就学会抽烟了，以前浑，爱打架，天天打打杀杀觉得自己很牛，打完架抽根烟全身舒坦，可是是从什么时候开始他竟然连烟都戒了，不仅戒了还做回了好学生，结果还跌了大家的眼镜考上这么一所名牌大学，是遇见她之后吗？

不应该啊！她那么蠢那么笨，以前身边还有个林宴，那样温婉的男子竟然也没坚持到最后！这女的真是不招人喜欢，自己什么时候看上她的？真是有点儿不可思议，这人世间的情情爱爱，他陈小锁真是看不懂。他以前的世界只有打打杀杀，现在的世界只有话剧、话剧、话剧！爱情？对他来说就是奢侈品，以前是没遇上喜欢的人，喜欢的身边又有人，这会儿好不容易等到她身边没人了，自己又犯浑了！

照着自己争强好胜的性格之所以考树人大学，肯定是抱着和林宴比一比的

念头。不就是学习好的优等生吗？林宴能做到的，他陈小锁也能做到！事实证明他做到了，但他最后还是输了，或许，他没有那么喜欢她，不过是有人抢的东西都比较香吧！如果真的没缘分，强求又有什么意义？

陈小锁想通了这点似乎好受多了，他熄灭手上的烟站了起来，提着零食袋走进了电影院。

电影都放映了一半了，小锁随便在后排找了个空位就坐了下来。

这部电影是今年的年度重头戏，香港著名喜剧大师多年来唯一参演的作品，粉丝们很捧场，电影里每个演员的每句台词都有笑点，小锁望着周遭笑得前仰后合的人，好诧异：他们怎么就这么高兴呢？就没点儿不高兴的事吗？这样没心没肺地笑着也不怕笑成神经病啊？佳佳那蠢女人要是来看这部电影肯定笑得更夸张吧？她就爱电影里那年纪半百的笑匠，床头柜里藏着的都是他的剪报，他说忒俗，她却说大俗就是大雅，人那叫俗雅共赏，佳佳她……

佳佳她再也回不来了吧？他把佳佳弄丢了。

想到这里，小锁全身忍不住开始颤抖，佳佳回不来了，怎么会有伤心的感觉？

小锁伤心着伤心着就跟着周遭的人开始笑，虽然他也不知道他们在笑什么，反正笑着就是对了，因为若是佳佳，也会像他这样笑着吧？那丫头总是那样没心没肺的样子，他随便说个冷笑话，她都能捧场笑得翻下椅子，笑得捶胸顿足，笑得满地打滚，明明那么蠢，可怎么觉得蠢萌蠢萌有点儿小滑头有点儿小可爱呢？

电影院后排的另一头，童佳佳看着电影已经笑着哭湿了几包纸巾，她看着电影里演员们滑稽的表演，跟着周围的人大笑，然后笑着笑着就鼻涕眼泪横流。这电影真是太好笑了，笑得她眼泪都流出来了，哈哈哈哈哈……

终于，电影的片尾曲响起，大伙意犹未尽地起身离席，佳佳也抱着一堆纸团随着人流离席。她不知道自己要去哪里，哪里也不想去，有很多话想要同人说却在脑海里的朋友头像过一遍后，一个也不想诉说。

小锁双手插在裤袋里低着头情绪低落地随着人流往前走，零食都没开封动过，但他没有带走。那些都是佳佳爱吃的东西，现在，爱吃它们的那家伙被他弄丢了，它们不被需要了。

电影散场出来，大街上依旧热闹非凡，陈小锁和童佳佳站在人潮涌动的电影院门口，隔着重重人群，同时抬头望了望星空后，一个自嘲地笑了笑，一个吸了吸鼻子，一个向左一个向右，背道而驰，渐行渐远。

"我回来啦！"

佳佳独自在外逛到十点多，要不是天气冷，自己好像有点儿发烧头昏脑涨胸闷得厉害，街上行人渐少，她可能还不想回家，漫无目的地转了小半座城市，实在无处可去，只好认命地回家去了。顺便在路上给波波买了他最爱的三鲜馅包子，那家伙也不知有没有好好吃饭，看他蔫蔫的样子，真是丧气，一屋子倒霉鬼。

佳佳有气无力地喊了一声"波波"，没人应答，屋子里除了客厅里传来电视屏幕微弱的灯光，一片漆黑。

搞什么？灯也不开？波波难道还躲在水里？这个昔拉真是太奇怪了，佳佳拉亮了客厅的大灯，就见跟她离开时没两样的家伙依旧窝在沙发里，手里把玩着遥控器，走的时候他看的是《人类的起源》，这会儿竟然看《人类的灭亡》，这是什么东西？人类怎么可能会灭亡？神经病不解释！

昔拉被突然拉亮的大灯照得有些晃眼，他抬手挡了挡灯光，在适应了光线后才将手放下，然后漫不经心道："我觉得你最好先去看看水里那家伙，他好像快不行了。"

"你……你也不管他？他吃了没？"纳尼？波波快不行了，那这家伙还在看电视？这到底是哪门子的朋友啊？波波干吗要收留他啊我摔！

佳佳听闻，赶紧脱了鞋子跑进房间，临进门前还不怕死地瞪了那见死不救的家伙一眼并狠狠地朝他"哼"了一声，昔拉皱了皱眉，心道：人类为何如此幼稚？

"波波，波波，你怎么了？"佳佳放下包子，奔至浴缸前，挽起袖子朝池底捞了捞。

"波波？你应我一声啊！我给你带包子了。"佳佳心急如焚，昨晚自己是被裹着两件羽绒服回来的，那家伙超时维持人形的状态下还喝了酒，又穿着单薄的里衣抱她回来，她怎么没想到他也会生病呢？

半晌，伸进水下的手被一双滚烫的手握住，就着佳佳手上的力道，波波终于缓缓浮出了水面，他眯着眼睛，双颊通红，有气无力道："我不想吃东西。"说完后又要沉入水底。

"等下，你怎么了啊？"佳佳有些不好的预感。

"佳佳，我头晕。"

"啊？"佳佳忙将他拉到浴缸边沿，用自己的额头碰了碰他的额头，才碰

了下，就被烫得立马往后退了退。她已经有些低烧了，没想到波波更烫，而且烫得有些离谱了。

波波没精打采地将脑袋搁在佳佳搭在浴缸边上的手掌上蹭了蹭，哼哼道："难受……"

"你发烧了。"佳佳很想收回手啊，这家伙怎么这么烫啊？跟个火炉似的，手掌快烧起来了啊有没有？

"嗯？"波波连抬眼的力气都没了，发烧是什么意思？他只听过发骚，没听过发烧啊，人类好奇怪啊，他都这样了，哪有力气发骚啊？

"你先等等，我去拿体温计。"

19.

人鱼也会生病

佳佳像团龙卷风般火急火燎地忙上忙下，面对在客厅依旧无动于衷的房客昔拉，她意见很大。

量过体温，妈呀！望着破表的体温计，佳佳有些不知所措。她揉了揉眼睛，再仔细看，我去，体温计直接到顶，42度？如果不是因为这是最高温度限制，就这体温计烫的程度估计要破表了，佳佳连忙将体温计扔到一旁冷却。

不行啊，这么高的温度得上医院才行，可是，有没有人能告诉她，美男鱼生病到底是要去人类医院还是宠物医院啊？还有啊，这家伙这副鬼样子怎么恢复人形看诊啊？

佳佳急得像热锅上的蚂蚁，但凭她一己之力又毫无办法，只得跑到客厅向蝴蝶大人求助。

"快……快救救波波吧，他……他浑身烫得厉害，还说头疼肚子疼浑身疼，求求你，快救救他吧。"佳佳都快哭了，因为浴缸里的波波已经难受得在呜咽了。

昔拉坐直了身子，诧异地望着眼前的人类女孩，道："你为了他求我？"

佳佳一咬牙点了点头："嗯嗯。"

昔拉狐疑地望向她："你们现在的感情已经可以让你为了他做任何事都心甘情愿了吗？"

"……"佳佳迷惑地望向他，这是哪儿跟哪儿啊？

昔拉见着佳佳的神情，一副了然的样子："我说呢，哪有这么容易，帛曳那家伙还真是……"说完又跟没事人似的窝回了沙发里。

"你这人怎么能这样见死不救啊，咦，等等，难道波波没事，所以你才不担心？"

昔拉耸了耸肩道："我怎么知道他会不会有事，还有，我不是人类。"

"……"

"那……那他现在是什么状况啊，得上医院啊，你能不能想想办法，或者，你输点儿什么法力给他让他恢复人形，我送他上医院，不麻烦你！"佳佳很生气，后果未知。

昔拉神烦，这人类怎么这样没完没了了呢？他怎么知道生病了要怎么办？他又不是人类又不会生病，再说了，帛曳那家伙也太弱了吧，竟然还会感冒？简直就是有失身份好不好？他才懒得管他，自生自灭去吧！

"不行，我不能帮他，这是游戏规则，我不能出手帮他。"

"……"尼玛，都什么时候了，还玩游戏？佳佳义愤填膺地挥了挥拳头，靠天靠地不如靠自己。

佳佳心一横，只得按着大概的病情发展出门抓药了，既然人鱼上岸了，感染上人类的病菌，用人类的法子治病应该没问题吧？心里怎么会如此忐忑？万一二十一世纪末最后一条美男鱼死在她屋子里，她要被判多少年？会不会是死刑啊？

佳佳将波波发病的症状及这两天来的饮食和大概的生活情况跟医生说了遍，抓了些西药和比较没有副作用的中药就奔了回来。

自从知道昔拉根本就不肯伸出援手后，佳佳就完全无视他了。

她一人忙进忙出，又是熬药又是端水的，还得将缩在池底的美男鱼哄骗上来喝药，可累坏了。

"波波，喝水，多喝点儿水，排汗，好得快。"佳佳脱了外套，袖子挽到最高，一手端着杯子一手伸进池子里捞美男鱼。

虽然波波这会儿发烧，但还是不能降温，她又将水温调高了几度。

波波被搅得烦闷，这会儿已是神志模糊，看来是烧惨了。

一浮出水面就被佳佳环抱住脖子拉到边沿，佳佳使出了十二分的耐心轻声细语地哄着："乖，把这药吃了先，晚些时候再喝中药，来，张嘴，乖。"

"唔……不吃，这是什么东西？"

"波波乖，这是甜的，不信你舔一舔，吃了就不会难受了，乖啊。"佳佳满头汗啊，骗美男鱼吃药怎么就这么难呢。

波波熬不过佳佳，象征性地舔了一下，果然是甜的，一听说吃了就不难受了，

209

舌头一卷，将佳佳掌心的各种药丸吃进了嘴里。

"水，水喝一口。"佳佳忙递过水杯。

谁知，人鱼的世界里根本没有喝药这个生活常识好不好？波波将卷进嘴里的药丸子当糖果嚼了个烂，糖衣融化后，苦味溢满口腔。

"啰。"波波发誓，这是他鱼生里吃过最难吃的糖果。

佳佳见他要吐，急忙将手摊在他嘴下接住，那一刻，也没觉得脏，就像照顾生活在一起多年的亲人般，她心急道："哎哟，小祖宗，你可别吐啊，这得吞下去，吞下去病才能好啊。"

可是波波听不进去，嚼碎的西药丸子吐了佳佳一手，吐完还在吐舌头讨水喝："苦，好苦，好难吃，水。"

佳佳又急忙奔出去洗手再回来给他递水，重新抓了一包西药，在半骗半哄半示范的情况下，波波才勉强吞了些进去。

累得佳佳满头汗，西药都这么难喂，中药真是难以想象啊。

吃了西药的波波倒是没有再沉入水底，他哼哼唧唧地浮在水面上，靠着浴缸壁，双手搂着佳佳的一只手臂，侧脸趴在她手掌上来回磨蹭装娇弱。

佳佳没法，人类在生病时特别没有安全感特别依赖人，在人鱼身上也一样，佳佳半步都离不得，只要她起身，波波就会摇着鱼尾哼唧各种不放手，佳佳只得央求客厅里的昔拉大人帮忙顾着厨房里正在熬着的中药。

昔拉被屋子里的一人一鱼吵得没法，只好应承下来，本欲自始至终旁观的大神终于还是妥协了一小步，结果，大神妥协一小步，人类就开始得寸进尺了。

"昔拉，昔拉。"佳佳又喊他了。

"……"

"昔拉，你把这包子也拿出去热一热，待会儿我让波波吃点儿东西再喝药，这样他会舒服点儿，听到没？"

昔拉深吸了口气，真是愚蠢又没礼貌的人类，竟敢不称他为大人，直呼他的名字，真是要找死。可还没待他爆发呢，屋里头那见他半天没反应的人类又叫了起来，这回语气软多了。

"昔拉大人，求求您了，帮帮忙吧，看在我们收留您免费供您吃住的分上，您就帮帮忙热热包子吧。"

"……"好吧，算你识相！

待昔拉热了包子后，屋里又不消停了。

"昔拉大人，麻烦您把包子和药端到房间里好吗？"

"昔拉大人，麻烦您把厨房里第二个橱柜里的蜜饯拿来一包行吗？"

"昔拉大人……"

真是够了！

昔拉简直要抓狂了，帛曳怎么会选了个这么烦的人类！

这厚颜无耻的人类竟敢一而再再而三地指使他干这个干那个！昔拉大人很想掀桌啊有没有，最后将药和包子端进房间后，以防万一还有事找他，他决定开溜了。

又过了一会儿，得，在佳佳喊了他十遍没有反应后，终于接受了刚才那声关门声是他离开的现实，怎么这样啊！真是没有耐心，刚刚才有点儿好感呢又负分滚出了。

波波还在闹别扭，好不容易，将包子撕成一小块一小块地喂了他吃几口，又不肯吃东西了，佳佳只好直接喂药了。怕波波不肯喝，她本想喊来昔拉摁住波波，强行灌药的，可那家伙竟然临阵脱逃，不得已，佳佳只好独自硬着头皮上。

先是好言相骗："不苦，真的一点儿都不苦，喝了这个马上就不难受了，乖啊。"可惜，药碗一靠近，那家伙就皱眉摇头推搡着远离异味，说什么也不肯喝。

然后佳佳使出了各种法子，威逼利诱苦口婆心，什么方法都用尽了，没用，这条鱼的心就是铁打的，根本不为所动！

最后，佳佳决定做个良好示范，她轻抿一口药汤，强忍着呕吐的欲望咽下，端着一张笑脸道："好好喝啊，只不过是难闻而已，你看我都喝了，一点儿也不苦。"

波波依旧枕着她一只手掌，脸蛋轻轻地蹭，睁着一双水盈盈的大眼望着她，轻轻道："你再喝一口。"

见有希望，佳佳忙不迭地点头，强忍住中药的异味闭着眼睛喝了一口吞下后，撑出一个笑容："好喝好喝。"

"哼！"哪想波波却根本不领情，他软软地侧了下脸，没骨头似的扭了扭，轻哼道，"骗子！"

简直就是丧心病狂啊有没有？她都喝了呀还要怎么样？真是老虎不发威你当我是病猫啊！

佳佳彻底怒了，她大吼一声："波波，你转过脸来。"

波波抱着她的手臂慢腾腾地转头望她，看她还能使出什么幺蛾子。

折腾了一天，佳佳筋疲力尽，这会儿有点儿破罐破摔了，她趁波波转头望她时，端起药碗猛地喝了一大口，另一只托着波波脑袋的手也配合地将他往自己这边推，然后低下头，对准那被烧得赤红的水润薄唇吻了下去。

波波没料到佳佳会出此阴招，一时没回过神来，竟被强行灌了一大口，佳佳是豁出去了，吐了药水还封唇，直到他吞下去为止堵着不让吐。

接下来，一口又一口，直到整碗汤药喝光，佳佳根本没有给波波喘息的机会，要的就是快、准、狠！

正当她得意时，原来一直处于下风的弱不禁风的某鱼却忽地振作起来，一个勾手，就将刚放好药碗的某人给拉了回去，也丝毫不给佳佳喘息的机会，贴唇就吻了上来。

我去，这可不是单纯的喂药啊，这千真万确是在接吻啊！我们很熟吗亲？请无视我刚才出于人道主义精神喂药好吧，虽然喂药的方式有些不妥可喂药过程我绝没有一丝杂念啊亲，我不过就是想拯救二十一世纪末最后一条美男鱼啊亲！就当给一条鱼做人工呼吸啊，救鱼一命胜造七级浮屠啊亲！千万别胡思乱想啊！佳佳忍不住吐槽啊，太可耻了啊！

典型的东郭先生与狼的现实版啊。

一场喂药风波以缠绵的法式深吻告终，历时一小时。

直到昔拉大人回来，一人一鱼才得以分开。

佳佳被吻得晕头转向，一嘴的药渣，她本来身体也有些不适，又郁闷了一晚上外加心急火燎地担心波波的病情，整个人早已到达极限，被吻了也反应迟钝了。

"案发"之后，波波倒是心满意足地沉入水底补眠去了，佳佳却如同行尸走肉般打扫残局，洗漱完毕，上床睡觉，逃难归来的昔拉大人再次被无视了。他的存在感就这么弱吗？昔拉大人有点儿生气。

佳佳浑浑噩噩地上了床，蒙头盖了被子就睡得不省人事了。这两天发生太多事，作为愚蠢的人类她真的无法好好消化，真希望人生的某些片段可以一键删除或者一键恢复出厂设置，如果能从头来，她一定不这样活着，好累！

就这样过了两天，童佳佳是衣不解带地伺候家里的病鱼，衣带渐宽终不悔啊，两耳不闻窗外事，过着与世隔绝的日子，这想来也是另一种逃避。

第三天，美男鱼波波奇迹般恢复，看来上岸的美男鱼已经能很快适应人类的生活了。

他一恢复人形就急忙出水寻找佳佳，可是，没法，这次伤了元气，变身后他只能维持五岁稚童模样，连爬上佳佳的床都困难。

"佳佳，佳佳。"稚气的童音在屋子里显得格外嘹亮。

童佳佳被子蒙头鼻子堵塞意识混沌……扭了扭身子，哼唧了几声没有理他。

"佳佳，佳佳，波波爬不上床，抱我一下嘛，佳佳……"小波波急得脸都红了，这床怎么买得这么高啊，好难爬啊。

佳佳觉得好吵，她还没睡够呢，眼睛都睁不开，她不耐烦地翻了个身子，将被子裹得更紧继续睡觉。

"佳佳！童佳佳！"稚童波波的声音尖细起来，一大早就无视他真是太过分了！他爬不上去，双手叉腰站在佳佳耳旁气呼呼地瞪着她的后脑勺，好像佳佳脑后长着眼睛能看见他似的，哟，小短腿有什么资格生气？

佳佳不理他，他就在她耳畔尖叫。

佳佳被吵得不耐烦，烦躁地坐起身子，也不管自己鸡窝般的发型和水肿的脸，闭着眼睛往床下捞了捞，捞到一只赌气的小人鱼后一把将他抱上了床还不忘塞进被窝，他着凉了到头来吃苦受罪的还是她，接着继续睡下去了。

波波等了半天才被搭理已经很生气了，被抱上床刚想发飙呢，却发现那眼睛都睁不开的家伙还不忘将他塞进被窝掖好被角，好吧，小波波抚了抚额前的碎发，那就原谅她吧。

佳佳头很疼，昏昏沉沉的，鼻子堵着，喉咙也疼，整个人都不好了，根本没心思管周遭的事。她现在只有一个念头：睡觉！往死里睡！最好永远也不要醒来！这样就再也不用管那些糟心的事了。

波波侧着身子躺在她身边，现在这副五短身材正好佳佳一半长，人鱼常年水下生活，体质偏寒，这会儿病好后的波波也恢复了原先的体温，在水下还好，上岸后就有些适应不了了，他怕冷，特别是稚童模样。

波波推了推佳佳，没反应。

他嘟着嘴唤了声："童佳佳，我饿了，我要你喂我吃饭。"这几天波波生病，享受的可是少爷级别的待遇。佳佳拖着病躯强撑着伺候他，真真是做到了无微不至，他自然也是极享受的，这不，好日子过惯了就不肯降低生活标准了。

　　"佳佳，我饿了。"硬的不行来软的，波波装哭号了几嗓子，佳佳总算有了回应，她艰难地翻了个身子，双手在被窝里摸索，摸到一毛茸茸的小脑袋，轻轻揉了揉，迷迷糊糊道：

　　"嗯嗯，让我再睡一会会儿，待会儿给你做好吃的。"

　　"不，现在就要！"波波被摸头很不爽，又伸手推了推佳佳。

　　佳佳被推得没法子，只好寻着那不安分的小手握住，应道："好好好，别推，马上就去弄吃的。"说完，勉强撑起半个身子欲爬起来，好不容易坐起来的一刹那却忽地感到眼前一片漆黑，头晕目眩，天旋地转，撑不住又摔了回去，接着就不省人事了。

　　这会儿终于可以好好睡一觉了，留在脑海里的最后一个念头竟是这个，佳佳不知道自己最后到底是被怎么处理了，反正她是睡了一个很长很长的觉，梦里暖暖的，没有林宴，没有陈小锁，没有美男鱼，没有现实中的纷纷扰扰……好像一个安全的港湾，让她舍不得离开。

　　"佳佳，佳佳，感觉怎么样了现在？"

　　不知睡了多久，耳畔传来一声轻轻的叮咛。

　　"……"佳佳动了动唇，肚子胀得厉害，有点儿内急，可是又舍不得醒，好纠结。

　　"佳佳，你不能再睡了，医生说你再睡下去会影响智商的，佳佳乖，醒来好不好？"

　　谁啊？阴魂不散的，好吵！

　　"佳佳，波波保证以后再也不惹你生气了，乖乖吃药，再也不让你喂饭了，只要你醒来。"

　　"……"有没有搞错啊，这是别扭的臭脾气美男鱼波波吗？乖得不正常啊！

　　"佳佳，即使珠子取不出来，我也不吃你了好不好？你快醒来。"

　　"……"这个可以有！

　　耳边的人一直在碎碎念，佳佳又迷糊了一会儿，终于忍不住有了清醒过来堵住他的嘴的欲望了，还有就是，确实憋不住了。

　　她挣扎着让自己醒过来，可手指头才动了动，身边的人就激动地跳起来，为什么佳佳闭着眼睛都能知道他跳起来呢？因为这货实在是太兴奋了啊，跳起来落地时，床板都震了几震。

"医生，医生！"

一阵风刮过，声音远了许多，大概是去叫医生了吧。

这孩子上岸后智商怎么还停留在鱼的阶段呢，喊医生不会摁铃吗？在医院跑来跑去的像什么话？

等等，医生？医院？自己怎么会在这里？一想到这点，佳佳意识猛地就清醒了过来。

她缓缓睁开眼睛，入眼的是一片雪白。

眼珠子骨碌转了一圈，看见了头顶上方的点滴瓶，自己什么时候住院了？还来不及深究自己为何会在医院里，门口又刮来一阵风，一火急火燎拉着一个白大褂的大男孩冲了进来。

"医生，她的手指头动了，真的，我刚看到的，你快给她检查检查，她是不是要醒了？"得，波波这大嗓门，低调点儿会死啊？

戴着一副黑框眼镜的中年医生很无奈啊有没有？

这小伙子自从带着病人住院后，整个医院就跟着疯魔了，不仅院里的病人就连医院的工作人员都沦陷了，哼！长得好看了不起啊？想他年轻时也是仪表堂堂、玉树临风的，三院一株草！要是自己年轻个二十岁，肯定比他还水灵！

还有，就这咋咋呼呼的性子他就不喜欢，一点儿也不稳重，不可托付终身！

这病床上的女孩是两天前入住的，当时是被一个穿着一身黑的"黑面神"男子送进来的，后面还跟着一个精致的小孩。小朋友很懂事，那尊"黑面神"办完手续后就走了，倒是那小朋友一直守在她身边，小小的人儿嘴巴可甜了，一张小嘴哄得上上下下都来帮他照顾女孩，晚上也不离开，就窝在女孩身边凑合着睡，直到今天早上，大伙才发现小孩儿不见了，就来了这么一个帅得人神共愤的男子。

他一出现，医院就乱套了，女医生没心思看病，护士小姐没心思查房，就连女病人都不能安安分分地待在自己的病房里养病。

其实床上这女孩没多大毛病，就是积劳成疾、郁气攻心，又受了点儿风寒，一下爆发昏了，只要补充好睡眠，调养调养身子就没事了。之所以睡了这么久，是因为一下放松下来，睡死了过去。

可这今天才出现的男子不放过他，五分钟过来喊他一次，先是威胁再是恳求，无非都是要他救救这女子。

这女孩贪睡不肯醒来，他有什么办法？真是的，神烦！

"嗯，知道了。"医生被波波拉着走到床前时，佳佳已经睁开眼睛了。

一看见佳佳醒了，波波就立马甩了医生扑了上去。

哎呀妈呀，这是嫌她病不死要压死她的节奏吧？

"佳佳，你总算醒了，吓死我了，昔拉说你们人类太脆弱了，有时候一场感冒就可以要了你的命。佳佳，你知不知道我以为你再也醒不过来了，佳佳……我好想你……"

"……"有刀吗？佳佳很想杀了这条鱼再自杀啊有没有？你才醒不过来，你们人鱼家族全体永远也醒不过来呢！

20·

童佳佳，我们完了

　　1008 号病房五号床的病人醒来的消息瞬间传遍全院，所有和波波相熟的不相熟的被他迷得神魂颠倒的女病人女工作人员女病人家属齐齐赶来祝贺……

　　波波拉着被他压得半死不活才醒过来不久的某人向众人一一回礼。

　　尼玛，他造的孽为何要她童佳佳来还啊？她是个病人好不好！整得跟个明星般慰问群众是几个意思啊？

　　好不容易回拒大家热情的挽留，美男鱼波波高高兴兴地带着佳佳出院回家了。

　　一路上，那是个叽叽喳喳没完没了，波波把这两天佳佳昏迷不醒后所发生的惊险刺激的事描述得天花乱坠，真是很有脱口秀的风范啊，总之一句话，意思很明白，佳佳的命是他波波捡回来的！得，救命恩人啊！这天大的人情，还两回，这辈子恐怕都难以还清喽！

　　佳佳还很虚弱，又被他一路吵得耳朵都起茧了，好不容易到了楼下，真心是累感不爱。

　　望着没有电梯的八层高楼，佳佳很忧郁。

　　波波却没当回事般往前走了一步，弯下腰道："就知道你娇气，上来吧，波爷我今天就好鱼做到底了！"

　　"……"这太阳打西边出来了？美男鱼变忠犬了吗？太不可思议了，不科学啊！

　　在挣扎良久后终于熬不过忠犬波的热情，佳佳还没准备好呢，就被身前的人一把拖过往背上一甩，人吭哧吭哧直接开始爬楼梯了，八楼！还真是难为这条宠物鱼了，第一次，佳佳觉得付出有了回报，家里的小宠终于懂事了。

"佳佳，我和你说，你待会儿进屋后要感谢一下昔拉大人，这回多亏了他把你送医院。你知道那时候我那个样子根本搬不动你，昔拉大人本是不能参与进来的，但他竟然肯伸出援手，这是天大的恩赐哪，待会儿一定要有礼貌，在你身体恢复前，我们还得靠他做饭做家务活呢，听见了没？"波波继续叨叨。

"哦。"佳佳有气无力地应着，嘁，那家伙吃她的用她的帮点儿忙有什么了不起？真是的！

"还有啊，你想吃什么告诉我，待会儿我好想办法让昔拉给你做，他那人老别扭了，得用些计谋骗他才行……"叽里呱啦，波波不停地说着，完全没注意到背上的人忽地僵硬的身子。

"不好意思，麻烦请让一让！"波波背着佳佳爬了五六层，前段消耗过大，人形太虚弱，这会儿竟有点儿喘，楼上刚好下来一个人，挡住了他的去路，他没有抬头，只想着赶紧把佳佳背上去，简直要累死鱼了。

小锁右肩上挎着一个背包，左手插在裤兜里，刘海斜斜地披在额前，虽然挡住了眼睛，但佳佳能感觉到他眼里的失望和浓得化不开的悲伤。

良久，身前的挡道者都没有动静，波波有些不耐烦地抬头去看："喂，麻烦让一让。"

一抬眼，很好！情敌相见分外眼红。

"小……小锁……"佳佳有些结巴，小锁怎么来了？他们不是……什么都不是了吗？

小锁怔怔地望着眼前的一男一女，亲密得好像热恋中的情侣，说他们不是一对连猪都不信吧？

呵……真是可笑啊，他陈小锁还可怜巴巴地来负荆请罪呢，结果人消失了几天一个电话一条短信都没，哪里都找不到，还以为她生气闹别扭呢，这不，在她家门口巴巴地守了两天终于把人盼回来了，结果却等来这么一幕。

原来多余的一直是自己，以前是，现在也是，只不过她身边的人换了又换，可惜，就是不是他。

"小锁……"这么多年了，即使小锁同她开了那场玩笑，也不能否定掉两人多年的情深义重！不知为何，小锁眼里的伤心叫佳佳很心疼，心疼得就如那日林宴同她说分手，她万分怨恨又万分不舍的那种感觉。

波波没有吭声，抬了抬脖子，有些挑衅地看着小锁，小锁看了他一眼又望

向佳佳，半晌，终于挤出一句话："童佳佳，我们完了。"

"……"

"……"

佳佳不能理解他们怎么就完了？先招惹她的是他，跟她说这是个玩笑的也是他，怎么到头来倒像是自己错了呢？可是小锁为何那样悲伤，为什么？为什么看着那样刺眼！就这样完了吗？什么完了？陌路？连朋友都没得做了吗？早就做了最坏的打算，没想到结果却只有更坏没有最坏。

原来她真的输不起，输了小锁，一无所有，结局正如当初自己所料：谢谢你，赠我空欢喜。

波波也不能理解，这家伙有毛病啊，什么叫他们完了啊？好像他们开始过似的，他可是把佳佳看得死死的，这样理直气壮的第三者还真是少见啊，电视上怎么说来着？男小三？不要脸！

小锁没有等佳佳回应，他说完这句话后就低着头侧过身子与他们擦肩而过，下楼去了。

一个人，孤孤单单，背影落寞。

波波鼻哼一声继续碎碎念地背着佳佳上楼："佳佳，我们待会儿是吃涮羊肉还是吃牛肉煲啊？"

佳佳没有应答，她一直盯着小锁的背影，直到再也看不到为止。

原来，有种爱情叫还没开始就早已结束。

生活还是要继续，地球少了谁还不是照样转？

陈小锁来了，又走了，可波波一直在。

"佳佳，就算被撕得只剩下一颗心，我也要和你在一起。"

这是波波将她背到家门口临进门前说的一句话，佳佳本被小锁带走的一颗心又因这句话归位了。

又一场空欢喜吗？

佳佳进屋时，昔拉大人终于挪位了，竟然没有窝在沙发上看电视，非人类什么的最大的兴趣爱好竟然都是看电视。佳佳觉得再这样下去昔拉大人总有一天会成为猥琐宅男的，还好波波比较热情好动，还会主动出门打工，两相对比，佳佳不免为昔拉的未来感到担忧，有暴力倾向的人格分裂宅男……好恐怖。

昔拉的位置有些尴尬，好像刚从佳佳房间里出来，又好像正要进入她房间似的。

　　波波没有在意，他哼哼唧唧地抱怨着："累死我了，累死我了，童佳佳你该减肥了！"

　　边说边将她轻轻放置在沙发上，安置好后还懂事地进了房间为她抱了床软被裹着。

　　边裹着还边朝她眨了眨眼，并伸出个指头指了指昔拉。

　　佳佳诧异："啥？"

　　波波咳了一声，站起了身子，转身侧对着佳佳道："那个，昔拉，你不是有话对佳佳说吗？"

　　昔拉："……"有吗？

　　波波又咳了一声，张嘴无声说了几个字，佳佳看不到，但感觉到他们在交流。几秒后，昔拉好像是听懂了，但原本一张臭脸更臭了，他瞪着波波半响，直到波波双手合十做求饶状，他才冷冰冰地抛出一句话："那个……我不小心把你的手机丢进水里了。"

　　"……"谁的手机？

　　"你的。"昔拉不废话，直接点破佳佳的小心思。

　　"我……我，你……你没事玩我手机干吗啊？"佳佳一时有些接受无能，好端端的手机怎么就掉水里了呢？那手机可没用多久呢，而且，没有手机很不方便的好不好。她刚想问清楚原因，那厢波波和事佬来了："哎呀，昔拉也不是故意的，那天你不是昏了吗，我又恢复不了成人形，还是他好心帮忙把你送医院的呢。可就在收拾东西送你上医院途中不小心把你的手机掉浴缸里去了，为此我们还跑了好几家手机维修店呢，都说修不好，是吧？昔拉。"

　　"……"昔拉没说话，默认，一副你说什么就是什么的鬼样子。

　　"掉进浴缸？"联想刚才波波那挤眉弄眼的模样，不会是这小子毁了她的手机让昔拉背黑锅，看准了她不敢拿"黑面神"怎么样吧？一想到这种可能，佳佳那气不打一处来，她想也没想就一巴掌拍在波波的屁股上，波波惨叫着跳开。

　　"是你把我的手机弄坏的吧？好啊你，还敢诬赖别人！波波！你太过分了，给我滚过来！"佳佳挣扎着就要起身去揪波波。

　　可人溜得比兔子还快，他一边叫着躲开，一边不服气道："佳佳，你怎么

就不相信我呢，昔拉都承认了你还怀疑我，过分的人是你吧。昔拉昔拉，你快跟她解释，是谁弄坏了她的手机。"

高贵冷艳的昔拉大人依旧一副丧尸脸谁也别惹我老子再也不陪你们玩这幼稚游戏的表情戳在那儿不动，生人勿近。

佳佳很生气，她是真的气坏了，忽然间，她似是想到什么，猛地站了起来，朝着波波伸出一根手指："你……你……"

像是酝酿了许久般，爆发了，她憋了半天终于吼了出来："你知道手机对二十一世纪人类的重要性吗？啊？我这几天为照顾你病倒了，没有手机你知道会耽误我多少事吗？万一这些天有重要的短信电话进来找我又找不到，会造成多大的误会吗？你们这些非人类懂什么？你们没有人性，你们懂什么？你们怎么会有人类的感情？为什么是我？为什么会是我？我很平凡，我只想过普普通通的生活，这样都不行吗？"她是一口气吼完的，吼完后愣怔半晌又颓然地坐回了沙发上，毫无预兆地，眼泪一颗一颗地滚了出来。

是啊，没有手机的这几天小锁他会不会找过她？给她发过什么信息？他们之间是不是有什么误会？波波一定是故意的！手机好端端的怎么会掉浴缸里？

现在一切都晚了，小锁伤心离去的背影，永远也无法解释的"眼见为实"，消失的几天她确实是和波波在一起，而且她还将继续和波波生活在一起直到他取回珠子！她不能答应小锁的要求不能一心一意地和小锁在一起，她有顾虑，不管怎么说，她和波波接吻了，这是只有恋人之间才能做的事。虽然对波波称不上有了多深厚的感情，但，确实，表面上看来，如果她再不对小锁放手，她就真的是在脚踏两只船了！

这样的自己真是令人讨厌！

无论波波有意的也好无意的也罢，总之一切都是天意，她和小锁再也没可能了。

"佳佳……"

帛曳从来没看过这脆弱的人类发过火，哪怕是他刚开始欺负她欺负得惨了，她也没对他发过火，可这回他确实感受到她的怒意了，那样撕心裂肺地吼他，是有多在乎那个手机抑或那个人？

帛曳慢慢靠近，有些不知所措地站在佳佳身边，想要伸手安抚却最终不敢碰触。

"佳佳，我……"佳佳，你不要哭了，你自己说过再也不哭的，为何你又哭了？

上回是林宴，这回是小锁，我呢？佳佳，我呢？你怎么就看不到我呢？

屋内气氛一下异常尴尬，这时，那似是要万年不变姿势的"黑面神"终于有了反应，他微微抽了抽嘴角，双手垂下交叠至身前，就那么站了几秒后，转身回了自己的房间。

不一会儿，他又走了出来，手里多了一个盒子。

帛曳还站在佳佳一旁焦灼不安，佳佳还坐在沙发上无声地流泪。

昔拉大人冷哼了一声，心道：关键时刻还得靠自己出马啊，这条没用的美男鱼和这愚蠢的人类可不可以不这样秀智商下限啊？手机坏了不可以再买吗？就帛曳那死鱼脑子才会想出这么个馊主意，明摆着的事实还想让他背黑锅，还好他有准备！人类的话怎么说来着？泡个妞都不会！

佳佳还在独自伤心，忽地眼前一暗，她缓缓抬头去看，昔拉大人犹如天神降临般举着一个盒子走到了她跟前。

先是恨铁不成钢地瞪了一眼手足无措的美男鱼波波，再转头用无比严肃的口吻对佳佳道："愚蠢的人类你哭什么？不就是个手机吗？昔拉大人既然背了这黑锅，就没准备卸下，唉，赔你一个就是，还不赶紧谢谢大人！"

"……"

"……"

这家伙是来搞笑的吧？在这样忧伤的气氛下，这货是要闹哪样啊！还真以为自己是大人了我摔！我还人大的呢！佳佳很想让他滚蛋啊有没有！

波波望着昔拉手里的盒子"咦"了一声，下一秒，他惊叫道："哇！昔拉你偷我的钱了吗？苹果6！你怎么买得起？"

苹！果！6！

这三个字太震撼了，悲伤的佳佳显然已经忘记了悲伤，连忙站了起来，巴巴地要去看昔拉手里的"苹果6"！

艾玛，"苹果6"耶！无数少年卖肾也要拥有的"苹果6"耶！才刚上市没多久，前一段还听小雅说有钱都买不到啊，黑市已经叫到一万多了啊，这货真有这本事？

佳佳抹了抹眼泪，欣喜地接过了昔拉手上的盒子，迫不及待地打开，取出，可是……

有谁能告诉她，这玩意儿是什么品种？

苹果6？尼玛啊，是够平的，出门当板砖一点儿不费力啊！还有！手上黏黏的是什么触感？我去，不会是掉色了吧！

佳佳的眉毛都快拧成麻花了，很有一种想将这"苹果6"摔在眼前"大人"脸上的冲动。

昔拉见着两人的举动，心里更加狂妄起来：哼，果然是愚蠢的人类啊，真是没见过世面啊，一个小玩意儿就摆平了所谓的情伤，人类的感情真是不值钱啊！预感帛曳这家伙会白忙活一场！

"咳咳，愚蠢的人类，你不要太感激我，反正再怎么感激我也改变不了你的基因和智商。"

"……"佳佳挤出一个不可思议的表情抬眼看他，这货哪里来的膨胀感啊要不要这样理直气壮地刷新自己的智商下限啊。

不对，她的表情不对，这不是看到爆款手机时的惊喜表情，昔拉被佳佳瞪得有些小小的不安，难道一部不够？

原来如此啊，人类真是本性贪婪，不过还好，他还有后招。

看着佳佳的表情，昔拉大人很不爽，但罢了，今天就是来让人类开开眼界的，他又留给了呆愣在场的一人一鱼一个轻蔑的笑容后转身回了房间。

我去，他还有脸露出轻蔑的表情？还敢回房？嗷闹，他抱了一堆什么奇怪的盒子出来，佳佳简直不忍直视啊！

异物种什么的，真是有道永远不可逾越的鸿沟啊！

只见我们的酷帅狂霸转炸天的昔拉大人抱了一堆"苹果6"出来了，佳佳捧着手机的手都在颤抖啊有没有？原来波波不是最没下限的异物种啊，昔拉大人称第二没人敢称第一啊有没有？

他又来了，又是一个完美的轻蔑冷哼，然后朝佳佳的手里再放了个盒子："两部，够了吧？"

"……"

"还不够？"

"三部？"

……

紧接着，三部、四部……直到佳佳手上捧着六部一模一样的"苹果6"昔拉大人的土豪行为才算停，佳佳彻底惊呆了。

他这厢耍酷耍得厉害，那厢波波不淡定了，他不满道："六部苹果6就是六万块！我……"

波波话还没说完呢，昔拉大人就不屑地打断道："哼！你以为我和你一般愚蠢吗？不过几千块而已，是你自己给我让我看着办的。"

"……"佳佳扭头瞪波波，好啊，臭小子，还有小金库？

"我给你的钱这手机你一部也买不起啊，你少骗我，说，你到底从哪里偷的钱？你不会是偷了佳佳的钱吧？"意识到自己说漏嘴，波波连忙转移战火。

昔拉冷哼一声，特别高端大气上档次道："哼，不过2999元，你嚷什么嚷！"

"2999一部？"这回连佳佳的嗓子也尖细起来，这败家子啊，2999买掉色"苹果6"！还一口气买六部？赔她？那还不都是波波赚的钱！波波的钱那还不都是她的钱！有没有搞错啊！

"哼！"昔拉继续高冷，"2999全部。"

"有这等好事？"波波诧异。

"……"佳佳再次惊呆。

"哼，你以为呢？"昔拉持续高冷。

"你在哪里买的？"波波拿过一部来回翻看，他没怎么研究过手机，只听说过这款贵得离谱，没发现什么端倪，想着这下好了，六部手机佳佳也用不完，嘿嘿，总有他的份了。

"电视购物。"昔拉大人有些小得意，谁说他成天看电视无所事事的，这不就做了件好事吗？

"……"佳佳骨灰级惊呆。

"这么好啊，2999买六部？哟，你还学会电视购物了？不愧是昔拉大人呀。"波波已经给自己挑好了一部，准备立即试用。

"不是，是2999买一部，假一赔五。"

"然后呢？"佳佳忍不住插嘴道。

昔拉坐下，拿起一旁的遥控器，朝她翻了个白眼，冷冰冰道："然后我付了钱，他们直接给我寄了六部！"

"……"

"……"

这时客厅里的电视已经被昔拉开了，刚好转到电视购物那台，于是电视里就传来了：

"只要2999，2999你买不了上当，2999你买不了吃亏，2999你就可以拥有世界上独一无二的至尊手机'苹果6'！走过路过不要错过，商家回馈新老顾客吐血跳楼价，假一赔五……2999……"

"……"

"……"

"……"

21.

美人一笑泯恩仇

　　"苹果6"事件后，波波及昔拉大人被彻底经济封锁了，每人每月零用钱100元整，其他所需物品皆采取申报批复形式购买，佳佳在家中的地位有了显著提高。

　　波波更加卖力地外出打工赚钱讨好佳佳，昔拉因为"苹果6"事件的影响大受打击一蹶不振，彻底成了"宅男王"，成天窝在房里疯狂恶补人类的所有知识，对知识的渴求达到了前所未有的变态饥渴状态。

　　佳佳也完全进入了考研冲刺状态，连剧本都扔到了一边。她和小锁闹翻了，这比赛估计是没戏了，还有半个月就研究生考试，她也没心思管其他，与昔拉一同宅在家里，合称"双宅"。

　　这天，佳佳出门熟悉考场，波波硬是要请假陪她去。佳佳心里直叹气，这条人鱼到底是要闹哪样，即使她和小锁不可能了，她和波波也更加不可能啊！一条鱼和一个人之间能发生什么事？即使真有什么，寿命的距离摆在那儿呢，佳佳百年不过美男鱼波波一个打盹的工夫。

　　即使，波波再示好卖乖，佳佳都坚定地守住自己的心，绝不能沦陷，不然到头来绝不是空欢喜那么简单了。再说，这条人鱼喜欢她喜欢得太莫名其妙了，她童佳佳有什么连她自己都不知道的优点能勾引到异物种？耸肩，其实吧，归根结底还是自卑。

　　陪就陪吧，佳佳有些无奈。

　　波波得了首肯，兴奋极了，和他一起打工的大婶孩子期末考时，那大婶可是各种营养品鸡鸭鱼肉一样不少哪，不仅如此，小孩考试什么的上上下下都陪着去。

　　这不他一早就交代昔拉了，这几天务必要做出丰盛的饭菜来，钱不是问题，申请的伙食补贴也批下来了，波波太高兴了，刚化成人形，就开始在衣橱里挑衣服，在镜子前搔首弄姿起来。

佳佳拎着个包包超级无奈，他再换一套衣服，考场就得关闭了好不好？她就纳闷了，不就陪她熟悉考场吗？怎么整得跟去见丈母娘似的。

"1，2，3！"报数完毕，佳佳转身开门踏了出去。

"哎，等等，等等我，就好了就好了。"波波急忙挑了件宝蓝色的大衣追了出去，还是最爱蓝色啊。

两人火急火燎赶到考场，还好不是最后。波波对一切都很新奇，拉着佳佳问这问那，然后像个家长似的叮嘱，嘱咐她考试要注意的问题，引得路人频频围观，佳佳包包遮脸丢死个人。波波那些叮嘱的台词也是打工大婶教他的，扮演家长的角色不要太认真啊波波大人！

一切还在可接受范围内，直到两人熟悉完考场，佳佳记起简灵好像要给她什么东西，要回学校一趟，波波还要跟着，佳佳没法，算了，反正自己的名声已经烂大街了，误会就误会吧，就当遛宠吧，虽然这宠物很没有自己是条宠物的自觉。

半个月没回学校，谁都不见，小锁完全没有联系，也不知大家境况如何。

走进熟悉的校园，佳佳有些小忐忑，虽然避开了热闹的校道，但还是不期然地遇到了些熟人。学弟学妹欲言又止，窃窃私语的情形没能逃过佳佳的眼睛，但，无所谓了，大不了就是退赛退社，反正还有半年就毕业了，到时候各奔东西，几年后，谁又记得起谁呢？

最终，还是被推出了一个代表与她说话："学……学姐，你这是要回社里吗？"

"啊？不是不是，我回宿舍拿东西。"

"哦。"那个学妹闻此如释重负般吁了口气，身后众人亦然。

"嗯？怎么了？"有古怪，佳佳疑惑。

"没……没什么，那学姐下次再约出来一起吃饭啊，我们先走了哈，波波再见。"众人又高高兴兴地走了。

波波今儿个特文静，家长演上瘾了，人家跟他打招呼，他也特有礼貌地挥了挥手。

留下佳佳莫名其妙，话剧社出什么事了吗？

明天就要考试了，容不得佳佳胡思乱想，一切等考完试再说吧。

　　两天考试，佳佳倒是没什么，平常心面对呗，研究生考试又不是高考，考不上就找工作，自己报的是彦林大学，当初信誓旦旦要考的大学在经历了这么多事后，又没什么兴趣了，考上了又怎么样？即使在那座城市和他不期而遇了又怎么样？她和林宴还能怎样？

　　她想过无数种和林宴重逢的情景。

　　刚分手一个月，她想着，要是再见到林宴，一定要质问他：为什么？一定要他给出个理由，当初的承诺都喂狗了吗？

　　分手半年，她想着，一定要再见到林宴，见了就甩他一大嘴巴，然后向他展示没有他她也能过得很好。

　　现在，如果，有可能再见到林宴，她已经不知道要对他说什么做什么好了，今生缘尽，何须多言？至此，你是你，我是我，再无瓜葛，我过得好不好，你过得好不好，又何干？她甚至有点儿忘了林宴长啥样了，偶尔梦回，只留下模糊的脸，苍白的梦。

　　这么想着，彦林大学也就没啥吸引力了。

　　佳佳是淡然了，波波却紧张得不行，不仅严格要求自己，昔拉也被他整得神烦。只要佳佳在家，无论她是看书发呆还是睡觉，波波都不许他发出任何声响，电视不让看，走路必须踮着走，就连喝水吃饭也得抿嘴轻嚼，生怕打扰到佳佳思考问题。

　　直到最后一天下午考试前，佳佳才觉察出这几日家中异样，不免觉得欣慰，家有体贴小宠什么的不要太可爱喽，真是主人的贴心小棉袄啊，虽然收效不大。

　　为此，佳佳特意赏了波波一个亲切的拥抱。

　　佳佳抱完就出门了，独留美男鱼波波呆愣当场，傻乎乎地摸着后脑勺笑得像个二百五。

　　昔拉站在厨房门口刚好看到这一幕，摇摇头，有些担忧地望向他，若有所思。

　　考研终于结束，佳佳零负担走出考场，远远地就看见了前来接她回家的小宠，心里顿时觉得有些小温暖，当然，如果可以忽视掉他身边的"花花草草"的话。

　　"佳佳……"美男鱼的眼神可真好，那么多人拥出校门，一眼就认出了她，热情地朝她招了招手，礼貌性地告别众"花草"，就意气风发地朝她走来，可是，开口的第一句话就是，"佳佳啊，考不上也没关系，读研究生不是唯一的一条出路嘛。"

　　"……"这是哪儿跟哪儿啊？他哪只眼睛看到她考不上了，有这样一考完就唱衰的吗？很不吉利的好吧亲？这都跟谁学的啊？

"没关系没关系，别难过，哦，不哭不哭，佳佳，你还有我呢，我很能赚钱的，咱不读了。"没错啊，大婶说了，千万别给考生压力，在考生面前一定要表明自己的态度，无论什么结果都要给他们吃什么来着？定心丸？人类太脆弱了，需要安全感，这个他可以给佳佳啊，他可是金牌销售员呢！有了钱就有了安全感。

"……"尼玛，谁哭了谁难过了啊？佳佳嘴角抽了抽，不想再跟他胡扯下去，一把拉起他就往家赶，别再丢人了好吗？

在佳佳再三保证自己确实没难过没有考不好之后，波波总算消停了，两人之间再次恢复和谐气氛，兴高采烈地回家去。

到达家楼下，波波又开始作了，非得说佳佳考完试累得体虚，要背佳佳上楼。

佳佳已经彻底被美男鱼打败了，不过也见证了波波的成长。从最开始疼惜自己娇弱的"足"半步不肯多走，上个厕所都要变成小人让她抱，到如今主动背她上八楼，佳佳真真有些受宠若惊，不要再闹了好不好？愚蠢的人类被玩坏了啊有没有？

他们这推推搡搡，在外人眼里就是甜甜蜜蜜打情骂俏。

在两人快化为连体婴时，身后响起了一女声。

"童佳佳。"

那会儿波波还在试图背起佳佳，佳佳正拍着他的后背："你别闹，快放我下来。"

被这声音一吓，佳佳赶紧挣脱出来。

她转身望去，怎么会是她？

穆枝枝眼里很平和，没有往日的趾高气扬、针锋相对，甚至有些示好的感觉，朝佳佳走来。

佳佳更加诧异，怎么了？她多日不去社里，且剧本也没交，不是被自动清理出社团了吗？她来找她干吗？为了小锁，可是她和小锁也玩崩了啊！

"佳佳，征文大赛后天要组织进入复赛的作者去建川市采风，这是邀请函，我给你带来了。"

"邀请函？给我？"佳佳狐疑地接过，打开一看，果然写的是她的名字。

"嗯，写手和主要演员都会去，还有其他学校的，你去可以多认识点儿人。"穆枝枝四年来，这次恐怕是最心平气和地同佳佳说话的一次了。

怎么回事啊？两人和平得不科学啊。

"好了，东西给你带到了，我任务完成，先走了。对了，你可一定要去，我们几个就指望你的剧本了，说实话，也有别的作者邀请我出演，我可都推了。"

"哎，你等等。"佳佳有些恍惚，忙上前拦住穆枝枝道，"不是，枝枝，首先，我很感谢你给我邀请函，可是……"佳佳摸了摸后脑勺，有些不好开口。

"可是什么？"穆枝枝问道。

佳佳左右看了看，心一横，道："可是我和小锁……你知道，我们……"我们其实玩崩了，小锁肯定会去，那我去就不好了吧？多尴尬啊？

听到小锁的名字，穆枝枝果不其然皱了皱眉，但随即看了一眼站在佳佳身旁不停地扯着她的衣摆求关注的某二货就释然了。

她笑道："童佳佳，你不会那么小气吧？"

"啊？"什么意思？

穆枝枝有些诧异，佳佳好像什么都不懂的样子，她嘟了嘟嘴道："我承认，过去我是对你有偏见，觉得你既然有了男朋友就不该吊着小锁不放，其实是我一直弄错了，只不过是我自欺欺人不肯接受现实罢了，这么多年不是你吊着小锁不放，是……"穆枝枝叹了口气道，"是他一直追随着你不放，他连考入这所学校都是为了你，我又有什么想不通的呢。原以为没有你，他自然就属于我了，可我还是错了，即使没有你，不是我的终归不是我的。"

"枝枝……"

"你还不知道吧？小锁恋爱了，当然，女朋友不是你，也不是我，他不喜欢我，不会因为任何人而改变。"

"什么？"小锁恋爱了？和谁？那一刻，佳佳觉得自己的心被什么蜇了一下，有点儿疼。

穆枝枝又笑了，她今天笑得挺多的，其实她真是个美人坯子，特别是笑起来，很漂亮！

"童佳佳，撇开这些乱七八糟的不说，你一定会很诧异我这些年为什么这样讨厌你还待在话剧社吧？好吧，其实我是你的粉丝，忠实读者，我喜欢你写的书写的剧本，我是发自内心地想演你故事里的主人公。当然，我知道我的演技还达不到你的要求，所以才使了些小手段让小锁帮忙的，但我有在努力，希望你能给我一个机会。"

"……"纳尼？穆枝枝四年待在话剧社不是为了陈小锁而是为了她童佳佳？这个世界太疯狂了！

穆枝枝说完，抿了抿嘴朝佳佳笑了笑，又朝一旁警惕地望着她的某鱼挥了挥手："希望你再考虑一下，再见吧。"

说完也不等佳佳回话，就转身走了。

"穆枝枝！"见人真的要走了，童佳佳终于回神，她几步上前喊道。

穆枝枝停了脚步。

"穆枝枝，我们这算和解了吗？"佳佳也笑了。

穆枝枝低了低头，背影看不出表情，但佳佳就是感觉她在笑，然后看见美人伸出一只手臂摇了摇："和解了。"依旧没有转身，慢慢走远。

到底要不要和大家一起去建川市呢？佳佳很纠结。

不管佳佳纠不纠结，反正，波波是决定要去了。

面对激动异常的人鱼波波，佳佳有些无奈，后天才出发，他今天就开始拉着佳佳上超市采买旅游用品了，而且人也没说能带宠物出门啊？再说了，就他那人畜不定的体质她是要给他带个鱼缸呢还是要给他带个鱼缸啊？

最关键的是，陈小锁也会去！

小锁他，恋爱了呀？佳佳捂着胸口，露出个惨淡的笑。

有时候，虽然能想明白，但心里就是接受不了。

不过，眼看就过年了，佳佳是南方人，家乡明州市就在建川市隔壁，如果去建川市采风，回家就只要两三小时了，好久没见爸爸妈妈了，好想他们啊。

"佳佳，你觉得这套衣服怎么样？对了，建川市这会儿冷不冷啊？"波波拉着心不在焉的佳佳比比画画。

佳佳看也没看一眼便道："很不错呢。"

"佳佳，你再敷衍我试试！"波波终于怒了，他已经百般讨好，够委曲求全的了，这女人怎么还这样待他？

佳佳叹了口气，终于抬头看他："哎，不是我说你，我还没答应人家要去呢，你瞎掺和什么劲嘛。再说了，一天二十四小时你有差不多一半时间在泡水，我怎么带你去啊，还有啊，人家也不一定肯让多带人啊，这是团队活动，我不好搞特例吧？"佳佳老觉得今晚有些不正常，待认真去看时，才发现波波一整晚都在童装店转悠。

233

"我自费总行吧？"

"……"不然你还吃霸王餐？

听佳佳这么一说，波波神秘一笑，拿起适才选好的几套童装径直来到收银台前，一直跟着他的服务员小姐热情地接待他，可等半天竟然等来帅哥的女同伴磨磨蹭蹭过来付款，顿时就"斯巴达"了。这得多少钱才能包养如此绝色啊？还有，都买童装了，不会小孩都有了吧？

佳佳着实是不肯乱花钱买这些衣服的，一者波波在稚童时间很短；二者他已经有好几套衣服了。

"你的衣服都穿不完，还买这么多？"

"我就两套，哪里够穿？"

"你每天就穿一个小时，怎么就不够了？"

"你就是小气。"

"我这叫会过日子！"

"大不了从我零用钱里扣。"

"你觉得你的零用钱要扣多久才能买得起这些套？"佳佳很无语啊。

但是，服务员更无语啊有没有？完全听不懂他们在讲什么啊！全程赔着傻笑，连一句话都插不上啊有没有？

最终，佳佳还是付了账，一帅得天怒人怨的大小伙在大庭广众之下同你撒娇，心都要化了，还是赶紧破点儿财牵回家，别再祸害别人了。

无论佳佳如何劝，反正波波是铁了心要跟着去建川市了，说一切他自个搞定，神秘兮兮的好像他有大绝招似的。

佳佳身体一恢复，就开始了苦命的宠奴生涯，就硬气了几天便被波波收服得老老实实。

这会儿，波波悠闲地泡在浴缸里一会儿指使佳佳刷鱼尾一会儿指使佳佳端热水。

"波波，咱不去行吗？建川市有啥好去的啊？山里头不是山鸡就是野猪的，有什么值得玩的？"佳佳忙上忙下就为波波改口，只要这货决定去，即使自己一百个不愿意，她也相信波波最终能逼她成行。

波波斜眼看她，一副绝不妥协的样子道："我把工作辞了，老板今天给我发了年终奖已经存你卡上了，还有，直到出发前我都泡水储蓄能量，这样就可以长时间保持稚童模样，这样耗能少。再说了，到了酒店总有浴缸可以泡水的嘛，到时我以小孩子身份同你去，你就不会尴尬了。"

"……"我去，这货打得一手好"算盘"哪，不行，还是不能去，万一穿帮了呢？而且，自她和小锁决裂后就再没出现在公众视线里，这回猛地一出现，多难为情啊？

波波看着佳佳这样，心里不免叹了口气道："佳佳，你还要躲到什么时候？难道你一辈子不见人？一辈子不见他了吗？早知道你这样没出息，当初就……"

"就什么？"

"就不救你了！"

"……"佳佳默默地低下了头，沉默良久道，"那就去吧。"

是啊，难道自己就这样宅到毕业，再也不见人了？和小锁恋人不成挚友不妥，难道就要成为陌路仇人了吗？得去！无论怎么样，不能再消极下去了。

波波终于欣慰地笑了："早知道你一个人搞不定，所以我才给你壮胆去的，你啥也别怕，一切有我呢！"

"……"可不可以不要这样酷帅狂霸转炸天啊，太感动了啊有没有？

"还有啊，你们人类那什么春节不是快到了吗？你回家我怎么办？佳佳，你不会丢下我不管吧？听说建川市离你家很近哪。"

对，她是肯定要回家过年的，波波怎么办？带回家？一想到爸爸妈妈看到她带着一个男子抑或一个小鬼再不然抱着一条鱼回家的情景……简直无法想象啊，带一条鱼回家，是要年年有余的好兆头吗？

还有，明州市，那可是，她童佳佳、林宴、小锁共同的家乡啊。

建川市之行还没开始呢，佳佳又开始担心起回家过年的事了。

原以为没有他们，昔拉大人的生活会基本不能自理，没想到人早有准备地上超市置办了一个月的存粮，誓要将宅男生活进行到底！

几天后……

佳佳牵着五岁波波的小手，两人一人拉个旅行箱，前途未卜地出门了。

组织者选择了先搭乘动车到灵岚市，再搭乘汽车到建川市的行车路线。

因为波波是五岁稚童身份，坐动车时自然不能独占一席，所以，他便一路理直气壮地坐大腿了，佳佳忍辱负重啊。

大伙是在火车站集合的，因为波波太兴奋，这是他上岸后第一次出远门，所以他俩最早到。始发站提前上车，反正座位号是一起的，所以他们也没等别人，先行上车找位置去了。

在列车开动前，参加活动的同学们陆续上车，四周都坐满了，就独留佳佳身边一个空位，而此时小锁还没到。

佳佳不免有些忐忑，小锁会来吗？身旁这个位置不会是他的吧？一会儿见着他自己该说什么好呢？自然点儿打个招呼？还是闭嘴什么也不说？她自个跟自个在那里叨叨，直到列车开动，身旁的位置还是空的，波波似是生怕佳佳会让他独自坐车，这会儿正紧张地揪着佳佳的衣领子，不停哼唧自己不会坐车，害怕……

可佳佳的心思全集中在：小锁没来？

直到列车开动，小锁依旧没出现。

所有的辗转反侧不安忐忑瞬间消散，佳佳紧绷了一整夜的心情终于放松了下来，可是，莫名地，还是有一丝淡淡的忧愁爬上心头。

波波紧紧地搂着她的脖子，不安地看着玻璃窗外飞速后退的风景，有些结巴道："佳佳，还要多久才到？我……我好像有点儿晕车。"

佳佳闭眼躺靠在座位上筋疲力尽道："我们刚上车五分钟，就算你长了翅膀也不可能马上就到。"

"……"

波波探着头紧盯着玻璃窗中的倒影，良久，又道："佳佳，你好像有些不对劲。"

"？"佳佳皱眉，哼唧了声没有回答。

波波咬了咬嘴唇，犹豫了会儿最终还是出声道："你不会是因为那只猴子没来高兴过头晕车了吧？"

"……"佳佳叹了口气，一把将还在不安分地指着玻璃窗研究她的小鬼头摁进了怀里抱好，一副不想再和他废话的表情。

"唔……佳佳，这样我出不来气了。"波波不安地扭动，佳佳将他搂得更紧。

"睡觉，吵死了你。"

"佳佳，刚才听领队说那只猴子先我们一步去建川市踩点了，你别高兴太早啊，待会儿还是会见到的。"

"！"佳佳睫毛微颤。

"哦，对了。"好不容易挣脱的小屁孩深吸了一口新鲜空气继续聒噪，"听说他提前去其实是想和他女朋友先去过甜蜜二人世界，在当地先旅游再和我们会合。"

"……"小锁的女朋友？佳佳猛地睁开眼睛，很好，补刀成功！

22.

补得一手好刀

波波望着玻璃窗上佳佳的表情变化，心里有些涩涩的：自己真是补得一手好刀，这家伙果然对那只死猴子没死心，只不过这一刀刺了她也伤了自己。

佳佳缓缓转头看向玻璃窗，和玻璃上倒映着的小孩对视，波波此刻正懒懒地躺在她怀里怔怔望着自己。

佳佳有些难过，她不需要多么完美的爱情，不过是想要有一个人永远不会放弃她，这样的愿望真的让老天爷都感到为难吗？

两人隔着玻璃窗对望，不知过了多久，佳佳开始走神，波波却开始有些得意，嘴角挑衅地翘起：还是觉得他好吧？这样想入非非地望着他是有多喜欢他？口水都要流出来喽，后悔喜欢过那猴子了吧？连自己现在这副模样都能把她迷得找不着北，自己真是帅得天怒人怨啊。瞬间，刚才因"补刀"产生的不悦消失殆尽。

波波嘴巴甜，一路上"哥哥姐姐"地叫，车厢里的旅客都为他疯魔，唯一的遗憾是这小屁孩不肯跟别人碰触，全程黏着佳佳叫佳佳累得很想晕过去。

七个小时又三个小时后，佳佳一行终于转车到达了建川市。

佳佳背着已经闹腾一路此刻正趴在她肩头熟睡的波波下车，一大一小两个行李箱被其他热情的团友接过，佳佳连连道谢。

下榻的酒店坐落在城郊一座山脚下的山庄，风景秀丽，幽静闲适，一下车，众人就满意地欢呼入住了。

佳佳举着无辜的波波在前台磨着换房，终于在波波的萌攻下，两人换了一间大床房。

没法，整团的人都住标间，波波晚上要泡澡，他们肯定不能和别人住一起，她又不好意思独占双人标间，只好自费补了差价换房，却只剩大床房了。

一进房间，佳佳就瘫倒在床上，波波倒是兴奋异常地满屋子跑，当然，他最关心的还是浴缸。

今晚六点聚餐，这会才下午四点半，还可以休息一小会儿。

佳佳在床上打了个滚，掀起被子蒙着头想眯一会儿，可浴室里传来一声声伴着水声的尖叫叫她头痛万分。

"佳佳……"里头的小鬼已经不耐烦了。

童佳佳叹了口气，慢腾腾地坐起身子应了声："来了来了！"

五分钟后，佳佳认命地走出浴室从随身行李里掏出特制的"刷子"再沮丧地拖着疲惫的身子进去伺候人鱼大人了。

一个小时后，佳佳才小心翼翼地抱着裹着毯子恢复成小男孩形状的波波大人出了浴室。

波波大人很满意地在床上打了个滚后嫌弃地瞪了佳佳一眼："一身臭汗，还不快去洗洗。"

"……"佳佳很想掀床啊，若有下次她还带着条鱼出门她就不姓童！简直太欺负人类了啊！

待佳佳把自己收拾妥当时，团里已经派人来喊他们吃饭了。

佳佳领着波波急匆匆下楼，还是迟到了，大伙都坐好了位置。

佳佳连连抱歉，牵着波波迅速找到空位坐好，不想一抬头就看见了坐在他们对面的陈小锁。

童佳佳身子明显一僵，被波波踹了一脚后不自然地低头为两人布置碗筷。

小锁没有看他们，他正在为邻座的女孩倒醋和酱油，那女孩从清秋市出发时就没见过，想来这就是传说中的女友了。

小锁从来都是别人伺候他的主儿，竟还有为女士服务的一面，真是难得一见。

佳佳觉得好笑，她紧张什么，她和小锁算什么？一次莫名其妙的告白？一次不成功的约会？一场还没开始的恋爱？于是两人多年的感情变成如今尴尬的境地？

这么多年了，她从一开始就不应该对小锁有什么非分之想，有的人因为太重要，便选择做朋友，因为朋友永远比恋人走得远。

扪心自问，这几年，小锁对童佳佳的小半人生来说，真的很重要，是她太奢望爱情了。

这么想着心里也就释然了，林宴和陈小锁终究是她生命的过客，人生还很长，不必再自怨自艾。

她这厢想通了，那厢小鬼却不高兴了。

波波伸手至她大腿上狠狠拧了一把，还在走神的佳佳"嗷"的一声差点儿没掀翻桌子。她倒吸着气捂着痛处怒目瞪着身边的小不点，要不是怕引起众人注意，她铁定要揍他了。

小鬼还高贵冷艳地轻哼一声："瞧你出息的，我要吃虾。"

"……"这会儿佳佳是无暇再伤春悲秋地哀悼逝去的爱情了，得，有身边这个祸害在，人生就没有最糟糕，只有更糟糕。

童佳佳叹了口气，本想用波波来遗忘林宴，可当自己真的有些陷入时又及时悬崖勒马地收住了深陷的脚步。原本想用小锁来解越陷越深的异物种之恋毒，却哪想兜兜转转还是回到了人鱼身边。

佳佳重新定位了小锁在她心里的位置：不管他当她什么，他都是她此生挚友！

童佳佳释然后，元神归位，行为表现也自然了许多，开始专心伺候人鱼小主吃饭转移注意力了。

一会儿剥虾一会儿喂饭，简直旁若无人。

可还没安分几分钟，众人就觉得不对劲了，佳佳只要专心伺候起波波可真就是两耳不闻窗外事了，波波努一下嘴，一个眼神，娇滴滴地喊一声："我要吃肉肉，我要吃虾虾，我要吃菜菜……"佳佳就是绕半个桌子也会帮他夹到碗里。这其实也没什么，可为何小屁孩每次要吃的菜都是小锁欲夹的菜呢？

佳佳已经不止一次夹走小锁要夹的菜而不自知了。

本高谈阔论围桌吃饭的小伙伴们到最后竟是越来越没声音了，大伙一会儿瞄一眼这边真实忙碌的两人，一会儿瞄一眼那边马上就要火山爆发的某男，都想着赶紧结束这顿走人了。

待佳佳反应过来不对劲时，小锁已经生气地摔筷子走人了，接着他身边的女孩也站起身跟大伙施以一个抱歉的笑容后跟了出去。

佳佳忙收了筷子，尴尬地朝众人笑了笑。

好吧，出游第一天就开始不合群了，佳佳对未来不敢再有期望。

因为晚饭事件，佳佳没脸再和众人一起活动，怕波波又整出什么幺蛾子来，遂编了个理由拖着波波出门，两人自由活动去了。

反正这次是来采风，一群文艺小青年都感性得很，皆三三两两结伴，也不在意那些形式，偶尔篝火一下谈谈理想说说写作心路，少一个也不算少，文人相轻，都有些小清高。

冬日的夜晚在这座南方的小城市并不冷清，佳佳牵着波波不知不觉走到了步行街，波波对什么都很好奇，想来两人相识的这些日子难得有这么一个夜晚可以相安无事地漫步闲逛。

"佳佳，我想上厕所。"

佳佳环顾了下四周找了间商场进去寻厕所。

找着了厕所后，波波非让佳佳先在外面逛逛，他可能要费点儿时间。佳佳面对一时懂事的小宠物还有点儿反应不过来，但最终还是答应自己去四周逛逛。

她现在最期待的事情就是把肚子里的珠子还给帛曳，那么她的世界就会彻底平静下来，所有的恩恩怨怨都烟消云散。刚想着心事，抬头就看见小锁从对面走来，身边的女子温婉可人，怎么看怎么般配。

佳佳这回没有尴尬没有避让，她抬头朝着小锁笑笑，上前主动打了声招呼："你们也出来逛街啊？晚上不好意思啊，改天回去请你吃饭谢罪哈。"

小锁皱了皱眉，有些勉强地"嗯"了一声后没有继续交谈的欲望，不过他身边的女子则很有礼貌地和佳佳说了几句话，还一直说着："没关系，小孩子嘛。"

然后两人和佳佳道别，小锁在与佳佳擦肩而过时，身体不自然地僵了僵，佳佳还是感觉到了，她没停下脚步，继续往前走。有些感情，既然握不住，那就忘了它！

佳佳没敢跑远，毕竟现在波波还是小孩模样，她不放心，所以逛了没几分钟就回商场厕所等小屁孩了。

可左等右等，佳佳就差没闯男厕拎人了，在这焦灼烦躁时，忽然，后肩被人轻轻拍了一下，佳佳有些惊吓地转过身去，一时，有些恍然。

童佳佳也算是长过见识的人，五年青梅竹马的爱情和一段即使没有结果却依然有些矫情的男闺密之恋，对眼前这……物种也是知根知底的，因为对他无比熟悉，从一开始就知道两人此生绝无可能，异物种之恋简直无法想象，所以即使帛曳长得如何俊美无疆她也绝不允许自己动心。

　　她小心翼翼地冰封自己的内心，当有一点儿融化的迹象就想尽办法冷却它，即使牺牲挚友的感情也要阻止自己陷进这不可思议的感情里，因为她清楚地知道如果爱上眼前的男子，她将万劫不复！

　　可，有的时候，一些感情是你逃不掉、躲不了的。

　　自从相恋五年的青梅竹马说分手就分手后，佳佳觉得自己再也不相信爱情了，这句话很俗，但是确实是她心底的真实写照。她不敢爱了，怕了，连林宴都能离开她，更何况是眼前如此不靠谱的人鱼先生呢？

　　但，凡事无绝对啊！

　　那句话怎么说来着？

　　"机场在等列车，游鱼在等飞鸟，太阳在等星星，我在等你。"

　　就是这种感觉，佳佳站在原地，一动不动，望着眼前的少年。他朝她微微一笑，轻轻颔首，绅士地朝她伸出一只手，他周身似是藏在光里，耀眼得叫人心颤。至此，目光一寸也移不开了，好似等了他一千年、一万年般，原来，所有的一切因果只不过因为我要等的人是你，而非其他任何人。

　　一眼，便是万年。

　　佳佳沦陷得很彻底，心底有个声音凄恻地叫了一声：完了！

　　世界上最不靠谱的就是一见钟情！

　　认识快半年了都没敢日久生情，结果在半年后，佳佳却被这一眼给拉进了万丈深渊。

　　这种感情很莫名，很奇妙，很不可思议，但它确确实实发生了，完全没有任何理由。

　　"佳佳？"帛曳伸手在佳佳眼前晃了晃，她依旧站在原地没有反应。

　　"……"

　　"佳佳，你怎么了？"帛曳有些着急地抚上她的额头，自己不就是变了个身吗？不会被他吓傻了吧？

　　佳佳一怔，总算是清醒过来，清醒过来后，身体所有的感知都恢复正常。于是，随着眼前男子的碰触，浑身不可抑制地开始颤抖，心跳加快，热度从脖颈开始向全身蔓延，在寒冷的冬夜里自己竟犹如烧红的龙虾，不正常地发烫发抖。

　　佳佳连忙往后退了一步，躲开他欲再探究竟的手。

　　"你……你怎么突然变身了？"

　　帛曳左右看了看："没事，我会小心不让人看到的。"

说完，朝佳佳摆摆头，示意她跟着。

今晚不知怎的，自从那一眼后，佳佳和波波的关系变得微妙起来，原本是波波黏着佳佳，佳佳总是一副不耐烦不情不愿的样子，但，自从佳佳靠近波波就脸红心跳加速后，佳佳倒变得扭扭捏捏起来。

帛曳干净清爽的短碎发不用打理都很有型，他穿得很少，一条浅蓝色牛仔裤勾勒得腿型更加修长完美，上身穿了件灰色风衣，里头穿了件米黄色的连帽衫，双手插在裤兜里走在前面显得有些单薄，一副少年郎模样。

不知怎的，佳佳就是看出了淡淡的寂寞，让人心疼。

两人一前一后走在街上，今晚的帛曳很沉默，佳佳就更不想说话了，看也不敢看他，只顾着低头走。

灯火通明的步行街到处是两两相拥的情侣，帛曳扫了一眼四周，叹了口气，停下了脚步。

佳佳只顾着低头走，猛地撞上了一堵人墙，额头被撞得不轻。

才刚"哎哟"了一声，身前之人就急忙转身询问："撞着哪里了？你怎么这么笨啊？走个路也能撞着我？疼不疼？"

佳佳捂着额头，龇牙咧嘴地半睁着眼瞧他，帛曳一脸焦急，不知为何，心似是被细针扎了一下，不疼，却揪得发慌。

"吹吹，吹吹就不疼了。"说完，帛曳还真的撩开她的刘海，朝她额头吹了吹。

彼时，冬季的夜晚天寒地冻，却，有股暖风自头顶拂过，飘进了心里，萦绕着心尖儿，暖暖的，再也挥散不去。

"……"佳佳一时无法言语，面红耳赤，几近窒息。

两人不是没有过更加亲密的举动，拥抱接吻都试过好几回了，可没有一次如今晚这般暧昧得让人透不过气来。

"佳佳，你怎么了？脸怎么这么烫？着凉了？你怎么这么笨啊？出个门都能感冒？唉，真是败给你了。"边说还边脱了风衣将佳佳裹住，塞得紧紧的。

尼玛，这完全是酷帅男主与傻妞女主的桥段啊，佳佳猛地一个激灵清醒过来，连忙躲开。

见着佳佳的反应，帛曳一怔，皱了皱眉，深吸一口气再吐出，鼻哼了一声，转身欲走。

望着负气离开的少年，佳佳不自觉地竟跟了上去，拉住他的衣角。

"波波，我……"

243

帛曳停住脚步，没有转身，冷笑一声："你？你什么？反正无论我做什么，你都看不上是不是？"

佳佳有些慌乱，结结巴巴道："不……不是。"

帛曳转过身："不是？不是什么？这半年以来，我是怎么对你的，你是怎么对我的？童佳佳，你有没有心啊？"

"波……波波啊……"继续语无伦次，甚至连直视都不敢。

"我啊，堂堂二十一世纪最后一条美男鱼啊，忍受你三番五次的戏弄嫌弃、见异思迁、朝三暮四、脚踏两只船都没放弃，你还想我怎么样？"帛曳却步步紧逼，不想放过。

"我……我没脚踏两只船，不……不是这个意思，我……"我之前根本没喜欢你也没打算和你交往怎么算脚踏两只船啊，我又打不过你，又杀不了你，你的人鱼珠子还在我肚子里，你亲我抱我我能怎么着？你是凶残的海底怪物，我一个愚蠢的手无缚鸡之力的白痴人类但凡还有点儿自知之明也不敢自不量力和你叫板啊！我还这么年轻家里还有二老等我孝敬还要活下去啊我怎么敢和你抗衡啊！

最关键的是，尼玛，你是二十一世纪最后一条美男鱼，酷帅狂霸转炸天英俊得举世无双啊，凭什么喜欢我啊？最后，异物种之恋是所有言情小说青春偶像剧里最雷人最不靠谱的啊，亲，你都五百岁了还跟我二十岁长得一样啊，再过十年……简直不敢想象以后的画面啊！

佳佳一肚子委屈却没法吐出来，憋屈死了。

之前没有沦陷还能理直气壮地对他呼来喝去打马虎眼，这会儿形势突变，童佳佳一个字也无法反击了。

喜欢一个人真的需要理由吗？

他喜欢我什么？我又喜欢他什么？

可我有什么理由不喜欢他呢？他那么帅那么体贴那么可爱……他为什么不能喜欢我呢？我这样任劳任怨对他照顾有加撇开其他不说我也是个好女孩啊！这种莫名其妙的牵肠挂肚，难道真的叫作喜欢吗？

帛曳有些丧气地蹲下，佳佳伸出手欲安慰却又讪讪地缩了回来。

半晌，帛曳开口："佳佳，你能不能别喜欢别人啊？"

"……"

他慢慢抬起头，伸出手牵着佳佳缩在袖子里的手，佳佳没有挣脱。

"佳佳，你别喜欢别人了，好不好？"

佳佳怔怔地望着地上的人儿，良久，缓缓蹲下，手依旧被帛曳牵着，她用另一只手轻轻抚上他的额头，望着他的眼睛轻声道："为什么？"

帛曳顿了一下，目光有些闪烁，他咬了咬唇，将视线收回，低下头小声道："因为我喜欢你。"

彼时，街边小店晕黄的灯光透过挂在门上的珠帘，星星点点地落在眼前少年的脸上，像暖暖的小火球，融化了早已冰封的心。

看不出一丝破绽，佳佳心里的不安疑虑渐渐消除，自己……真的还能再相信爱情吗？哪怕是如此不可思议的感情？

还没待她再往深处想，眼前一暗，少年已经站起了身。

"走，带你去玩好玩的。"

"啊？玩？玩什么？"童佳佳还没反应过来就被变成成人的帛曳一把拖走了。

他似是对这一带很熟悉，拉着佳佳走街串巷就来到了一片灯火通明的地方。

"波波，这是哪里啊？你以前来过？"佳佳跑得气喘吁吁。

"昔拉说的真没错，愚蠢的人类，你们现在不是有种东西叫网络吗？那叫什么来着？度娘？"

"……"这货什么时候学会上网了？

帛曳带着她七拐八拐，竟来到了建川市的嘉年华现场。

原来是著名的SM集团为宣传新产品上市在建川市举办的嘉年华造势活动，可这会儿已经渐入尾声，不让再进去了。

"波波，咱们走吧，人家要关门了。"佳佳拉着波波不想惹是生非，今晚已经过得够不寻常了，她现在急需时间冷静，她今晚这是被告白了还是被告白了啊？

帛曳回身摸了摸她的头以示安抚后，拉着她离开已经关闭的大门。

游乐场已经关闭，只接待九点前进场的游客了。

"波波，你这是要去哪里啊？"佳佳有些着急，这货又要整出什么幺蛾子啊，往这黑漆漆的地方钻也不怕出现怪物啊，妈呀，好黑好吓人啊。

帛曳拉着佳佳七拐八拐地来到了游乐场一侧，这一侧靠着一处暗巷，没有路灯，没有行人，与前街的热闹相映衬，越发显得安静。

"波波，我们回去吧，这里好黑啊，一个人都没。"

"嘘……"帛曳环顾了下四周，神秘兮兮的。

"波……波波，我怕，我们还是快走吧。"佳佳是真有些心惊胆战了，声音都有些发颤。

确定四周没有人后，帛曳转头朝她莞尔，凑到她耳边小声道："你恐不恐高？"

"啥？"佳佳一头雾水。

"恐高的话把眼睛闭上，一会儿就好。"说完，揽过佳佳的腰纵身一跃……

"我我……你……你你……"佳佳还来不及惊呼就已被抱着跃过了眼前的高墙。

临空的一刹那，佳佳心里一紧，慌忙闭上眼睛，反手紧紧地回抱住身前的男子，将头埋进他的怀里，似乎这样紧紧和他搂抱在一起就能抵挡一切未知的恐惧，如那日落海时被他圈在怀里在浩瀚无际的蓝色海洋里遨游，虽然惶恐但心安。

直到再次安全落地，佳佳还在震惊中回不了神，耳边隐约拂过类似蒲扇扇动的声音，可抬头望去，什么都没有，只有帛曳一脸好笑气定神闲地望着她。

佳佳皱了皱眉，连忙挣脱出他的怀抱，后退两步。

强自压抑住狂跳的心脏，假装镇定道："这太胡闹了，要是被人看到了怎么办？"还有，一条鱼怎么会飞？到底是什么品种啊？

似乎是猜到佳佳的心思，帛曳歪了歪头，漫不经心道："你们中国不是有句话叫'鲤鱼跳龙门'吗？"

"难不成你的品种是鲤鱼？"佳佳上前一步跟上帛曳。

"如果是鲤鱼，你是不是就不会那么害怕我了？"帛曳深深望了佳佳一眼后，伸手拉上她的手，十指交扣，转身，抬腿便走。

当他修长的手指有力地握上佳佳的一刹那，佳佳紧绷了一整晚的弦终于断了。

就像是明知道兵临城下，而己方也已布置了千军万马来防御，却在见到对方首领时全军似得了失心疯般溃不成军，一时之间，所有的雄心壮志皆化作虚无，千军万马，军不成军，马不像马，一路溃败，城门失守，也失了心。

"我……我从没怕过你。"佳佳小声嘟哝道，一条会赚钱会耍赖会卖萌会露出小尖牙的傻鱼，有什么可怕的？但，真的不怕吗？

手上的力道紧了紧，沉默良久，前方终于开口回应："就算我会飞，你也不怕吗？"

真会飞？都敏俊也能飞还能一拳砸停飞速的轿车还能凝结时空，而帛曳上岸至今，除了变身、惊人的胃口和吓人的力气外也没什么特异功能。前一段《来自星星的你》热播时，佳佳还在纳闷呢，这人比人气死人，异物种比异物种也气煞人啊。

遇到帛曳后发生的一切，佳佳觉得自己似乎一直生活在梦里，梦里完美的男主让人不踏实，离得近了惶恐，离得远了又被吸引拉近。

"会飞为什么要怕？带我飞啊，除了飞，你还有什么本领没有使出来？"佳佳有些不甘心，总觉得自家的宝贝被都敏俊比下去了，真心不爽，我们家波波最棒了，外星人一边玩儿去吧。

帛曳拉着她拐了几个弯便来到了游乐场中心，此时嘉年华接近尾声，但照顾已经进场的顾客，只要还有人排队的娱乐项目都还在开放，不过是不再接待外人了，游乐场的大门也虚掩着不让人再进。

帛曳今晚很兴奋，他第一次来游乐场，对什么都好奇，拉着佳佳一会儿试这个一会儿试那个，每个都想玩一圈，这可苦了佳佳。

"不会吧，海盗船？我不要坐啊，我心脏受不了啊，喂喂……别扯我，啊啊啊啊……"

"哕……"

"等等，那个太刺激了，我不敢上去，波波！啊……"

"哕……"

"我……我们还是去坐旋转木马吧，别玩过山车了好不好？波波，我求你了，我给你唱《旋转木马》？"

"啊……哕……"

……

23·

秘密曝光

半个小时后，佳佳趴在一个充气玩偶身上气若游丝，嘴里念念叨叨，凑近了仔细听，隐约可以听到一声："救命……"

　　可惜一人高的玩偶只会傻乎乎地笑，根本不会英雄救美。

　　说好的心动不眠夜呢？说好的浪漫之旅呢？说好的融化冰封之心的异物种之恋呢？

　　佳佳很想仰天长啸啊，如果还有力气的话。

　　对这没有人情味的傻鱼心动简直就是不把自己当人类看待啊，还敢跟都教授比，简直就是 Face 和 Body 都丢尽了啊！

　　可一边的傻鱼还是一脸意犹未尽的表情，他比之前更兴奋了，额头上冒着细密的汗。

　　"佳佳，你想不想飞？"帛曳拽过还在装死的某人，也不管周围人的眼光，竟拉着她在原地转起了圈圈，"佳佳，我今晚好开心，我都忘了有多长时间没这么开心过了，佳佳，谢谢你……"

　　"……"

　　本被玩坏的某人，此刻已经有些神经错乱了。

　　在三秒钟之前，如果能够预计到三秒后自己会被某人拉着，手牵着手在大庭广众之下转着圈圈，她可能会当场咬舌自尽。但三秒后，还没来得及咬舌自尽，却被眼前的少年眼里流露出真挚、赤诚的情感深深地震撼到。

　　忘记了自己身在何处，忘记了自己在干什么，忘记了过去、将来，时间如电视上演的那样在此刻停滞，周围都是灰白静止的，只有眼前的人是彩色的。

　　万千灯火下，熠熠生辉的人，笑眼望着你，都快醉了。

真的能开心成这样？那一刻，有种为了眼前人的笑眼，甘愿上天入地在所不惜的情感在心底滋生，更不用说再玩一百遍过山车了。

哎哟，咬舌自尽什么的绝对不会是童佳佳啦，转圈圈什么的绝对不是幼稚愚蠢无聊至极的举动，简直萌到爆啊。

三十秒后，佳佳转得有些头晕了，神志渐渐归位，周围不再是灰白静止，而是口哨、起哄声和"咔嚓咔嚓"的拍照声，伴随着一阵高过一阵的欢呼："好帅好帅啊！"

又过了几秒，波波似是也反应过来这样不妥，他猛地停了下来，拉着她开始突围。

果然，长得好看在何时何地都是摄影素材，而童佳佳充其量只能称得上是PS素材，还是个彻头彻尾的废柴！

跟电影明星似的，人潮随着波波的突围而开始涌动。

不明所以的游乐场保安闻讯赶来维持秩序，而趁着混乱，波波拉着佳佳竟突出了重围，佳佳像是踩在云端上，一切都好不真实，转眼，她不仅突出了重围，竟还……还……

她这是飞了吗？飞起来了吗？

怎么刚才还在地上，这会儿就在摩天轮的顶端了呢。

"波……波波……"佳佳紧贴着身旁的男孩，声音有些抖，"我……我不是在做梦吧？"

帛曳揽过佳佳，笑了声："不是。"

"你……你真的会飞？"佳佳低头朝下望去，有些眩晕。

"呵呵，你说呢？"

"可……可鲤鱼能跳得过这么高的龙门吗？"佳佳往波波的背后望去，一切正常，没有多余的东西，比如翅膀什么的，可……他是怎么带她上来的呢？

波波没有接她的话，他转过佳佳的脸，指着脚下的万家灯火，让她看，良久，认真道："佳佳，我看过好看的风景想带你看，我吃过好吃的东西想带给你吃，我玩过好玩的东西想带你一起玩，我不知道该给你什么，我不知道该如何让你相信我，我只想把我认为的最美好的一切捧到你面前，我希望你也能看到我的真心。"

"……"佳佳俯视着脚下这座陌生而美丽的城市，从来没有人这样待她，惊喜？刺激？从来没有过的感受，此刻的少年，他拥有世间最华丽的外表却捧着一颗最平凡而质朴的初心，一切只为你好，似乎做的所有都不够，他给了所有，不知所措地一直在给予，诚惶诚恐地在哄你……一切都那样不真实，找不到理由，不想再追根究底地要"爱"的理由了，如果这是个错误，她宁愿再错一次，即使摔得粉身碎骨也想再试一次。

承蒙老天爷眷顾，在失去了初恋、失去了挚友后，她还能遇上这么一个……人，让她本荒芜得寸草不生的世界瞬间开满了花，还是粉红色的花。

"你信我吗？佳佳？"波波举起她的双手置于嘴边，闪烁着一双如璀璨星辰般明亮的眼睛，说不出的赤诚。

不由自主地佳佳张口道："我……我信……"

刚说完，本还旋转的摩天轮戛然而止，本灯火通明的游乐场忽地暗了下来，远处忽地响起一串烟火划破长空的声音，如黑幕下俏皮的流星，承载无数的愿望消失在天际。

波波搂过佳佳的腰际，低头寻向她的唇。

佳佳柔顺地闭上双眼：如果这是一个陷阱，即使荆棘满地她也要试着跳一次，大不了万劫不复，也不枉来这世上走一遭。

在绝望的深海里是他向她伸出手来，给她生的希望；在无助的现实世界里是他朝她抛出橄榄枝，给她爱的承诺，她为什么不能相信他一次呢？

当两人回到山庄时，已是深夜十二点了。

同伴们都睡了，山庄很安静，佳佳被帛曳裹在怀里，两人黏黏糊糊地回到房间。帛曳没有变身，确定关系后，两人恨不得每分每秒都黏一块儿，最好就成为一个人，特别是把卖萌当饭吃的某鱼，开个门都要索亲亲，甜蜜得简直天怒人怨。

两人拉拉扯扯地进了屋，直到关了门也没注意到等在走廊拐角处的人影。

陈小锁捂住胸口，脸色惨白，望着空荡荡的走廊，他失去了所有力气，靠着墙缓缓滑坐在地上。

才进屋不久，波波就变身了，泡在小浴缸里哼哼唧唧。

佳佳无奈地哄了半天，他才不情不愿地放她去睡觉。

小小美男鱼嘟着嘴，小包子似的脸蛋鼓鼓的，双手扒着浴缸壁一脸依恋，艾玛，佳佳捂着胸口，心都化了。

但为了明天更好地伺候"人鱼大爷"，还是狠心回被窝和周公约会去了。

第二天早上，佳佳神清气爽地拉着一脸不爽的小屁孩出现时，小锁不由得皱了皱眉，一丝疑惑在脑海里闪过，但很快就被更重要的事情占据了。

今天的活动是上山采风，一群文艺青年兴高采烈地边玩着文字接龙边走边逛，偶尔停留在半山对个对子，吟首诗，把佳佳这一直走诙谐无厘头路线的言情鬼才酸得跟十月怀胎似的，下定主意，明天要自己活动。

建川市有山有海，今日的活动是采风半日，然后自由活动。大多作者都似有了灵感，一回到山庄就闭门不出地创作了，而波波听说建川市有海，嘴里就没闲过，非要去海边玩水，美其名曰补充能量。

佳佳没法，只好带着他溜去海边。

深冬的天，在海边漫步真不是明智之举，更何况是下海游泳！

佳佳蹲在礁石上一脸苦恼地望着在海里撒泼的某鱼，有些提心吊胆，一会儿怕被人发现，一会儿又怕他感冒着凉了不知该怎么办。

"波波，你差不多就上来啊，别玩太久，这么冷的天，担心着凉啊。"

帛曳没有珠子护体，只能在浅海里游着，不过他已经很开心了，确定四下无人还特意地在浪里翻滚耍宝逗佳佳开心。

"佳佳，看我鲤鱼跳龙门……"说完，一个大浪花扑来，就见一金黄色的身影凌空跃起，就着浪花尖翻了个跟头，水花溅了她满脸。佳佳抹了抹脸上的海水，不禁感叹：好个浪里白条，身材真棒！

两人嬉闹了一下午，晚上也不和大伙吃饭，溜到美食街去过二人世界了。

来建川市玩闹之余还是要干正事的，这次采风是要为最后的定稿冲刺的。

吃完晚饭，佳佳他们就回了山庄，大概是这几天过得太开心，灵感之门大开，佳佳键盘敲得很有节奏感。

波波还保持成人模样，站在佳佳身后弯腰搂着她脖子，整个人挂在她身上，自动"变身"成围脖，哼哼唧唧地看电视节目，时不时朝佳佳耳边吹吹风，偶尔朝她头顶、脸上"吧唧"一口，腻歪得不得了。

偶尔他撒娇得厉害了，佳佳就停下手，转身赏他一个吻抑或叼了口吃的喂他，而每当这时，波波就会抓住机会让吻变成法式深吻……

美好的生活总是过得很快，三天之前，佳佳万万没想到他们俩会发展到这一步的，即使是当下她也不大敢往深里想，抱着得过且过、能爱一天算一天的阿 Q 精神，享受着偷来的幸福。

旅程的最后一天，佳佳熬不过波波，还是溜到了海边，找了一块无人的海域，波波迫不及待地就下海了，佳佳依旧坐在岸边的礁石上，两手往后撑着，看着美男鱼在海里嬉闹，笑颜如花。

小锁已经留意佳佳好几天了，总觉得有些不对劲，明明出门的时候是一大一小，每回回来却是两个大人，早上出来又是一大一小。今天是最后一天，实在是放心不下那傻妞，小锁跟着打扫的服务员进了佳佳的房间，没有任何异常，那男人跑哪里去了呢？

越想越不对劲，小锁特意寻到海边一探究竟。

好不容易找着佳佳，却见她一人坐在礁石上，海边浪大，好几次那大浪险些将她掀下去，小锁的心都提到嗓子眼了，可那死丫头还一脸无所畏惧，不时还大笑几声，跟个神经病似的。

又是一个大浪袭来，小锁在惊呼之余，定睛看去，海里似乎有什么东西，他猛地一震。

海怪？谁能告诉他那人形的大鱼是什么？

陈小锁在原地惊呆了三秒后，立马意识到佳佳的险境，他急忙冲了上去："佳佳，小心！"

童佳佳吓了一跳，第一反应是，暴露了？

还没待她转身掩护，人已经被小锁拉下礁石了。

而正在这时，海里的帛曳也发现了小锁，以前佳佳还没和他确定关系时就占有欲极强，更何况现在是盖章确认的，在他眼前搂搂抱抱那还了得？

更何况，小锁也发现他了，小锁是有备而来，当发现"海怪"时，根本来不及细想就将手上的小刀甩了出去。

他从小就是出了名的"混世魔王"，在明州市时就打遍了市里高中的混子们，从小就酷爱飞刀飞镖这类玩意，随身都会携带几把没事过过手瘾，身手还是有两下子的。飞刀出手，又快又狠，帛曳用手臂抬起水花来挡，竟然还挨了一下，顿时溅起几点蓝色的血花。

帛曳当机立断，一个"神龙摆尾"掀起一波大浪朝岸边两人卷来。

佳佳还来不及阻止，已经被卷进大海，小锁始终没有放开她，可惜浪起得有点儿大，又是冲着小锁来的，他一下被拍晕了过去，落水那一刻，依稀见到

佳佳惊慌失措的脸，心里一紧，想要伸手安抚，却怎么也使不上力气，脑子越来越重。

佳佳体内有人鱼珠子，很快适应了海里的环境，并能睁开眼睛看清周围，小锁本还紧紧抱着她的手在落水那一刻已经松开，看来是昏过去了，海浪很快将她和小锁打散。

佳佳心急如焚，小锁千万不能有事，不然这辈子她都不能原谅自己。

"小锁……"佳佳欲朝海底游去，却被人拉住。

帛曳拉着佳佳的手臂朝她摇头，佳佳怒目瞪他，挣脱他的钳制，转身拨开水朝深海游去。

本在海底应该听不到任何声音的佳佳，可因肚子里的珠子，她竟然能在海里与波波交流，人鱼珠子的力量真是不可估量。

"佳佳，别去，他看到我了。"

"放开！"

佳佳非常生气，气得浑身发抖，草菅人命！她奋力甩开波波的手，双腿用力一蹬，朝小锁消失的方向游去。

海水很冰，但她感受不到冷，心比身冷。

帛曳咬了咬唇，在原地盘桓，没有珠子，他游不到深海，而且他也不能让佳佳往海底游，海底不比陆地，虽然这边是近海，但还是有危险。

帛曳深吸一口气，在原地转了几圈，最终摆摆尾还是朝着佳佳的方向游去。

老天保佑，还好肚子里有珠子，佳佳在海底的速度只怕可以打破宇宙纪录，越往海底，水压越大，但对佳佳来说都不是障碍。幸好发现小锁了，佳佳追了上去抱住他，张口给他渡了口气，拍了拍他的脸，伸手穿过他的腋下，带着他往海面游。

她太急于将小锁带回陆地了，没发现小锁的手臂有刮伤，正在汩汩地往外冒血花。

海里的动物嗅觉灵敏，特别是对血腥味，已经有大型食肉动物悄悄靠近，佳佳还不自觉。

捕食者在伺机而动，等待最有利的一刻一击即中。

当佳佳感觉到身后不对劲时，已经距离那张开的血盆大口只有一臂的距离，她甚至能清晰地看见那一口带着肉丝残渣的尖牙……

完了！佳佳脑子有那么一刻，大约是 0.0001 秒的宕机，但，很快就反应过来，千钧一发之时，第一反应竟是将小锁推出去，让自己为他多争取点儿时间，希望他有生的希望，不然，即使是自己葬身海底她也死不足惜！

但，预料的疼痛没有发生，眼前一暗，自己竟被拥入一个坚硬却不失温柔的怀抱，柔软的发丝刺得她的脸有些痒，她回头望去，眼前的情景叫她的心脏漏跳了半拍。

不顾一切地吼出口，如果在陆地上，她想喉咙该喊破了。

"帛曳！"

蓝，满眼厚重的蓝，像浓墨重彩的画般，汩汩蓝色的柳絮般的液体从帛曳身后冒出来，生死攸关，帛曳用后背为她挡住了危险。

猛兽锋利的牙磕在帛曳的后背，满口的血，有自己的也有……美男鱼的，染了这一片海域。

有什么东西在眼底流淌，但现在不是哭的时候，她不能辜负波波用生命换来的一线生机。

人鱼珠子在她肚子里，她在海底的力气倍增。

血越来越多，血腥味会引来更多海底猛兽，特别是美男鱼的血，简直就是海底生物的海洛因。她没有时间害怕，没有时间问为什么，来不及了，再晚一步，她的人鱼王子就要葬身鱼腹了。

她搂住波波，忍住呕吐的欲望，徒手掰开磕进帛曳肉里的尖牙，将双腿蜷起再用力一蹬，将这条显然也被磕傻的鲨鱼给踢飞。

不要怀疑"踢飞"这个词是否恰当，鲨鱼确实是被踢飞的，佳佳都有点儿不可思议，但意识到这点后，她勇气倍增，一边揽过帛曳，一边朝漂得有点儿远的小锁游去。幸亏帛曳还清醒，他皱眉咬牙，似是不能忍受在海底还要自己的女人保护般，反手搂过佳佳再深深望了一眼佳佳后，轻微地叹了口气朝小锁游去。

帛曳负伤在身，游不快，体力渐渐不支，佳佳不动声色地揽过重担，快到海边时，佳佳有些犹豫。她徒有力气，却只有双手，到底是先托谁上去，其实这个选择并不难，帛曳虽然受伤但还清醒，小锁却依旧昏迷，必须先救小锁。

她回头望了一眼帛曳，帛曳朝她点了点头。

她狠了狠心，将小锁搂过来率先出了水面。

· 255 ·

　　拜自己写文所赐，救生知识还是记得不少，又有人鱼珠子神力相助，给小锁做了几次压胸渡气后，他总算咳出了海水清醒过来。

　　"佳佳……"小锁恍惚间看清了眼前的人。

　　佳佳大喜："小锁，来不及了，不管你看到什么，请一定要相信我，我会跟你解释，不要叫人。"

　　说完也不等小锁反应，立马转身跳入海中。她怎么会不知道，帛曳到现在还没上岸，但小锁要是因此而死，她不知道还能倚靠什么活下去……

　　"波波……"千万不要有事。

　　帛曳耗尽力气，没有人鱼珠子护体，后背重创，再也撑不住了，看见佳佳上岸后，不知为何，心底竟然冒出一丝安慰，那一直压抑着他的负罪感减轻了不少。他苦笑一声，放弃挣扎，随着浪花坠去……

　　或许，现在就是最好的结局。

　　至少，伤害降到了最低。

　　血腥味随着帛曳的下沉而四散开去，嗅觉灵敏的海底猛兽们从四面八方围堵过来，曾经的海底之王，现在却狼狈地被重重包围，毫无反抗之力。

　　帛曳闭上眼睛，来自记忆深处的恐惧再次袭来，身体被瞬间撕碎，还来不及缅怀就魂飞魄散，再也上不了天堂，再也不能飞翔，仅留一道光影在人间，淡淡的残影也不能证明他曾经存在过……

　　可是现在不是过去，他活过来了，等了千万年，费尽千辛万苦，好不容易附身在美男鱼身上，他重生了，只要有一线希望就要活下去。

　　那一瞬，帛曳猛地睁开眼睛，放松置于两侧的手握紧成拳，当第一只鲨鱼袭来时，他已恢复了斗志。

　　后背火辣辣地疼，身体多处伤口，已经干掉三头白鲨了，血腥味越来越重，越来越多的海底猛兽围了过来。不知过了多久，帛曳的动作渐渐地缓慢下来，应激性地反抗，挣扎得越来越无力，那个人类应该不会再回来了吧？生死关头，他甚至有些想笑，还以为自己能不费吹灰之力勾引她上钩，哪想最后，上钩的人却是自己。有些不甘心，等了这么多年……真是不甘心啊！

　　两头白鲨率先发动攻击，从左右两侧迅猛包抄了过来，血盆大口近在咫尺，帛曳再也使不出力气了，就这样结束了吗？

　　他缓缓闭上眼睛，身体颤抖……恐惧蔓延，从身到心的疲惫。

　　昔拉说的没错，他越矩了，逆天改命也挽不回既定的现实。

他也曾想过为什么？为什么会是这个女孩？为什么会追着她游向深海？为什么会为了她放弃这来之不易的机会？没有理由，反正就是这么做了。

"波波……"在濒临绝望的最后一刻，一声熟悉的喊声从头顶传来。

下一秒，双肩猛地往下一沉，有一股力量将他整个人往下按去，那原本向他袭来的两头白鲨停在了他的上方。他缓缓睁开眼睛，见那个脆弱得不堪一击的人类，那个见着稍微凶猛的动物都能吓得面无血色的人类，那个见到血还会晕倒的人类，那个自从上次落海后就有海洋恐惧症的人类……

此刻正咬着牙伸开双手嵌进两头白鲨的嘴里，细嫩的手臂没入其中，就像两根柴火棍，那么不起眼，却满是能量，只有他知道那双手有多柔软、白嫩，连他都舍不得磕碰着一下，此刻它们却伸进了如此肮脏、凶残的野兽嘴里。

为什么会是她？大概是心底笃信她不会放弃，就像刚才义无反顾地放手，面临死亡的最后一刻，他脑子里闪过的竟是恐怕她赶不上救他，而不是她不会来了。

这是一场赌注，筹码是他的命。

没有半点儿犹豫，佳佳毫无血色的脸已经白得有些发青。她庆幸人鱼珠子还在肚子里，让她有力量保护自己要保护的人。她闭上眼睛大叫一声，咬牙，使尽全身的力气，将两手收拢，用力将它们合击，周围的水迅速形成一个旋涡，一股巨大的力量使两头大白鲨相撞，头破血流，这一幕震慑住四周还欲攻击的猛兽。海底有了片刻的安静，佳佳反应很快，趁着这机会，她忍住手臂传来的剧痛，迅速游向帛曳，把还在愣神的美男鱼搂了过来，奋力杀出一条血路。

彼时，帛曳重新认识了眼前的人类。

那种危难时爆发的力量，那种勇者无畏的精神，那种恐惧着却依然坚定的眼神，深深地刻进了他心底，第一次，心底那似是永不再开放的门裂了条缝，灌进了一丝光，那道光不叫希望，叫爱。

佳佳自始至终紧紧地将帛曳护在胸前，虽然在他面前她是如此渺小，但她毅然将他圈在自己的保护区，当第一道阳光从头顶投射过来时，佳佳终于松了口气，她拼尽全力将波波带上了海岸。

小锁已经恢复，他看见两个血人从海里上来时，惊得又瘫坐了回去。

那不是两个人，那是一个人，一条鱼？

帛曳现在很虚弱，只能维持人鱼形态，佳佳搂抱着他坐在岸上，恳求地望

向小锁后，却是低头哄着怀里的人。

"没事了没事了，波波，我们安全了，你别怕……"佳佳还来不及在极度恐惧和脱险中回神，眼下更重要的是安抚怀里的人。

不知为何，出了水的帛曳在阳光下却颤抖得更加厉害，双手死死地抠着掌心的肉，双眼紧闭，鱼尾如垂死般不停地拍打着海沙，嘴巴闭得很紧，隐隐地从嘴角流出一丝蓝色的血迹……

"波波……"佳佳浑身也在发抖，心底的恐惧还没消散却发现了帛曳的不正常，她抬起他的下巴，不顾一切地用嘴撬开他的嘴，伸出舌头顶开里面死咬着舌头的齿关……

24 ·

原来是你

满嘴的血腥，抵死的缠绵，总算，熟悉的气味让帛曳缓回了神……他睁开眼睛，嘴里是柔软的唇舌交融，他没有死？

身体没有被撕裂，全身的痛感袭来，真实地提醒着他，他还活着。

眼前闭着眼，全身颤抖得比他还厉害的女子正在努力地让他感受生的气息。

嘴唇动了动，抬手轻轻抚上女孩的后脑勺，女孩身体一怔，缓缓睁开眼。那一刻，帛曳感觉到她快要哭了，说再也不哭的女孩双眼含泪地望着他，顿时，心如刀绞……

不能哭，佳佳，你不能哭！

至少现在不能哭！不能为了他哭！

帛曳使出最后一点儿力气，将佳佳搂进怀里，轻柔地拍着她的后背安抚："佳佳，别哭……我还活着呢，别哭……"

佳佳将头仰了仰，忍住泪水道："我不哭，波波别怕，我们回家。"

帛曳点了点她的鼻子，一手还在安抚着她，望着她满是血的双手，轻声道："我们快上医院。"

"不能去，你还没恢复。"佳佳有些焦急，她望向帛曳的鱼尾，又朝还愣在当场的小锁望去，满眼的求助。

"不用管我，我很快就会恢复，你赶紧上医院，疼不疼？"

佳佳摇摇头："不疼，你疼不疼？"望着满身伤的帛曳，佳佳一度又要哽咽，最终还是被帛曳安抚了情绪。

"没事，让昔拉过来，我就好了。"帛曳抬头望向显然被他的模样吓软在地的小锁，第一次用几乎恳求的语气道，"请带佳佳上医院，她伤得很重，麻烦你了。"

"不去，我不离开你。"佳佳搂着帛曳的脖子语气坚定，这个时候恐惧已经占据了她的一切，她害怕帛曳会马上消失，那么苍白、那么单薄，仿佛一眨眼他就会永远消失不见。

佳佳好舍不得，那种剜心掏肺般痛不欲生的不舍，林宴的决绝、小锁的失望也没让她如此痛苦，一想到眼前的男孩可能会离她而去，那个用后背抵挡猛兽护着她的少年不再对她笑不再处心积虑地对她讨好不再撒娇扮痴地求投喂了，人生从此孤寂，活着，还有什么意思？

小锁依然双手往后撑坐在地上，眼前的画面已经超出了他的认知，他使劲甩了甩头，画面没有消失，那……所看到的就是现实？

帛曳轻轻地抚摸着怀里颤抖得有些痉挛的女孩，嘴角溢出血丝，慢慢地汇成一小道血流，泛着浓烈的蓝色，从未有过的认真笑容慢慢浮现："傻瓜，我怎么会离开你？"

有什么东西碎了，又有什么东西开始蠢蠢欲动，如夹缝生存的野草，一朝得势便能破土成长。

佳佳嘴角上扬，够了，这就足够了，不管什么理由，她都不在意了，这是属于她的独一无二的美男鱼。

珠子！对了，还有珠子不是？佳佳有些舍不得归还珠子，曾自欺欺人地以为珠子在自己肚子里，即使跨物种之恋也没有什么不可能，但……

佳佳心一横，使出最后的力气将已虚弱得似是剩下一道光影的少年反扑在地，凑上唇，义无反顾地纠缠亲吻，运气将肚子里的人鱼珠子归还原主人。

珠子认主，很快，两人纠缠在一起的唇际发出一丝亮光，终于，物归原主。

佳佳似是做了一场很长很长的梦，梦境光怪陆离，一会儿是金黄色的鱼尾一会儿是不停扑扇的黑色羽翼，一会儿是小锁苍白的脸一会儿是波波近乎透明的身子在眼前慢慢消失……连好久未想起的林宴也入梦来了。

梦境一帧一帧地过，画面支离破碎，不知为何，每过一个画面，佳佳的心脏就如针扎一般疼，疼着疼着竟有痉挛的迹象，一时之间，病床上的人儿忽地蜷缩起来，本失血过多的脸色更加苍白，身旁的心电图急速地叫了起来。

"医生医生……"

佳佳很痛苦，从未有过的痛苦，那种这样活着倒不如死了的感觉无法抑制

地从心底冒出，蔓延全身，身体里每个细胞都在叫嚣：不活了吧太痛苦了不活了吧？

不知过了多久，是谁在耳边"嘤嘤"哭泣，不停叮咛："活下去啊！佳佳，一定要活下去……"

昏昏沉沉间绞痛的心得到了舒缓，慢慢地又陷入了无限的黑暗里。

当佳佳从昏迷中醒来时，已经过去一个星期了，其间抢救了两次，她睁开眼看到的是妈妈喜极而泣哭得红肿的双眼和爸爸疲惫而又松了口气的情景，不由得鼻子发酸，在昏迷期间竟然有不活的念头真是不孝啊。

她环顾四周，病房里除了爸妈就是医生护士，医生给她做了全身检查后转身对她爸妈点了点头："情况很稳定，应该没有大碍了，不过真是奇怪，前几天生命迹象已经很弱了，才几天就恢复，真是奇迹啊。"

又是奇迹，怎么这么多奇迹发生在她身上呢？不过连美男鱼都能让她捡到，奇迹什么的就算不了什么了。等等，波波呢？还有怎么会有那种人鱼珠子又回来浑身充满能量的错觉？珠子不是还给波波了吗？

还在狐疑呢，病房门"吱呀"一声开了，听到佳佳苏醒的消息，小锁带着一群同学过来看她。

医生皱了皱眉："病人需要休息，探望的亲友注意时间。"

小锁比了个"嘘"的手势，大家安安静静地走了过来，他们先是朝佳佳爸妈问好，然后凑到佳佳跟前。小锁的表情有些紧张，面容苍白，佳佳露出个安抚的笑容，从嗓子眼挤出声音道："我没事，大家不用担心。"

佳佳有一肚子的话要问小锁，波波怎么样了？他伤得那么重现在在哪里？还有，小锁有没有守住秘密没把美男鱼的事情告诉大伙？可人太多她不便开口，眼珠子滴溜一圈，她勉强朝众人露出笑容，将目光锁定在小锁身上，有些恳切。

但小锁没有给她任何回应，哪怕是些许暗示都没有，佳佳心里更加焦急。

直到探视时间结束，佳佳都没能得到关于波波的任何消息。

佳佳恢复得很快，就像那次从深海里被救，本命悬一线的，医院都给下了病危通知书，但不知为何后面又有了生命迹象，醒过来后就在快速恢复。

傍晚时，就从加护病房转到普通病房了。

建川市离明州市近，当时佳佳情况十分紧急，她妈妈接到电话时差点儿晕了过去。

连夜赶到建川市，两位老人提心吊胆一个星期，几番经历生死，这会儿是放松下来的身心俱疲。

佳佳重伤在两个手臂上，失血过多，小命差点儿就保不住了，可总算是在阎王爷那儿走了一圈完好地回来了，这会儿苏醒，见着半百的父母疲惫担心的表情，不免心疼万分，硬是不让二老守夜。

直到天彻底黑下来，病房空无一人，安静得掉一根针都能听见，可她要等的人依然没有出现，佳佳睁眼望着天花板发呆，脑子一片空白。波波呢？不会一切都是她做的一场梦吧？梦醒了，美男鱼消失？

坚持让爸妈回酒店就是为了留出空间等待帛曳，可是一整晚都舍不得闭眼的佳佳始终没有等到她的美男鱼，天亮时分，佳佳终于抵不住困意睡了过去。

这样浑浑噩噩地等了三天，佳佳没有等到帛曳，也没能从小锁嘴里得到任何关于他的消息，美男鱼就这样不告而别地消失在她的世界了吗？

佳佳有些难过，不，应该说有些绝望。

情路坎坷，让她真心感到疲惫，她本下定了决心，甚至不惜以生命为代价也要和帛曳在一起的，不过几日，所有的付出都付诸东流。

佳佳变得越来越不爱说话，佳佳和林宴两家是世交，二人恋爱，大人们都是知道的，佳佳伤得如此重，林宴都没出现，佳佳父母本还不信的，这下是有些笃定了，可碍于女儿伤病初愈，也不敢多问。

不过，这几日小锁倒是来得频繁，对佳佳也算是悉心照顾，佳佳也没排斥他，她还想着从小锁那里套波波的消息，佳父看着二人之间的亲密态度，眉头舒展。

这日，佳佳被允许下床了，她双臂被纱布裹得厚厚的，行动较为不便，但躺了多日，佳佳还是很享受下地的感觉，便提议去楼下小公园里走走。佳母与佳父对视一眼，欣然同意。

佳母搀着佳佳来到楼下的小公园，慢慢地绕着走了一会儿，寻了一处石凳坐下，佳佳坐着喘气，走这一小段已经有些吃力了，佳母轻轻抚摸着女儿的头，心疼道："佳佳，哪里不舒服吗？"

佳佳抬头吐了几口气，露出笑容："妈，我没事呢，躺太久了。"

佳佳妈见着女儿如此乐观，欣慰之余有些难过。她看着佳佳，支支吾吾了半天终是问出了口："佳佳，你跟林宴……唉，其实我和你爸爸早知道了，八月份放暑假那会儿，我看林宴带了个女孩回家，你林叔叔还特意给我们打了电

话道歉。你说说这么大的事你怎么能自己一个人扛着呢，你爸爸他……"

　　而此时的佳佳没法听进一个字，她越过母亲望向前方，慢慢站起了身子，即使裹了多层纱布的手都忍不住颤抖，鼻子有些酸，眼里有些什么在打转，用力吸气才不至于掉下来。远处那树底下的少年不是她的美男鱼还会是谁？

　　帛曳没有朝她走来，只是远远地望着她，他额头上有伤，手上也缠着纱布，样子有些落魄颓废。两人就这么怔怔站着互相望着，只想让时间在此刻停止，永远停止！

　　什么叫刻骨铭心？一起经历过生死算不算？还是两次！

　　还有什么是生命所不能承受之重？那就是当看见你原本可以全身而退却奋不顾身地转身朝我游来，我便有了生的希望时。

　　佳佳深深吸气呼气，想平复自己失而复得的喜悦之情。

　　"佳佳……"佳佳妈妈终于觉察到女儿的不对劲，担忧地起身扶她。

　　哪知女儿却并不领情，反而甩开她焦急地向前跑去。

　　"佳佳，慢点儿……"佳佳妈妈忙跟了上去。

　　佳佳急啊，每回看到她都恨不得黏她身上的美男鱼先生这会儿竟是看见她就转身走啊，不是这样的，事情不应该是这样的。生死两茫茫，好不容易出现了怎么又要走了呢？既然要走，之前死皮赖脸地黏上她又是怎么回事呢？

　　"波波！"佳佳有些虚脱，但还是得追，快哭了好不好，这小子到底会不会怜香惜玉啊？她都成这样了，怎么就不回头看看她呢？

　　帛曳却越走越快，后面竟然奔跑起来，佳佳不死心地追赶，追得跌跌撞撞。

　　"帛曳，你给我站住！"佳佳有些哽咽，不该是这样的，她一次一次地付出真心怎么就不能有一点儿回报呢？老天爷不能这样对她啊！

　　"佳佳，你怎么了啊？别吓妈妈啊，佳佳……"佳佳妈还是没来得及赶上。

　　佳佳体力不支摔倒在地，受伤的手臂惯性地撑地，钻心地疼。

　　她趴在地上，鼻子有些酸，用尽全身力气大喊一声："波波，回来！"

　　佳佳妈妈看到女儿这样心急如焚："佳佳，来，慢慢倚着妈妈起来。"

　　佳佳垂下眼，说不出的委屈不甘。她都让步了，她都这样了，她都向命运妥协了，不管前路多么坎坷，无论她和美男鱼之恋多么匪夷所思，都在所不惜地迈出这一步了，怎么又回到原点了呢？

　　正当佳佳妈妈手足无措地看着趴在地上万念俱灰的女儿浑身颤抖、伤心得不能自拔时，身前投射下一个阴影，一双有力的大手帮她将佳佳扶了起来。

熟悉的淡淡的海水味道扑面而来，佳佳猛地抬头："波波……"

帛曳淡蓝色的短碎发长了许多，刘海儿遮着半边眼睛，嘴唇动了动，半晌讷讷出声："佳佳……"

帛曳终于认她了，佳佳难抑心中喜悦扑进他怀里。

帛曳小心翼翼地将她拥进怀里，下巴轻轻磨蹭她的头顶，说不出的旖旎多情，两人这是你侬我侬了，可完全忽视了站在一旁已经石化的佳佳妈。

佳佳妈半天才回过神来拉女儿："佳佳，这……"

听到声音，拥抱在一起的两人身子皆是一僵，佳佳忙挣开，还不待她开口，帛曳已经很懂事地朝她鞠了个躬，道："阿姨好。"

佳佳妈拉着女儿的手皱了皱眉："佳佳？"

佳佳连忙介绍："妈，他是……他是我一个朋友。"

佳佳妈："！"

朋友？一见面就在大庭广众之下拥抱的朋友？敢忽悠老妈？简直不想混了啊！

佳佳有些心虚地垂下头又抬眼瞄了一眼站在身边也有些紧张的波波，咬咬唇后挺直了身子，下决心道："妈，正式给你介绍一下，他是我男朋友，叫帛曳，你管他叫波波就好了！"

得，佳佳这一正名，同时惊呆了在场两人，帛曳有些震惊。两人相处这么久，佳佳一直刻意保持距离，明明已经动情却还是在逃避，还不惜与那叫陈小锁的臭小子相恋来让他死心，可这会儿竟当着家人的面承认他，一时有些愣怔。

而佳佳妈也惊呆了，女儿和林家小子的事他们也很气愤，可照这情形来看，不会是自家女儿劈腿在先吧？那他们家可就冤枉林家了，毕竟眼前这小伙子怎么看怎么俊俏，非凡人不可比啊！

"佳佳，你跟妈说实话，你跟林家小子……"

佳佳似是看出母亲的心思，急忙解释："妈，林宴他……林宴他和我分手，我去求他，他都不肯见我一面，然后我就自己游船旅游，不……不小心掉海里了，当时就是帛曳救的我。"

"掉海？"佳佳妈这回不是震惊了，这么大的事，女儿竟然一个字没透露，她忙将女儿拉到跟前，仔细查看。

佳佳急于让帛曳在妈妈面前留好感，不小心把落海的事情说漏嘴了。

"妈，妈你别担心，我现在不是好好的吗？没事了没事了哈。"

佳佳妈皱着眉："什么时候掉的海？还有这次，是不是也在海里出事的？不行，我得回家给你去算算，你今年犯太岁，不准你再靠近海了，不行，江河湖都不行。"

佳佳妈显然被吓得乱了阵脚，女儿落海被救还有这次伤得如此重都叫人匪夷所思，她爱女心切还不能理出头绪，不过对帛曳倒是没有了起初的戒心。自己的女儿自己知道，这小伙子长得太俊俏怎么看都不靠谱啊，而且佳佳在给他正名后，他也一言不发地站在旁边没有表态，不会是女儿单相思吧？

当晚，小锁提着一堆佳佳爱吃的水果赶到医院时，佳佳一家三口和帛曳都已经打了个照面了。

佳佳爸爸比佳佳妈妈还不能适应女儿找了这么个男朋友，一晚上气鼓鼓地跟审讯犯人似的在问帛曳的情况。今晚的帛曳有些反常，完全没有平日里的活泼，沉默得叫佳佳有些紧张，总之就是佳佳爸问一句他答一句，绝不废话。

小锁进门就感受到了病房里的低气压，当他看到帛曳后，霎时，皱眉冷脸，佳佳浑身哆嗦了下，室内温度硬是被小锁又拉下了好几度。

好吧，第一次将男友介绍给家人，以不是太愉快落幕。

没过几天，佳佳就出院了，快过年了，佳佳跟着爸妈直接回了明州市，小锁提前走了，佳佳自然是要带上帛曳的，他根本没地方去。

自从把帛曳介绍给家人后，他一反常态的规矩，甚至太过于乖巧了，一段时间的相处，佳佳爸妈是放心了，佳佳倒是心事重重。

寒假是开同学会的高峰期，小学、初中、高中各类同学乐此不疲地在酒店、KTV、烧烤摊里各种小聚、大聚，佳佳也不能免俗。但帛曳执意要扮演二十四孝好女婿，成天帮着佳父佳母干这干那，所以同学会什么的都是佳佳独自前往，再者，佳佳也不想把帛曳介绍给大家，无论出于什么原因，私心也好担心也罢，反正佳佳是不打算让帛曳抛头露面了。

暑假期间因为失恋疗伤，佳佳没有出席任何同学会，这回寒假是逃不过了。

这次的聚会是高三毕业班组织的，佳佳已经向组织者打听过林宴今晚不会出席才决定去的。

在刚分手的时候，佳佳做梦都想见着林宴问个明白，这会儿她倒不想见了，因为事已至此，见不见都无所谓，见了反而让自己心情不好，那何必再见呢？

分手后，不仅是佳佳，林宴也缺席各种聚会，避免各种场合的偶遇。佳佳从几个高中好友那里听到消息，林宴几乎与他们断绝关系了，佳佳表面淡定，心里却苦笑，林宴越是保护那个女孩，就越是显得对她绝情。

今晚的聚会很热闹，出席的同学一半以上带家属的，以前林宴和佳佳是班里公认的最看好班对，结果散了，大家惋惜之余也不乏幸灾乐祸的，毕竟林宴当初也是班草级别的，暗恋他的女孩可不少。

晚上大家都喝了点儿小酒，忆苦思甜，吃完饭还不尽兴，大伙又去了KTV。

佳佳本来是要先行离开的，但拗不过几个好友的热情，还是跟着去续摊了。

两个已经没有缘分的人在跟迷宫一样的KTV里偶遇其实照概率论来说，不幸的话还是占50%的，佳佳很不幸地中标了。

好友陈婷喝醉出包厢找卫生间半天没回来，佳佳出去寻人，才刚拐个弯就撞见了牵着一个女孩的手正面走过来的林宴。

两人正面相遇，皆是一怔。

林宴想掉头已经来不及了，硬着头皮跟佳佳打了个招呼，佳佳没有看他，只盯着他身边的女孩看。

林玲？呵呵，这世界真是狗血啊，如果这个故事她不是女主，那林宴和林玲这一对也堪称是草根女不离不弃死缠烂打十年终抱男神归的灰姑娘戏码了，真是让人感动啊，从初中追到大学，两个狗男女终成眷属啊。

佳佳冷笑，昂首挺胸与他们擦肩而过，林宴抬起打招呼的手尴尬地悬在半空，久久没有放下。他叹了口气，继续拉起身边的女孩往前走，背道而驰，渐行渐远。这是他认为最完美的结局，移情别恋是他的错，但如果不能当机立断，藕断丝连对三个人都是伤害。

但还没走出两步，手臂就被人拉住，他回头诧异地看着返回的佳佳："佳佳……"

"啪"一声，林宴被打得一个踉跄险些摔倒，这不是夸张，一者佳佳是酝酿了许久的怨气，使出了所有的力气甩出的一掌；二者佳佳曾获人鱼珠子的力量，这一巴掌着实有威力。

"林宴！"他身边的女孩忙弯腰去扶，见着林宴嘴角的血迹，怒不可遏地起身瞪视佳佳。

267

"童佳佳，你有什么怨气朝我来，是我纠缠林宴的，林宴不跟你联系也是为你好，你要他怎么跟你解释？有一句话我认为说得非常好，在爱情的世界里，不被爱的那个才是第三者！童佳……"

"啪"又是一巴掌，佳佳已经气得浑身发抖了。

好个"在爱情的世界里，不被爱的那个才是第三者"！

林玲不比林宴，毕竟是女孩子，这一巴掌直接给抡翻在地了，随着一声惨叫，这里的动静已经吸引了很多围观者。

林宴忙俯身扶起已被打得抽噎的女友，满眼心疼。

他转身对佳佳道："佳佳，都是我的错，你打我骂我都认了，但林玲她是个女……"

"啪"还不待林宴说完，佳佳又甩出一巴掌。

"恶心！"佳佳半天憋出两个字。

见着林宴又被打，林玲不干了，本还是弱质女流抽抽噎噎一副可怜相的，瞬间化身为夜叉张开双手就朝佳佳扑了过来。

"童佳佳，你有什么资格骂我们，我追林宴光明正大，你和陈小锁就干净吗？你高中那会儿追陈小锁的事情尽人皆知，陈小锁应届上的是浮吴大学！他为你复读考了树人大学！五十步笑百步你又有多纯洁！"

可还没等她扑到佳佳面前就被人提溜着不能前进了，佳佳身前一暗，一男子已经挡在她身前了。陈小锁一身痞气，一手提溜着还在咆哮的女人，一手拉过身后已经气得快把唇咬破的某女，摆了摆脖子道："本来还想着看场热闹算了，但既然你提到我了，我不出场对不起围观的群众啊！"

他瞪了一眼欲上前的林宴，转转道："首先，你追已经有女友的林宴那不叫光明正大，那叫偷鸡摸狗！其次，我陈小锁复读考树人大学不为任何人！再次，我陈小锁这辈子没有'光明正大'地追过任何'有夫之妇'，包括有男友的女人！当然，有人有眼无珠良心被狗吃了抛弃这么好的女人，锁爷我要接收那才叫光明正大！最后，我陈小锁看不惯的时候可是连女人都会打的！"

林宴皱眉拉过被小锁扯住的林玲，看了一眼小锁又看了一眼佳佳，半晌朝着佳佳道："对不起。"

佳佳含着泪，身子止不住地颤抖，哽咽道："这么多年，我们不可能两清，但无所谓了，只希望这辈子，不，永世不要再有瓜葛了。"

她做不到好聚好散，曾经刻骨相爱分手后还能做朋友，那就是扯淡，太对不起逝去的青春岁月了！

　　佳佳说完挣脱小锁，转身欲离开。

　　一场闹剧终于有了结局，本该曲终人散。

　　"佳佳！"林宴追问道，"你和他真的在一起了吗？"

　　佳佳听闻停住脚步，觉得好笑，小锁却在一旁冷哼："不得不说你这个问题真的很蠢，我和这个女人……"

　　可他话还没说完呢，人群里就出现了一阵喧哗。

　　一蓝发少年出现在大家面前，他朝众人拱了拱手："不好意思让一让，我女朋友被人欺负了，让我过去一下。"

　　众人在惊叹眼前美色之余，又觉得闹剧好像更狗血了，有人已经忍不住拿出手机拍帛曳了，没办法，这个万恶的看脸社会！

　　"佳佳，妈妈喊你回家喝甜汤。"帛曳好不容易挤到中心，先将佳佳拉到自己怀里，然后环顾了下四周，"这是怎么了？拍电影哪？"

　　他的出现一下镇住了全场。

　　他低头抬起佳佳的下巴，用手轻轻拭去她挂在眼角的泪珠："怎么了宝贝？不是说好了不再为了人渣哭的吗？"

　　"扑哧"一声，佳佳一下没忍住埋进他怀里笑了出来，用手轻轻捶了捶他的胸脯。

　　"我们回家。"帛曳摸了摸她的脑袋，将她裹进大衣里不再理会众人，转身离开。

　　够了，此生得一挚爱就足够了，有波波在身边，还有什么事情看不开？

　　在这时，身后却传来一熟悉的男声。

　　"佳佳！"林宴忽然朝她喊道，"童佳佳！对不起！"

　　佳佳身子一僵，没有回应，继续跟着帛曳往前走。

　　分道扬镳，再见了，旧时光！

25.

意外的真相

佳佳晚上喝了点儿酒，酒壮人胆地闹了那么一出，怨气全消，这会儿觉得丢脸了，全程埋身在帛曳怀里不肯再露面。

　　好不容易出了KTV，还不肯露脸。

　　他们这厢是情意绵绵，可总有人不让人好过。

　　"等一下！"

　　小锁追了出来，拦住了两人的去路。

　　"佳佳，你和谁在一起都可以，只有这个人不行！不对，这条鱼不行！"陈小锁显然已经接受了波波是非人类的事实，还很好地守护着这个秘密。

　　"小锁……"佳佳很感激小锁在危难时刻的挺身相助，但是要她离开波波，办不到。

　　小锁没有看童佳佳，而是直直望着帛曳："你答应过我什么？"

　　佳佳诧异地望着他俩，难道他们之间还有她不知道的约定？

　　帛曳紧紧地握住佳佳的手，沉默良久终于开口道："我想过了，我不能答应你！"

　　"你……你就不怕我把你不是人的事情说出去？"小锁是真的很担心佳佳，初恋遇人不淑也就罢了，现在还搞异物种之恋，这货到底是有多自信自己能安全过完短暂的人生啊？

　　"不能答应什么？"佳佳扯了扯帛曳有些疑惑。

　　帛曳拍了拍她的手背，转头望向陈小锁："我不能答应你，因为感情是两个人的事，不是我一个人说了算，当然，我会给佳佳一个交代，最后让佳佳选择。"

　　"你们在说什么？"佳佳有些急了，这两人真是够了，背着她到底协商了什么？

想起帛曳这段时间的反常和在医院苏醒后他消失的那一周，难道他俩之前做了什么约定，波波在做出保证后又反悔了？

小锁望着明显护着帛曳的佳佳，深深叹了口气："佳佳，你不后悔吗？他是一条鱼，我们根本不知道他的底细，他能活多久，你能活多久？不论这些，美男鱼？简直太不可思议了，佳佳，趁现在还没有弥足深陷，赶紧抽身吧。你能不能找个正常点儿的让大家放心？"

佳佳感觉到握着她的手松了松，赶紧回握住，深吸口气，沉默良久道："已经弥足深陷了，无论结果如何，我不会后悔！"

"无论什么结局都不后悔吗？"小锁不死心地追问。

"不后悔！万劫不复粉身碎骨都不后悔！"

"佳佳……"帛曳轻轻地唤了她一声，佳佳拍拍他的手背以示安抚。

小锁看着两人的互动，有些黯然，沉默良久，终于勉强挤出个笑容："既然这样，我祝福你们！"说完后深深望了一眼佳佳，转身离开，背影无比落寞，却有一股说不出的潇洒，这才是他陈小锁该有的风度。

佳佳低下头，捏了捏波波掌心的肉，随后，抬起头望向帛曳，明媚着一张脸，笑道："走吧，以后再也不许说我三心二意水性杨花见异思迁了，我只有你了。"

帛曳皱了皱眉，伸手抚上佳佳的头顶，无比认真道："童佳佳，你是认真的吗？"

"比珍珠还真。"佳佳点头。

帛曳："不管我是谁？不管我是什么底细？你都对我不离不弃吗？即便我永远这副模样？"

波波说得很慎重，佳佳也不免严肃起来："嗯，不管你是谁，不管你为什么选择我，不管你以后会不会离开我，不管以后即使我白发苍苍你依然年少，只要你还肯留在我身边，我想试一试。"

在深海里，生死一线间，佳佳就下定决心了，不管结局如何，她都要试一试，奋不顾身地去爱，不留遗憾。

波波将她轻轻拉进怀里抱紧，下巴搭在她的头顶来回地蹭，嘴里喃喃地唤着她的名字："佳佳……佳佳……"

还有许多话没说出口，佳佳很想对帛曳说：很感谢你陪我度过最艰难的日子，并奋不顾身地赋予我新生，无论什么，只要你要，只要我有，我都会给！

两人手牵手走在深夜寂静的街道上，仿佛全世界只剩下他们两个。

"佳佳，许个愿望吧？"

"为什么呀？我生日还没到呢。"

"让你许，你就许嘛。"

"哦，我希望能有人在有我演出的全校公演的舞台上给我一个人献花，像电影里演的一样，演出结束，帅小伙从观众席上徐徐向我走来，走到舞台上，这样，你看我，像这样单膝下跪为我献花，一定要红玫瑰。"

"好！"

"你怎么了嘛？干吗没事让别人许愿？"

"我怕来不及。"

"你要走了吗？"

"我不走，我要带你去一个地方。"

"好啊，只要你不离开我，天涯海角我都随你去。"

"佳佳……"

"嗯？"

"没事，我会一直在你身边的。"

"好！"

街边的路灯把牵着手的人影拉长，画面定格，如果能够裱起来，似乎可以看到永恒。

这个年是佳佳永生难忘的一个年，全家其乐融融，帛曳很快融入了这个普通的平凡人类家庭，采办年货，吃年夜饭，看春晚，走亲戚拜年……一切平凡而真实，感动而幸福，如果可以，真希望就这么过一生。

但佳佳明白这不可能，从一开始就知道不可能，但她依旧义无反顾，奋不顾身地积极投入这场名叫"爱"的战斗里！不放弃不后悔！

很快，就要开学了，佳佳和帛曳挥别送别的父母，踏上了回校的旅程。

帛曳好像一夜懂事，不再是任性的傲娇美男鱼，这个寒假完全就是个体贴的宠溺男友节奏，叫佳佳幸福得找不着北。

二人依偎着坐在火车上看着窗外闪过的一幕幕山清水秀，帛曳从身后揽着佳佳的腰，下巴磕在她的左肩上，就这样静静地拥着，不需要太多的交谈，可就是觉得是享受是幸福。

时间过得很快，还有三站就到清秋市了。

帛曳将佳佳的身子转了过来，先是用鼻子蹭了蹭她的鼻子后，额头抵着她的额头道："佳佳，我想带你去一个地方。"

佳佳没有思索就应了："好！"

帛曳皱了皱眉："佳佳，你不怕我是人贩子？"

"不怕！"佳佳露出个笑容后伸手环抱住他的腰，将脸埋进他怀里。如果他是人贩子，她心甘情愿被他骗，感谢他花这么长时间用尽这么多心思不惜以生命为代价让她上钩，这真是个美丽的骗局。

佳佳很无所谓，帛曳却上心了，他拉开佳佳，严肃道："童佳佳，你怎么这么没戒心？你这样是不对的！你毫无防人之心，早晚要出事的！"

佳佳还在没心没肺地笑："没事，你不是人，我防人不防鱼。"

帛曳眉头深锁，良久，叹了口气，再度将佳佳抱紧，用几不可闻的声音讷讷道："你最应该防的是我。"

但佳佳似乎没听到，又或者她根本不想听到。

因为帛曳的决定，他们提前两个站下车。

下车后，帛曳为她拢了拢大衣，怕她冻着，还给她的双手不停地来回揉搓哈气。

"你就不问我要带你去哪里？"

"到了不就知道了？"

"童佳佳，你能长点儿心吗？"

"哦，那我们去哪里？"

"……"

当来到凤栖山脚下时，佳佳还没心没肺地问了句："你不会要带我跳崖殉情吧？"

波波简直给跪了，怎么就找了这么个不省心的货。

"佳佳，待会儿无论你看到什么都不要害怕，我不会伤害你的，你看了之后，再告诉我你的答案。"

佳佳这次没有没心没肺地笑，而是淡淡地应了句："好。"

她太冷静了，帛曳有些无措，但还是义无反顾地带她上山了。

这座山很高，正常速度爬到山顶都要一天，何况是故意磨蹭的两人。

当历尽千辛万苦终于到达山顶时，天已经完全黑了。

寂静空旷的山顶上二人紧紧相拥，佳佳这会儿有点儿害怕了，如果生离和死别来选，她更害怕的是生离，那是存于世的痛苦，活着就是痛苦，叫人想着都害怕得颤抖。

"佳佳，不要害怕。"

"嗯。"

"你信不信我？"

"信！"

"好样的童佳佳！"他拍了拍她的后背以示鼓励后松开她，再次为她拢紧大衣，将一切可能灌进风的口子都拉紧，酝酿了许久，开口时，声音有些哽咽，"佳佳，你好好看看我到底是什么？"

原来这种绝望的感觉不仅仅是身体被撕碎时才有的，没有未来的爱才真正是希望的刽子手！

说完，帛曳捧起佳佳的头，轻轻落下一吻后，转身面对山崖跑起，纵身一跃。

"帛曳！"佳佳还没来得及抓住他的衣角，就见人已跳崖，她颤抖着嗓音撕心裂肺地喊了一声后，跌跌撞撞地跑到山崖边上，又大喊了一声，"帛曳！"

就在她绝望的那一刻，一个人影腾空飞了起来。

"童佳佳！你看到了吗？童佳佳！"帛曳展开双翅怒吼着，此刻，他有一丝后悔，如果当初没有遇到佳佳，或许就不会这么痛苦了。

人影就飞在她对面，她踏的是实地，而他是腾空的，后背扑扇着巨大的黑色羽翼。

童佳佳看着眼前的情景惊呆地跌坐在地上，画面冲击力太强，想象的和亲眼见到对普通人类来说还是难以接受啊。

"童佳佳，我不是美男鱼！我从来就不是美男鱼！"秘密终于有机会道出，帛曳有些歇斯底里。

佳佳鼻子有些酸，她怎么会不知道他不是美男鱼？有哪只美男鱼会有个破锣嗓子？有哪条美男鱼会飞？有哪条美男鱼会害怕蝴蝶？有长着蝴蝶翅膀的朋友？有哪条美男鱼会有黑色羽翼？

他们两个的世界相差太远，但现在是信息如此发达的社会，即使相隔几度空间还是能抓到些蛛丝马迹的。

光明天使帛曳，九大堕天使之一，他拥有消除人们的恐惧、让人们充满希望的力量，所以从第一次看到他起她就无比安心，无论怎么抑制自己的感情还是会莫名地想要贴近他、被吸引，靠近他好像一切都有了希望。帛曳的身体曾因为背叛上帝被杀戮天使昔拉撕碎，他没有了形态，他在天使中只不过是一道光而已，之所以会以美男鱼身份接近她，是因为他把魂魄附身在人鱼身上。清秋市出租房里那个有着蝴蝶羽翼的应该就是杀戮天使昔拉了，如果度娘没有骗她的话。

275

这是个神话，而此刻，她身处神话之中。

"佳佳，我是堕天使，有一点我没骗过你，我就叫帛曳！我附身在美男鱼身上已经千年，在寂寞的深海里我在等待一个重生的机会。你没办法体会身体被撕碎永世不得重生的痛苦，我没有时间了，光迹越来越弱，很快就会完全消失，但我遇到了你。"

佳佳咽了咽口水，慢慢坐起了身子。

"巫女说，只要有人真心为我掉一滴情人泪做引子，解除诅咒，我就能重生。"

佳佳朝他伸出手，帛曳轻轻落在她身边，将脸颊贴在她掌心来回磨蹭："你当时落水，万念俱灰，对人世的绝望空前符合巫女的要求。如果能让你在绝望中重燃爱的希望再毁灭，为我流出最诚挚的眼泪，我重生的希望将更大！"

"……"佳佳动了动唇，还是没有吭声。

"我等了整整一千年，来不及了，我不能再等了，附身人鱼被天界发现了，昔拉找来了，我必须破釜沉舟。佳佳，对不起。"

"你……一开始是骗我的，现在呢？你对我……"佳佳抚摸着帛曳的脸颊有些期许。

"对不起，我做的一切都是为了让你尽快爱上我，可我不懂，我不懂什么是爱，我不停地看人类的电影，观察别的恋人，我还是不懂，什么是爱，佳佳，直到……直到看见你在深海里朝我游来……"

"……"佳佳单手抚上心口，鼻子好酸，心脏疼得快要窒息。

"我舍不得，佳佳，我舍不得！"帛曳哽咽着，嗓子都破了，他感受到佳佳的绝望，他更绝望。

"不过要一滴眼泪，我会有什么后果？"佳佳慢慢捧起他的脸，看着他因痛苦悔恨而赤红的双眼，有些心疼地问道。

帛曳缓缓抬起头，半晌道："从此绝情绝爱！"

佳佳一怔，有些颓然。从此以后行尸走肉地活着吗？那还不如死了呢！这是什么搞笑狗血的神话故事？对爱情绝望的人对爱重燃希望后再把她打击得跌入万丈深渊的故事吗？

比死别更可怕的生离吗？

我们都活着，却不能爱上彼此吗？

·

"你爱我吗？"佳佳颤抖着问道。

"我不知道。"帛曳很迷茫，对生的渴望和对爱的向往像一场拉锯战快把他的神志撕碎。

沉默，山顶的风很大，耳边只剩下"呼呼"的风声，幸福来得太快，果然不真实。

不知过了多久，佳佳出声道："波波，我想飞，能再带我体验一次吗？"

"好！"帛曳起身，将她拥进怀里，伸展羽翼，扑扇着将她带离山顶。

两人飞过崇山峻岭，穿越峡谷海洋，在一望无际的高空里翱翔。

佳佳的心跟着跌宕起伏，原来，这就是飞的感觉，真好！

本来就属于天空的天使，活在海里活在陆地上都是一种错误，是毁灭！

她搂着帛曳的脖子，贴在他的耳边道："波波你真傻，你告诉我真相，我还怎么为你流出最诚挚的眼泪？"

帛曳将她抱得更紧，没有回话。

佳佳继续道："你真狠心。"声音哽咽。

帛曳身子一僵。

"既傻又狠心，你怎么忍心在我知道真相后让我选？"

帛曳将她拉离，望着她的眼睛。

佳佳鼻子发酸，喉咙哽咽，嘴唇颤抖，哆嗦着将手抚上眼前人儿的眉眼，像是要将他的长相刻进手心、刻进脑海里一般："帛曳，不管你是鱼，是人，还是神，我都爱你，此生不悔。谢谢你让我爱上你，明白什么叫真正的刻骨铭心，如果……"说到此，她已泣不成声，那不知何时又回到她肚子里的人鱼珠子慢慢从喉间吐出置于掌心处，佳佳托着人鱼珠子，悲伤地望着帛曳，"如果有一天我忘了你，再也不能爱上你，那你也忘了我吧，我不想看到你痛苦，我心疼，因为，我爱你！"

那一刹，一滴泪从佳佳的脸颊滚落，滴在人鱼珠子上，瞬时，人鱼珠子绽放出耀眼的光芒。

佳佳喉间呕出一口血，露出个笑容，缓缓闭上了眼睛。

在看到佳佳明知真相还为他落泪的那一刻，帛曳猛地清醒过来，藏在喉间的话终于喊出："不要！佳佳，我爱你！佳佳，我也爱你啊！"

原来失去挚爱的痛苦不比身体被撕碎的痛苦轻多少。

帛曳痛苦万分地抱着已经昏迷过去的佳佳落在地上，身边出现了个蝶翼黑影。

他本无心害人，他是带给人间希望的光明天使，怎么会舍得？何况是他挚爱的女人，即使只剩下一道光，他也舍不得。

尾声·

新的开始

童佳佳被耀眼的光芒刺激得天旋地转，好像跌入万丈深渊又在无限下落后落到了实地毫发无损，于是就此彻底昏睡过去。不知自己睡了多久，全程只做了一个梦，梦里全是雾气沉沉一望无际的黑暗，她不停地跑，直到看到一丝光明。

　　不知过了多久，她终于追上了那一丝光明，刹那，世界恢复了原本的面貌，佳佳缓缓睁开了眼……

　　妈妈正坐在床头拿手机看股票，老爸坐在一旁的沙发上看报纸。

　　她不知睡了多久，初醒后还有些适应不了光线，嘴唇动了动发出微弱的声音："妈妈……"

　　听到响动，佳佳妈妈抬头和同样察觉异动的爸爸对视了一眼，有些难以置信，但一秒过后，皆情绪激动地扔掉手上的东西朝佳佳这边望来。

　　"佳佳！"

　　"佳佳！"

　　这傻丫头哦，不就是失恋吗？怎么就敢一人去乘豪华游轮呢？还跳海？天杀的林家小子，要是佳佳有个三长两短，两家人都不要过了，就是拼掉后半辈子，他们俩也不会让林家好过的！

　　还好佳佳醒来了。

　　"妈妈，水。"

　　"好好，妈妈给你去倒水。"

　　总算是醒了，真是谢天谢地！

过了大概两个月，童佳佳大病初愈回到学校正常上课。虽然有流言说她被相恋多年的男友抛弃，但依旧不能影响她在学校里的光芒四射，照样混得风生水起，身边不乏追求者，但好像她已对情爱心灰意懒，对谁都不再动心了。

毕业会演上，佳佳作为话剧社主要成员，担当了毕业剧的女主角，故事最后以她的钢琴独奏结束。

佳佳为了这场演出，从未学过钢琴的她竟报了速成班，硬是让她学会了一首曲子，在演出中出尽了风头。

悠扬的钢琴声徐徐奏起，观众席上众人沉浸在故事的悲伤与美好里久久不能自拔。在接近尾声时，观众席间突兀地站起一个人，他戴着一顶鸭舌帽，帽檐压得很低，身材修长，他手里捏着一枝娇艳欲滴的红玫瑰，不顾众人的哗然，毅然缓步朝舞台上正在弹琴的女孩走去。

终于来到舞台中央，脱帽，在看到他的正脸时，席间有的女生忍不住发出了尖叫声，那难掩的绝代风华叫人惊叹。

童佳佳没有停下弹奏，她眼睛一眨不眨地望着眼前的人，那人朝她走来，在她跟前单膝跪下，一手背在身后，一手献上红玫瑰。

佳佳蹙眉，停下弹奏，试探地问道："我认识你吗？"
男孩笑着摇头："不认识。"
佳佳："花是送给我的？"
"嗯，喜欢吗？"
佳佳望着他手上的红玫瑰露出了久违的笑容："喜欢！"

庄周梦蝶，不知是庄周做梦变成了蝴蝶呢，还是蝴蝶做梦变成了庄周。
人世艰辛，偶得幸福，切记珍惜，浮世一梦，谁又知，这是谁在谁的梦里。

CHUCHEN

SHIWOGUYI

WANGJINI

内容抢先看 /

少年李洛书自小无人疼爱，喜欢亲近温暖懂事的黎家姐姐初遥。

当初遥弟弟初晨意外去世时，为了安慰她，他住进黎家成了她的挂名弟弟。

很多年后，他终于意识到，原来他早已深深爱着她时，他却早已丧失了爱她的资格。

本想就此默默守护一生，她却遭遇挚爱背叛。

为了保护她，他挺身而出，差点重伤致残，却赢得了她的心。

他一砖一木搭建起了新家，他说要守护她一辈子，她说会拿自己的命去爱他，她说她再也不会丢下他。

却不承想，这只是他们终其一生做过的一场最美好的梦境。

感动语录 /

我给了你最好的一切，可是却给不了你一场最好的爱情。

/

只要你不要这样忽然消失不见了，我就不会这样满世界疯狂地找你。

/

我爱你，爱了很多很多年了。在你不知道的时候，在你觉得不可能的年纪。

/

如果这是梦境，那一定是她此生所做过最美最心碎的梦境。

超 值 附 赠

■初晨 "不忘记" 爱的有声明信片
2 张 / 初晨书模献声，感动演绎！

■籽月 惊艳海报
■"夏木" 全网唯一幸福版番外
（第一册有）

当当更有签名本和
特别赠品等你拿！

此处积分剪下有效